KB231525

죽음 연습

죽음 연습

이 청 지음

도·서·출·판 **문화문고**

|차례|

이별

소쩍새와 산비둘기만 없어도 절에서 살만하다. 적막한 겨울이 지나고 봄이 온다 싶으면 아침부터 앞산에서는 소쩍새가 피고름을 짜내는 목청으로 울어대고 뒷산 깊은 골에서는 산비둘기가 오만 청승을 떨어댄다. 이쪽 숲에서 한 마리가 청승을 떨면 저쪽 계곡에서 또 한 마리가 청승으로 화답한다. 소쩍새의 피고름 나는 목청은 어머니가 아버지의 승복 바짓가랑이를 잡고 울부짖을 때의 목소리와 같았고 산비둘기의 오만 청승은 밤늦게 돌아오지 않는 아버지의 빈자리를 보며 토해내던 어머니의 한숨과 흡사했다. 그래서 나는 소쩍새와 산비둘기 소리가 들리지 않는 세상에서 살고 싶었다.

내 소원은 이루어졌다.

절에서 5리나 떨어진 도평(道坪) 마을의 초등학교에 다니는 '중 새끼'들은 모두 스물다섯 명이었다. 남자 아이가 열여섯이고 여자 아이가 아홉 명이었다. 나와 같은 5학년에 다니던 아이들이 다른 해에 비하여 유난히 많아서 전체 3분의 1인 8명이었다.

우리는 아침에 학교 갈 시간이 되면 종무소(宗務所) 앞마당에 모여 천왕문(天王門)을 지나고 일주문(一柱門)을 지나 계곡물을 끼고 울창한 소나무들이 줄 지어 서 있는 그 길을 군인들 흉내를 내어 행진하든가 장난을 치며 다녔는데 등굣길이 멀다거나 지루하다고 느껴 본 일은 한 번도 없었다.

우리들, '중 새끼'들이 더 이상 절에서 살 수 없게 되었다는 소식을 처음 알려준 사람은 아버지, 어머니나 주지 스님이 아니라 5학년 담임선생님이었다. 음악시간에 이미 다 알고 있는 노래 한 곡을 대충 가르치고 나서 선생님은 나를 교탁 옆의 선생님 전용 책상 앞으로 불러냈다.

"어떻게 되는 거냐?"

"뭐가요, 선생님?"

"음, 모르고 있었구나. 여기 신문에 났다. 불지사(佛智寺) 스님들 2백 명이 이혼소송을 냈다."

"이혼요?"

"그래. 너희 아버지들은 청정한 스님으로만 살아가기 위하여 가족들을 버리기로 결정했다는구나. 그렇게 되면 너희들은 절에서 나와 살아야 한다. 여태 몰랐느냐?"

그랬구나, 그거였어. 짚이는 데가 있었다.

어젯밤은 그 망할 놈의 산비둘기와 소쩍새들이 한꺼번에 울어싸는 바람에 나는 잠을 이루지 못하고 있었다. 커서 어른이 되면 저놈의 새들을 산에서 내쫓는 묘방을 발견하리라, 그 일에 남자의 한평생을 건다면 조금 억울할까, 아닐까? 그런 망상을 굴리고 있는데 어머니가 다른 날보다 깊고 어두운 한숨을 길게 토하더니 아버지에게 말하는 것이었다.

"그래서, 당신 뜻은 뭐에요?"

"내 뜻이 뭔가 하는 것은 아무 의미가 없어. 대통령의 유시(諭示)가 발단이 된 거거든. 대처승(帶妻僧)들은 절에서 나가라고. 그냥 한 번 해 본 소리가 아니라 경찰력을 동원해서라도 절을 일제강점 이전의 모습으로 되돌려 놓을 작정이라고 하는구먼."

"그래서, 당신 뜻이 뭐냐니까?"

"내 뜻은, 당신과 우리 성보(聖寶)를 행복하게 해 주는 거요. 그러자면 우선 내가 불가(佛家)에서 대덕(大德)의 품계를 받고 큰 절 하나쯤은 경영하는 지위에 올라야 하는 것이 당연하지 않겠소? 잘 나가다가 세상이 바뀌어 이런 지경에 이른 것은 천지가 개벽(開闢)한 것이니 따를 밖에. 내 반드시 당신과 성보를 위해 살리라는 것은 당신도 알지 않소."

"말 같지 않은 소리. 말이 아니라 짖는 소리에요, 그것은. 가족의 행복을 위해 가족을 버린다, 버림받고 내쫓겨도 참아 달라, 삼류 유행가 같은 소리들이나 하고 자빠졌네."

"어째 그리 무지한 말을." "그래, 난 무지한 여자다, 어쩔래? 당신들, 시세에 영합하여 가족을 버리고 억지로 비구(比丘)의 탈을 쓴 인간들이 얼마나 잘 되는지 어디 두고 봅시다. 잠깐 세상을 속일 수는 있으나 부처님과 당신네 자신은 속이지 못할 터이니 두고 보자구요."

“저놈의 새들.”

아버지는 새들의 울음소리에 진저리를 쳤다.

그 얘기였어. 우리들 중 새끼들은 모두 스님인 아버지들로부터 버림을 받았구나. 아버지들은 중의 신분을 보장 받고 중으로 살아가기 위해 이혼을 택했구나. 담임선생님이 자신의 책상 위에 펼쳐놓은 신문의 한 귀퉁이에 ‘스님 2백 명 한꺼번에 이혼’이라는 제목이 보였다. 나는 창피했다. 스님들이 이혼을 결정했고, 나와 동무들이 이혼당한 스님들의 가족이라는 그 사실이 창피한 것이 아니라 그 엄청난 사실을 까마득히 모르고 있다가 신문을 본 선생님으로부터 듣고 알게 된 그 사실이 정말이지 참을 수 없을 만큼 창피했던 것이다.

“놀라지 마라. 그리고 무슨 일이 있어도 학교는 다녀야 한다, 알았제?”

선생님이 하고 싶었던 말은 그것이었다. 다들 제 입장에서 제 하고 싶은 말이나 하면서 사는 것이 고작 인생이었다.

그날 아버지 운공(雲空) 스님은 낮에 국회의원 서병수(徐炳洙) 씨 소실의 모친 천도재(遷度齋)를 지내주고 재주(齋主) 여자로부터 별도로 받은 두둑한 불전(佛錢) 봉투를 들고 와 어머니에게 내밀었다. 어머니는 봉투를 개먹이처럼 던져버렸다.

“가자.”

어머니는 성미가 급하고 한 번 내뱉은 말을 돌이키는 일이 없는 사람이었다. 어머니는 미리 싸두었던 보따리를 머리에 얹으며 나를 돌아보았다. 나는 아버지 쪽은 보지도 않고 어머니를 따라 나섰다.

등 뒤에서 바라보는 아버지의 시선이 뜨거웠으나 어머니와 나는 뒤도 돌아보지 않고 산문을 나섰다.

그날 아버지의 표정이 어땠는지 나는 뒷날에도 두고두고 궁금했으나 애써 눌러 참으며 살았다. 그렇게 하는 것이 나 자신의 삶을 떠받치는 초석인 것처럼 착각하면서. 사실이 그랬다. 내 삶은 거기서부터 시작됐다. 어머니를 따라 불지사 산문(山門)을 벗어나던 그때부터 내 삶은 시작된 것이다.

산문을 나섰을 때는 초가을의 햇살이 사라지고 어둠이 깔릴 무렵이었다. 어머니는 나를 데리고 산문 밖 도평리 초입의 여관 반야장(般若莊)에 들어갔다. 반야장의 주인 노보살은 불지사 신도로 자주 절에 드나들었기 때문에 어머니와 나를 알고 있었고, 늦은 저녁에 우리 모자가 보따리 하나만 달랑 들고 찾아든 까닭도 알고 있었다.

'불쌍한 것들'

그런 말을 기대했으나 노보살은 말을 아꼈다.

"마침 빈 방이 하나 있으니 거기서 살아라."

"손님이 오면,"

어머니가 여관에 손님이 올 경우 우리가 염치 없이 그 방을 차지하고 있을 수는 없지 않으냐 하고 물었으나 노보살은 딴청이었다.

"성보 이눔아가 5학년이가? 우리 손녀 미애(美愛)가 4학년이니 미애 공부 좀 가르쳐주면 되겠다, 그자? 야는 그렇게 밥값을 하모 되는 기고, 자네는 내일 따로 생각해 보자, 마. 일단 자거라. 잠 안 오모 내랑 술 한 잔 하든가."

결국 어머니는 노보살의 술판에 붙잡혔다.

어머니와 나는 일단 노보살이 빈 방이라고 했던 방으로 가서 짐보따리를 풀었다. 빈 방에는 '동특실(東特室)'이라고 쓴 낡은 현판이 걸려 있었다. 동특실은 동쪽에 있는 특실이라는 뜻이라고 했다. 당연히 서쪽에도 특실이 있었는데 그 방은 현재 면장(面長)의 젊은 첩(妾)이 도시에서 굴러들어와 살고 있다고 했다. 방은 두 평 반 정도로 그다지 좁지는 않았으나 가구가 아무것도 없으니 벌판처럼 휑뎅그레 했다. 어머니가 짐 보따리를 한쪽 구석 시렁 위에 올려놓고 당장 갈아입을 옷가지 몇 개만 꺼내놓는데 밖에서 기척이 있었다. 노보살이 손녀 미애를 데리고 와서 어둠 속에 서 있었다.

"야가 성보 오빠야 왔다고 엄청 좋아하네. 오빠야가 반에서 일등한다며? 야는 누구 닮아서 대가리가 꽉 막힌기라. 니가 당장 오늘부터 공부 좀 가르치거라."

미애는 어느 편이냐 하면 좀 덜 생긴 편이었다. 학교에서는 중뿔난 재주도 없고 생긴 것도 펑퍼짐한 얼굴에 곰보 자국도 몇 군데 남아 있어 있어도 그만 없어도 그만인 그런 계집애였다. 그 계집애가 할머니 노보살의 치맛단 뒤로 반쯤 몸을 가리고 서 있었다.

나는 저 아이를 미워해서는 안 된다는 것을 알고 있었다. 산문을 나서던 순간부터 어머니와 내 앞에 닥친 현실이 만만치 않을 것임을 어렴풋이 짐작하고 있었던 것이다.

"숙제할 것 가지고 들어와."

미애는 책과 공책을 들고 동특실로 들어왔고, 그 사이에 어머니는 노보살이 채어갔다. 우리는 방바닥에 엎드렸다. 미애의 숙제 공책을 펴보니 국어책 몇 페이지 베껴 쓰는 건데 공책 두 바닥에 틀린 글자가 헤아릴 수도 없었다.

"그냥 책을 보고 베껴 쓰는 것도 이렇게 많이 틀리나? 누깔에 똥이 튀었나?"

"흥."

미애는 나에게서 듣게 될 비난을 미리 알고 방어할 대비책을 가지고 있었다.

"공부 잘한다고 뻐기기는. 그래, 내 누깔은 생선 누깔이다, 와?"

"누깔 이야기는 내가 잘못했다. 그래도 그렇지, 글씨가 이기 머꼬. 지렁이 기어가는 것메쿠로."

"그래, 내 글씨는 지렁이다. 니 글씨는 뱀이가?"

미애는 지지 않았다. 부끄러운 줄도 모르는, 낯짝에 철판을 깔고 다니는 아이였다. 공부를 지지리도 못하면서도 그럭저럭 살아가는 데는 다 그럴만한 이유가 있는 법이라고 인정하지 않을 수 없었다.

"내가 보는 앞에서 또박또박 한 번 더 써 보거라."

미애는 연필에 침을 묻힌 뒤 또박또박 쓰기 시작했다. 글씨는 지렁이가 아니라 네모 반듯한 상자 같았고 틀린 글자가 하나도 없었다. 지렁이와 상자 중 어느 것이 진짜 미애의 실력인가? 헛갈렸다.

국어 실력만으로는 미애의 진짜 실력을 알기 어렵다고 생각한 나는 미애의 셈본 책을 펼치고 최근 배운 곳의 문제를 풀어보게 했다. 기대했던대로 미애의 셈본 실력은 빵점이었다. 도무지 문제 자체를 이해하지 못했다. 덧셈, 뺄셈, 곱셈, 나눗셈의 기본도 어설프기 짝이 없었다. 구구단도 어느 부분에서는 장님이 길을 찾듯이 더듬거렸다.

나는 응용문제 하나를 골라 셈법의 기본에서부터 문제를 이해하는 방식, 그리고 문제의 해결을 위하여 가장 적합한 식을 찾아내어 대입하는 방법을 설명했다. 설명을 하다가 문득 미애를 보니 미애는 설명은 듣지 않고 내 얼굴만 바라보고 있었다.

"뭐 물었나?"

"아니."

미애는 목구멍으로 웃음을 삼켰다.

"오빠는 공부를 잘하는데 나는 왜 못하지? 그 생각을 하니 우스워서 웃었다. 잘못 됐나?"

"아니."

"그라모 내가 잘했나?"

"그것도 아닌 것 같다."

"그런 기 어딨노. 잘했거나 잘못했거나 둘 중에 하나지, 이것도 아니고 저것도 아니모 뭐라 말이고?"

"그런 기 있다. 니는 모른다."

설명할 수는 없었으나 나는 아버지 운공 스님을 생각하고 있었다. 이것도 아니고 저것도 아닌 그 무엇이 있다는 것, 아버지 스님은 아마 평생 그 길에서 헤매고 있을 것이라는 막연한 생각이 오래 전부터 들고 있었는데 조그만 계집아이로부터 타박을 받고나서 그것이 더 또렷하게 떠오르는 것이었다. 니는 모른다, 가시나야.

"잘났다."

미애가 말했다. 그러나 그 말이 반어법이라는 것은 금방 알 수 있었다.

"우리 할매가 그라는데 잘난 사람하고 바보 등신은 같다카더라."

그거다, 나는 생각했다. 미애가 뭘 좀 알기는 아는구나. 잘난 놈하고 바보 등신이 같다는 세계, 그것이 바로 우리 같은 어린아이들이 모르는 미래의 세계였고, 이 세상의 진실이었다.

"공부하자. 오빠야하고 공부하니 재밌다. 머리에 쏘옥쏘옥 박히는 기라."

미애는 평범하고 못생긴 아이였으나 머리통이 텅 빈 아이는 아니었다. 처음에는 제대로 아는 문제가 하나도 없었으나 곧 웬만한 문제는 혼자서 풀 수 있을 정도로 진도가 빨랐다. 흠이 있다면 잠이 헤픈 아이였다. 셈본 문제를풀다가 공책에 코를 박더니 이내 잠이 들고 말았다. 미애가 잠을 자거나 말거나 내버려두고 나는 내 숙제를 하고, 아침녘에 종무소 행자(行者) 스님에게 빌려온 잡지 《학원》을 읽고 있었다.

방문이 와락 열리고 노보살이 흐느적거리는 어머니를 옆구리에 끼고 들어왔다.

"옜다, 니 에미다. 소주 딱 두 잔 마셨는데 이렇게 떨어지모 이 험하고 독한 세상 우째 살라카노. 일단 재워라. 어라, 우리 미애도 자고 있네? 내 등에 업혀라, 아니지 이 아이 무거워 내 허리 부러질라. 그냥 여기서 재워라. 이불 큰 것 펴서 함께 덮어라. 할 수 있겠제?"

방보다 넓은 이불이었다. 맨 가에 미애를 눕히고 가운데 어머니, 그리고 나는 벽쪽에 누웠다. 책을 더 읽고 싶었으나 다른 사람들 자는 데 방해가 되는데다 석유도 아껴야 했으므로 등불을 껐다.

여관은 밤 늦게까지 시끄러웠다. 대문을 부서져라 두드리는 소리, 대문 열어주러 나가는 아주머니의 신발 끄는 소리, 흥정하는 소리, 술 취한 남자의 꿱꿱거리는 소리, 무슨 이유인지 몰라도 남자 여자가 뒤섞여 다투는 소리가 밤 늦도록 끊이지 않았다. 온 세상의 고통을 한데 모아 토해놓는 장소처럼 시끌벅적하더니 어느 순간부터 그 모든 소리가 잦아들고 소란보다 더 무서운 밤의 고요가 천지에 내려앉았다. 몸뻬 바지를 입은 채로 곯아떨어진 어머니는 이제 코를 골고 있었다. 어머니가 앞으로 자주 술을 마시게 될지도 모른다, 술의 힘을 빌어 잠들고 싶어할지도 모른다는 막연한 두려움이 있었다.

저쪽 벽을 바라보고 누워 자던 미애가 갑자기 벌떡 몸을 일으켰다. 제 방이 아니라는 것을 알고 안채로 찾아가려나보다, 나는 어둠 속에서 숨을 죽이고 지켜보았다. 미애는 베개를 끌어안고 이불 속에서 몸을 빼내더니 코를 골고 있는 어머니를 들여다보고 이어서 내가 있는 쪽을 보더니 가만히 일어나 무릎걸음으로 내 쪽으로 왔다. 미애의 작은 손이 내 얼굴에 닿았다. 얼굴을 만져보고 확인한 미애는 호오 하고 한숨을 쉬더니 이불 속으로 들어왔다. 나는 짐작했다. 미애가 자기 엄마 아빠가 한 이불 속에서 자는 모습을 눈여겨 보았다가 그 흉내를 내고 싶어하는구나, 하고. 나도 아버지 스님이 어머니와 한 이불 속에서 발가벗고 자던 모습을 여러 번 본 일이 있었다.

그때마다 나도 어서 어른이 되어 누군가 여자와 함께 저러고 자리라. 꿈을 꾸었었지. 미애도 당연히 그랬을 것이다. 그러므로 미애가 이불 속으로 내 옆에 파고들어도 말릴 수는 없는 일이었다. 그러나 우리가 나란히 누워 잘 수는 있어도 어른들이 하는 짓을 다 흉내 낼 수는 없을 것이었다.

미애의 따뜻한 체온이 느껴졌다. 봄날 채전(菜田)에 올라오던 푸성귀 같은 느낌이었다. 혹은 달짝지근한 참외의 속살 같기도 했다. 나는 거의 숨을 쉬지 못하고 미애의 다음 동작을 기다리고 있었다. 이 아이가 어디까지 알고 있을까? 제 엄마 아빠의 어떤 모습까지 보았을까? 미애의 손이 이불 속에서 내 몸을 만졌다. 이대로 죽고 싶다는 생각이 들 정도로 미애의 손 느낌은 부드럽고 달콤했다. 내 몸을 만지던 미애의 손이 잠시 멈추었다. 나는 기다리고 있었다. 미애가 온몸으로 내 배 위에 올라왔다. 배 위에 올라온 미애는 가만히 숨을 몰아쉬며 그대로 누워 있었다. 나는 두 팔로 미애를 껴안았다. 미애는 몸을 바짝 붙이면서 내 귀에 대고 작은 소리로 말했다.

"안 잤어?"

나는 고개를 끄덕였다. 우리는 그렇게 끌어안고 있었다. 어른들은 서로의 몸속에 몸을 넣고 격렬하게 하나가 되어보려고 몸부림을 치다가 결국은 떨어지는 짓을 하지만 우리는 그냥 포개져서 끌어안고 서로의 체온을 느끼면서 가만히 있었다.

어머니의 코고는 소리가 갑자기 그치더니 이쪽으로 돌아눕는 바람에 미애는 황급히 내 배 위에서 내려가 저만치 떨어져 자는 시늉을 했다. 그러다가 어머니가 다시 코를 골면 미애는 내 위로 올라왔고 어머니가 기척을 내면 다시 떨어져 나갔다. 그러기를 서너 번 하다가 마침내 미애는 이불 속에서 빠져 나가더니 안채로 가고 말았다.

아침에 미애가 책 보자기를 찾으러 동특실로 왔다. 어머니는 책 보자기를 찾아들고 돌아가는 미애의 뒷모습을 보면서 중얼거렸다.

"발랑 까진 계집애, 하기사 여관에서 보고 배운 것이 뭐 있겠노."

나는 어머니가 지난밤의 일을 알고 있을지도 모른다는 생각이 들었다. 그러나 그날 저녁 미애가 노보살의 손에 이끌려 선생님에게 배우러 온 학생처럼 얌전하게 서 있는 모습을 본 어머니는 반갑게 맞았다.

"하이고, 어서 오그라. 우리 성보에게서 배울 것이 있을란지 모르겠네."

"성보가 최고의 선생님이라카네. 머리에 쏙 쏙 들도록 가르친다는 구만. 어제 저녁 자네에게 내가 한 말은 다 취소해야겠어."

"예?"

어머니가 불안한 어조로 반문했다.

"아, 내가 말했잖아. 자네가 이 여관에서 일을 해 주면 방값, 밥값, 받지 않겠다고 한 말 말이야. 사정이 좀 바뀌었어."

"어떻게요?"

"성보가 미애 선상님 하니 그것만 가지고도 두 사람 먹고 자는 값은 하고도 남아. 어차피 학교 선상님 한 분 모시려던 참이었거든. 그라이까 자네가 여관 일을 해 주면 별도로 월급을 주기로 한 거야."

좋은 제안이었지만 나는 가슴이 답답했다. 미애를 가르칠 생각을 하니 앞이 캄캄해지는 기분이었다. 어제 밤 같은 일이 계속되면 어디까지 가게 될지 불안하기도 했다. 나는 미애를 바라보았다. 미애는 할머니 노보살의 넓은 치맛자락 뒤에 서서 이쪽을 보며 생글거리고 있었다. 내가 가진 불안 같은 것은 그림자도 보이지 않았다.

"고맙지만 모두 사양하겠심더."

어머니가 죄스럽다는 듯이 한껏 공손하게 말했다.

"부산에 사촌 언니가 한 사람 있는데 당장 오라고 연락이 왔거든요. 우리 성보도 어차피 큰 도시에서 학교 보내야 하고."

"그거 자알 됐네. 그라모 부산으로 갈 때까지만 걱정 없이 머물거라. 방값, 밥값은 성보가 선상님 해 준 것으로 에구면 되니까 걱정들 말고."

내 운명이 뒤집어지고 있었다. 어머니에게 사촌 언니가 있다는 말은 아직 들어본 일이 없었다. 어머니는 아버지 스님에게 이혼을 당하고 산문 밖으로 나올 때 큰 도시 부산으로 가서 살기로 결심한 것이 분명했다. 나를 큰 도시의 학교에 보내어 공부시키겠다는 것도 어머니가 그토록 모진 결심을 하게 한 이유 중의 하나였다.

어머니가 옆에 있었기 때문에 우리는 얌전하게 공부만 했다. 미애의 오늘 숙제는 사회과목이었다. 우리 고장의 자랑스러운 문화유산인 불지사의 내력을 조사하여 써오라는 문제였다. 어머니가 흠칫 놀랐다. 나는 그런 어머니를 짐짓 무시하고 미애에게 불러줬다. 신라시대 원효(元曉) 대사가 창건했고, 국보가 몇 개이고 보물이 몇 개이며

산내 암자(庵子)가 몇 개이고 선원(禪院)이 몇 개인 수행도량이다 등
등.

"오빠야. 대처승이 뭐꼬?"

"그건,"

내가 더듬자 어머니가 얼른 뱉었다.

"마누라, 자식이 있는 중들을 대처승이라 한다."

"아, 결혼한 스님들 말이구나. 반대말은 비구승이가?"

"맞다."

연필심에 침을 묻혀가며 공책에 적던 미애가 다시 물었다.

"불교 분규(紛糾)는 뭐꼬?"

"그건 학교 선생님에게 물어라."

어머니가 가로막았다.

"미애는 늦었으니 그만 가봐라."

"예에."

미애를 쫓아버리고 나서 어머니가 말했다.

"내일 간다, 부산으로."

미애가 가고나자 아버지 운공 스님이 술냄새를 풀풀 풍기면서 비
틀거리며 찾아왔다.

"내 새끼."

그는 나를 으스러져라 껴안고 뺨을 부볐다. 까칠한 수염이 밤송이
처럼 따가웠으나 나는 언제나처럼 참아내고 있었다. 정작 참기 힘든
것은 헛갈리는 호칭이었다. 어느 때는 아버지라 부르다가도 어느 때

는 스님이라 불러야 하는데 내게는 그걸 분간하는 일이 잘 되지 않아 신도들 앞에서 "아버지"라 부르거나 저녁에 같이 밥상머리에 앉아서도 "스님" 하는 수가 있었다. 누가 타박하는 일은 없었으나 어색한 침묵으로 보아 내가 잘못한 것을 금방 느낄 수 있었다.

"스님."

내가 소리치며 밀어내자 아버지는 엉겁결에 나를 안았던 두 팔을 풀었다.

"불교 분규가 뭐야?"

"그건,"

응원을 요청하듯 어머니 쪽을 보았으나 어머니는 아무것도 듣지 못했다는 표정이었다.

"대통령의 유시(諭示)로,"

"유시가 뭐야?"

"그런데, 갑자기 그건 왜 묻냐?"

"응, 숙제거든."

"숙제? 요즘 학교는 할 일도 없네."

아버지는 내게 얼버무려놓고 어머니에게 말했다.

"여보, 미안해."

"괜찮아."

어머니의 대답에는 얼음이 박혀 있었다.

"나는 안 괜찮아. 당신과 우리 성보 생각하면 죽고 싶어. 내가 이렇게 살아야 되나? 당신과 함께 농사짓거나 장사하면서 사는 것도 생각해 봤어. 그러나 내가 할 줄 아는 일이 없더라구. 중노릇 밖에 할 줄 아는 일이 없으니 어찌하나. 본사 주지 자리에 오를 때까지만 이렇게 살자구. 그때 가서 다시 데려올게. 정말이지 약속할게.”

“괜찮다니까. 관심 없어. 본사 주지(住持)를 하든 총무원장(總務院長)을 하든 종정(宗正)을 해먹든 잘해 봐. 우린 관심 없어. 그까짓 닭벼슬.”

“그래. 닭벼슬보다 못한 중벼슬에 연연하는 내가 얼마나 못난 놈인지 잘 알아. 그래도 어쩌나? 천지 간에 나를 이해하고 안아줄 사람은 당신하고 성보 뿐인걸.”

“우리 때문에 괴로워하지도 말고, 헛된 약속 하지도 마라. 우린 내일 떠나.”

“어디로?”

“남남인 주제에 그건 왜 물어? 나도 몰라, 어디로 갈지. 하여간 불지사 근처에는 얼씬도 하지 않을 테니까, 출세하세요, 중님.”

“그러지 마라. 어딜 가도 내가 찾을 수 있도록 알려줘야지. 성보 야가 내 생명보다 소중하다는 것 당신도 알잖아.”

“아니, 몰라. 이제 가 줘. 여긴 장사하는 집이야. 비구(比丘)가 찾아올 집이 아니란 말이야. 피곤해서 자야겠으니 제발 나가 줘, 응?”

아버지는 어머니의 서슬에 눌려 비실비실 물러나 문 밖으로 나갔다.

“가거든,”

방문 안으로 고개를 들이밀며 아버지가 한 마디 더했다.

"어디 있는지 꼭 알려다오, 내가 찾을 수 있게."

어머니는 방문을 쾅 닫아버렸다. 방문을 닫고 돌아서서 어머니가 울었는지 어땠는지 나는 모른다. 혼자 조금 속눈물을 흘리며 울었을 것으로 지레짐작했을 뿐이었다.

어머니가 드넓은 부산 천지에서 왜 하필이면 서면 로타리 부근 시장통의 좁은 골목에 있는 유정여인숙에 머물기로 작정했는지 그 까닭을 나는 알 수 없었다. 아무래도 방금 이혼 당하여 보따리 하나 달랑 들고 살겠다고 도회지(都會地)로 흘러온 촌사람에게는 어울리지 않을 성 싶은 광복동(光復洞)이나 중앙동(中央洞) 같은 도심(都心)에서 멀리 떨어진 곳이라 마음이 놓였기 때문이었을 것으로 짐작할 뿐이었다. 하루이틀, 길어야 한 달쯤 묵다가 제대로 자리를 잡아 떠날 작정이었으니 까짓거 여인숙이건 하숙이건 아무려면 어떠냐 하는 심정이었을 것이다.

유정여인숙에는 도평 마을의 미애네 여관 같은 특실이 없었다. 좁은 골목 같은 복도를 사이에 두고 네 개의 방이 벌집 구멍처럼 들어앉아 있었는데 우리는 맨 구석방을 줬다. 주인 여자는 환갑을 막 지난 연세로 사는 것이 귀찮아 죽겠다는 지친 표정이었다. 그녀는 어머니에게 1주일 분의 방값을 선불로 요구했다. 내일이라도 당장 여인숙을 나가게 될지도 모르는데 그때는 돈을 돌려받아야 할 터이므로 미리 1주일 분을 선불하는 것이 귀찮지 않겠느냐 하고 어머니가 반론을 내놓자 할머니 같기도 하고 아주머니 같기도 한 주인 여자는 흥, 하고 코웃음을 쳤다.

“맘대로 하그라. 하루를 있든 한 달을 있든 방값은 선불이니 그리 알그라.”

그 말에 어머니는 군말 없이 1주일 분의 방값을 선불로 지불했다. 그때까지만 해도 어머니와 나는 우리가 이 낡고 비좁은 여인숙 방에서 반년이나 살게 될 줄은 상상도 하지 못했다.

눅눅한 습기에다 뭐라 형용하기 어려운 찌든 냄새, 온몸이 가려운 것도 참기 어려웠지만 여인숙 방의 진짜 맛을 알게 된 것은 한밤중이 되어서였다. 어머니가 주인 여자에게 통사정하여 간신히 빌려온 찌그러진 나무 밥상을 책상으로 삼아 내가 밀린 일기를 쓰고 나자 어머니와 나는 냄새 나는 이불을 펴고 누웠다. 희미한 전등불을 끄고 눕자 사방 벽에서 시적시적 옷자락 끄는 것 같은 소리가 났다. 어머니가 벌떡 일어나 전등불 스위치를 돌리자 벽을 타고 먹이를 향해 몰려 내려오던 빈대들이 일제히 천장의 은신처로 되돌아가고 있었다. 그 중 서너 마리는 손바닥으로 때려잡았으나 나머지 대군단의 빈대들은 무사히 퇴각하여 낡은 벽지 속으로 숨어들었다. 온몸에 소름이 돋아 잠을 이룰 수도 없었고 전등불을 끌 수도 없었다. 30촉짜리 백열등을 밝혀놓은 채로 빈대들과 전쟁을 벌이다가 겨우 새벽녘에야 어머니와 나는 잠이 들었다.

다음날 아침, 우리는 시장통에서 아침 일찍 문을 연 유일한 식당에서 선지해장국으로 아침을 때웠다.

“도시 학교 아이들은 시골 아이들과 다르데이. 공부도 잘하고 눈치도 빠르고 뺀질거려서 시골에서 온 아이들을 얕잡아보고 짓누를 거다. 그놈들에게 무시당하거나 바보 취급 안 당하려면 공부를 억시게 잘해버려야 한데이. 그라이까 방에서 꼼짝 말고 공부나 해라.”

어머니는 나를 여인숙 방에 두고 어딘가로 바쁘게 나가버렸다. 저녁까지 어머니를 기다릴 생각을 하니 하루 해가 그렇게 길게 느껴질 수가 없었다. 그러나 어머니는 한 시간도 안 되어 돌아왔다.

“취직 됐다.”고 했다. 어머니의 일자리는 아침에 우리가 해장국을 사 먹은 바로 그 식당이었다. 식당에서 음식 만들어 본 경력이 없었으므로 설거지와 음식 재료 다듬는 일, 청소 같은 허드렛일을 하게 된다고 했다. 어머니의 월급으로는 여인숙의 방값을 지불하면 남는 것이 거의 없는 수준이었다. 그래도 식당인지라 어머니와 내가 하루 두 끼는 식당에서 공짜로 먹을 수 있다는 것이 큰 매력이었다. 아마 어머니는 우리 두 사람이 끼니를 때우고 연명할 수 있는 생명줄을 잡았다는 기분에 새벽부터 밤까지 일해야 하는 나쁜 조건을 무릅쓰고 그 해장국집을 택한 것 같았다. 그만큼 앞으로 어떻게 목숨을 부지하며 살아야 할지 아직 젊은 나이의 어머니에게도 그것이 두렵고 걱정이었던 것이다.

일자리가 해결되었으므로 우리는 가까운 초등학교를 찾아갔다. 운동장은 먼지가 풀풀거리는 작은 공간으로 학생 백 명만 들어서도 꽉 찰 것 같이 좁았는데 운동장 옆으로 길게 두 줄로 늘어선 4층 건물은 수천 명의 학생을 수용하는 거대한 짐승처럼 누워 있었다. 그 짐승의 뱃구레에서 바글거리는 아이들의 소리가 벌통을 뒤집어놓은 것처럼 웅웅거렸다.

부산 시내에서 다섯 손가락 안에 들 정도로 큰 학교라 했다. 물론 아이들의 숫자가 많다는 뜻이었다. 내가 전학할 5학년만 해도 전에 다니던 학교는 두 학급이었으나 여기는 열 두 학급이었다. 나는 5학년 3반에 배정됐다. 담임선생은 중년의 남자 선생이었다. 유정여인숙 주인 여자처럼 이 남자도 사는 것이 재미없다는 표정으로 자주 하품을 했다. 도시 사람들은 다 이렇게 재미없이 사는구나, 나는 터득했다.

이튿날 우리는 불지사 사하촌(寺下村)인 도평(道坪)으로 갔다. 내가 다니던 학교에서 전학 서류를 떼기 위해서였다. 전날 내게 우리 아버지들의 집단 이혼 소송을 전해주었던 담임선생님은 자신이 큰 죄를 지은 것처럼 나와 어머니를 보며 안절부절했다.

"이게 다 일제의 어리석은 문화정책이 빚어낸 후유증입니다. 부디 성보를 잘 키우십시오. 일제와 그들이 빚어놓은 운명에 복수하는 길은 그것 밖에 없습니다. 성보야."

선생님은 나에게 고개를 돌리면서 억눌린 목소리로 불렀다.

"운명에 지지 마라. 알겠제?"

"예, 선생님."

나는 선생님의 말이 무슨 뜻인지 몰랐으나 대충 어림잡아 공부 열심히 해서 훌륭한 사람이 되어라 그런 뜻으로 짐작하고 대답했다.

"그래, 너를 믿는다."

선생님은 내 어깨를 토닥였다.

"성보가 잘 해 낼 겁니다."

이번에는 어머니를 안심시켰다.

우리가 교무실에서 나와 학교 건물을 등지고 운동장을 걸어나오는데 뒤에서 다급하게 쫓아오는 발자국소리가 있었다. 돌아보니 미애였다.

"오빠야, 이거."

손에 든 것을 내밀었다. 신문지로 포장한 책이었다.

"책방 아저씨한테 부탁해서 샀어. 언젠가 한 번은 올 줄 알았거든."

내가 엉거주춤해 있자 어머니가 대신 받아 내 손에 쥐어주었다. 책이 내 손에 들어가는 것을 본 미애는 돌아서서 달리기 시작했다. 나는 미애의 작은 어깨와 그 위에 나풀거리는 머릿결을 바라보고 있었다.

"착한 계집애네."

이틀만에 발랑 까진 계집애는 착한 계집애로 바뀌어 있었다. 선물할 책을 사기 위해 책방 주인에게 애써 부탁하고 언제 올지 모르는 우리를 기다려 교실 창 밖을 내다보고 있었던 미애의 정성이 어머니의 생각을 바꾼 것이었다.

다시 부산으로 가는 시외버스 속에서 나는 미애가 준 책을 열어보았다. 제목이 『세계명시선』이었다. 내가 교내 백일장(白日場)에서 장원(壯元)한 일이 있었기 때문에 시를 좋아하는 줄 알고 책방 주인 아저씨에게 특별히 부탁하여 산 책이라고 했다. 나는 내가 어떻게 해서 교내 백일장에서 장원을 먹었는지 그 이유를 모르고 있었다. 세계적인 대시인들의 작품을 본 일도 없었다. 시를 쓰면서 평생을 산다는 것이 어떻게 가능한가? 상상이 되지 않았다. 맨 앞에 나오는 시인은 정지용(鄭芝溶)이라는 한국인이었다. 그 다음으로 괴테가 나오고 폴 베르네르, 하이네, 김소월(金素月), 워즈워드, 랭보, 보들레르, 타 골…… 생전 처음 듣는 이름들이었다. 그들의 작품을 대충 읽어보았 다. 뭔지 모르는 간절한 그리움들이 가득 고여 있었다. 나는 책갈피 를 덮었다. 이건 아니다. 그리움은 사사로운 감정이고 형체가 없는 것 이다. 나는 형체가 있는 것을 배우고 탐구할 것이다. 그러나 태어나 처음으로 받은 선물이었기 때문에 미애가 준 책은 소중하게 간직할 작정이었다. 어머니는 내가 책을 덮어버리자 설핏 입술을 비틀며 웃 었다.

다음날 나는 부산 서면에 있는 D초등학교에 등교했다. 내 키가 보 통이었으므로 교실 가운데의 빈자리에 앉았다. 하룻동안 나는 바짝 긴장해 있었다. 그러나 저녁에 어머니가 묻자 나는 이런 대답을 내놓 았다.

"도시 아이들 똑똑하다며? 눈치 빠르고 영리하다며? 모두 바보 같 은 놈들 뿐이야."

어머니는 잠시 생각하더니 이윽고 말했다.

"니가 기죽지 않고 당당하게 사는 것은 참 좋데이. 하지만 몇 십 명 되는 아이들 중에는 반드시 뛰어난 놈들이 있을 끼다. 겸손해야 한데이."

"엄마는 그런 것 어디서 배웠노?"

스님인 아버지의 영향 아니냐 하는 뜻이 숨어 있었다. 물론 어머니도 내가 말 속에 숨겨놓은 뜻을 알았다.

"쓸데없는 소리."

"식당 일이 많이 힘들제?"

밤에 잠 들기 전에 어머니가 끙끙거리는 소리를 들었기 때문에 해본 소리였다. 식당에 나가 일하기 시작하고부터 어머니는 빈대가 몰려오든 말든 아랑곳하지 않고 누우면서 전등을 끄고 곧장 잠에 빠져드는 것이었다.

"처음 하는 일은 뭐든지 힘들게 마련인기라. 그래도 견딜만하다. 사장님이 마음씨 좋은 분이라서."

식당 주인 남자를 어머니는 사장님으로 불렀다. 힘들어도 마음씨 좋은 사람들과 함께 일하면 한결 수월하다고 했다.

"전학한 아이들이 새 학교에 적응할라모 무척 힘이 든다카더라. 어려워도 잘 참아내야 한다. 알겠제?"

"알았다."

그러나 식당 사장님에 대한 어머니의 좋은 감정도 하루만에 박살이 나고 말았다.

"지가 뭔데 남의 일에 지랄하노."

저녁에 파김치가 되어 돌아온 어머니는 여인숙의 공동 세면장에서 대충 얼굴과 손발을 씻고 들어와 물기를 닦으면서 욕설을 씹었다.

"엄마한테 누가 지랄하노?"

"그 사장놈."

"맘씨 좋은 사람이라 안 캤나?"

"맘씨 좋은 줄만 알았제."

"얘기 해 봐라."

"중들 욕을 막 하는 기라. 고려(高麗)가 망한 것도 불교 때문이고 신라(新羅)가 망한 것도 불교 때문이라고 궤변을 떠는 기라. 미얀마, 월남, 스리랑카, 태국, 티베트, 뭐라카는 불교 국가들이 모두 비실비실하는 원인이 그놈의 종교 때문이라 중들을 싹 쓸어버려야 이 나라가 잘 된다카는 기라."

"어쩌다가 그 이야기가 나왔는데?"

"중 하나가 탁발(托鉢)을 나와 한참 바쁜 식당에 얼굴을 디밀고 목탁(木鐸)을 두들겨 쌓는 기라. 사장놈이 뭐라카는고 하니 우린 예수 믿는다, 꺼져라 하더라고. 그래서 내가 그랬제. 동냥 주고 싶지 않으면 그냥 안 주고 말면 그만이지 예수 믿는다고 거짓말은 왜 하노 하고. 그랬디만 이 미친 놈이 거품을 물고 불교가 어떻고 중이 어떻고 생욕을 하는 기라. 중이 뭔지 불교가 뭔지 오줌 똥도 못 가리는 놈들이 코묻은 돈 한 푼 땜시로 생욕을 하는 꼴은 못 봐 주겠더라."

나는 속으로 웃었다. 절집 근처에 있을 때는 아버지 스님이 집에 올 때마다 중이 어떻고 불교가 어떻고 바락바락 긁어대던 어머니가 정작 밖에서는 중과 불교를 옹호하고 나서다니, 아버지에 대한 그리움 때문인가, 불교 진리에 대한 믿음 때문인가, 모를 일이었다.

"이 자슥이 싱겁게 와 웃노?"

"이 장면에서 그럼 내가 울어야겠나?"

"에라이,"

때리는 시늉을 했으나 그야말로 시늉뿐이었다. 어머니는 나에게 손찌검을 한 적이 없었다. 자신의 생명이나 마찬가지로, 어떤 경우에는 자기 생명보다 더 나를 소중하게 여긴다는 것을 나는 알고 있었다.

"그 식당에서 오래 못 있겠다."

어머니가 한숨과 함께 토해낸 말이었다.

우리 있는 곳을 아버지 스님에게 알리고 도움을 받자, 하고 말하고 싶었으나 그 말을 목구멍에서 삼켰다. 두 사람은 이혼을 했고, 어머니는 아버지를 비롯하여 시류에 약아빠진 스님들을 절대로 용서하지 않을 태도였다. 할 수만 있다면 아들인 나의 출생마저 중의 자식이라는 꼬리표가 붙지 않도록 세탁이라도 하고 싶은 심정일 것이었다.

2

벼랑 끝에서

5학년 3반 교실은 다른 학급에 비하여 조용한 편이었다. 아이들이 모두 바보거나 점잖아서 그런 것이 아니라 수만이가 주먹을 휘둘러 평정해 놓았기 때문이었다. 수만(秀萬)이는 학급의 다른 아이들보다 키가 월등 큰 것도 아니었고 신체가 좋은 편도 아니었다. 그저 그만한 체구에 곰보자국이 몇 개 박혀 있어 외모만으로는 여학생들의 관심을 끌만한 아무 건덕지도 없는 아이였다. 그러나 그와 정면으로 눈길을 맞춘 아이들은 오금이 저릴 정도로 이상한 살기(殺氣)를 느꼈다. 지레 겁을 먹고 아무도 덤비지를 못했다. 그러다 보니 어쩌면 수만이의 주먹이 별 것 아닐지도 모른다는 소문도 있었다. 학급에서 제일 덩치가 좋은 종철(鍾鐵)이가 이 소문의 진위(眞僞)를 시험해 보기로 했다. 그 대상이 하필이면 나였다.

셋째 시간이 끝나고 급히 화장실에 갔다 와서 다음 시간에 배울 셈본 책을 내놓고 전날의 숙제를 살펴보고 있는데 어깨 위에서 손이 들어오더니 공책을 끌고 가는 것이었다. 돌아보니 종철이가 웃고 서 있었다.

"어, 요즘 사춘기가 돼서 말이야. 꼬마야, 너는 모르지? 촌놈들에게도 사춘기가 오기는 오냐? 밤새 여드름 짜느라고 셈본 숙제를 못했거든. 이 공책은 내가 가질게."

나는 공중에 뜨는 공책을 잡았다.

"안 돼."

"뭐라고? 안 된다캤나?"

"그래. 안 된다. 여드름 짜다가 숙제를 못했으면 선생님한테 그래라, 여드름이 숙제를 못하게 했슴다, 하고."

교실이 와글와글 웃음바다가 됐다.

"이 자슥이."

종철이의 넓적한 손이 내 귀를 잡아당겼다. 나는 끌려 일어나면서 주먹으로 종철이의 배꼽 부분을 힘껏 내질렀다.

"어쿠."

하고 배를 꺾었던 종철이가 일어나면서 오른쪽 다리를 뻗었다. 그 다리가 내 얼굴에 닿을 것으로 알고 눈을 감고 마음 준비를 하는데 닿지 않았다. 눈을 떠보니 어느새 달려왔는지 수만이가 머리통으로 종철이의 아래턱을 들이받아 수만이의 큰 키가 벌렁 교실 바닥에 나자빠져 있었다. 나자빠진 종철의 목에다 발을 올려놓고 수만이가 말했다.

"키 값을 해야지, 인마, 안 그래?"

"그래, 알았다."

종철이가 캑캑거리며 항복(降伏)을 선언했다.

"앞으로 시골서 온 아이들 건드리지 마라, 알겠제?"

"알았다카이."

그렇게 끝이 났다. 수만이든 종철이든, 혹은 다른 아이들이든, 겉으로 무심한 척하면서도 시골에서 전학 온 나를 지켜보고 있었구나, 도시 놈들 정말 한심하고 바보 같다는 생각을 다시 확인했다. 그날 점심 도시락을 먹는데 수만이가 자기 도시락을 들고 내 옆으로 왔다.

"같이 묵자."

수만이의 도시락에서는 가난의 땟국이 흘렀다. 양은 도시락은 찌그러지고 우그러져서 밥이 절반만 담길 정도였고, 찌그러진 골마다 검은 때가 앉아 있었다. 반찬이라고는 밥 귀퉁이에 박아놓은 멸치조림 몇 마리가 전부였다. 밥에도 납작하게 눌린 보리쌀이 절반이라 거뭇했다. 내 도시락은 달랐다. 해장국을 파는 식당에서 가져온 것이기는 하지만 반찬통이 따로 있었고, 그 속에 생선 한 토막과 어묵 무침, 그리고 도라지와 시금치 나물도 몇 가닥 들어 있었다. 수만이는 그것들을 맛있게 집어먹었다. 다 먹고 나서 그가 말했다.

"니 엄마를 쪼매 알겠다."

"우리 엄마를? 어떻게?"

"인마, 도시락을 보면 엄마들을 대충 알 수 있다니까. 니 엄마는 니한테 목숨을 걸고 사는 여자다, 맞제?"

"내사 모르겠다."

"이 짜슥, 모르는 척 하기는. 우리 엄마는 미쳤다. 그라고 나를 웬수라 칸다. 내만 없으모 우리 아버지랑 당장이라도 찢어질낀데 내 때문에 그라지 못하니까 웬수인기라. 니, 말 참 재밌게 하드라. 니 말을 들으면 세상을 저렇게 보는 법도 있구나, 하고 깜짝 놀랜다 아이가. 저것들도 모두 나와 같은 생각일 거다. 우리 앞으로 친구 하자."

학급에서 제일 깡이 좋고 6학년 상급생들도 무서워하는 수만이를 친구로 삼는다는 것은 나쁘지 않을 것으로 생각했다. 그러나 수만이와 친구로 지낸다는 것은 무거운 짐을 어깨에 지고 가는 것과 같은 일이었다.

수만이는 자신이 "친구로 사귀자"고 말한 순간부터 둘이 친구가 된 것으로 알고 행동했다. 6교시가 끝나고 교실 밖으로 나서는데 누가 어깨를 잡았다. 수만이었다.

"같이 가자."

함께 교문 밖으로 나오니 좁은 골목이었고, 좁은 골목이 끝나는 지점에서 전차(電車)가 다니는 대로가 이어졌다. 여기서는 서면(西面) 시장통이 멀지 않았다. 어디까지 함께 갈 건데? 하고 쳐다보니 수만이는 태평하게 뱉았다.

"니네 집에 가 보자. 우리는 친구 아이가."

친구 사이에는 집부터 가 보아야 한다는 법이라도 있는 것처럼 수만이는 나를 따라 왔다. 우리는 집이 없다, 피난민처럼 여인숙에서 임시로 살고 있다, 그 말이 나오지 않았다. 하기야 부산에 살고 있는 사람들 절반은 피난민들이니까 여인숙에서 살든 하숙에서 살든 놀랄 일은 아니었다. 수만이는 정말 조금도 놀라지 않았다. 그는 우리 모자가 여인숙에서 살고 있는 처지를 오히려 부러워하는 눈치였다.

"좋다."

저녁만 되면 빈대가 대부대로 출몰하는 냄새나는 방에 들어와 앉더니 수만이는 "좋다"고 부러워했다.

"엄마와 둘이서 사냐?"

내가 고개를 끄덕이자 그는 낮은 소리로 말했다.

"내는 엄마라는 여자가 없다. 있지만 죽은 것보다 못하다. 니는 엄마한테 잘해라."

수만이가 말하지 않아도 그럴 참이었다. 아버지 스님에게 버림을 받은 여자, 아직 30대 후반의 젊은 나이에 아들 하나를 위해 목숨을 걸어버린 여자, 가엾은 엄마, 내가 어찌 모르겠는가?

"이제 우리 집에 가자."

"그래."

당연히 그래야 할 일이었다. 여인숙을 나와 시장통에서 어머니가 일하는 해장국집에 들렀다. 어머니는 파를 다듬고 있다가 나를 데리고 골목으로 나왔다. 수만이가 넙죽 인사를 하자 어머니는 아들의 친구에게 환하게 웃어보였다.

"친구냐? 똘똘하게 생겼구나."

"이 친구 집에 가기로 했어. 늦을지도 몰라."

"그래, 남의 집에 가서 너무 오래 있으면 안 된다."

어머니의 허락을 받고 우리는 수만이의 집으로 향했다. 다시 전찻

길로 나왔다가 골목길을 한참 가니 동해남부선 철로(鐵路)가 나왔다. 철로 위를 조금 걸으니 짧은 치마를 입고 화장을 짙게 한 여자가 휘파람을 휙 불었다.

"수만아, 학교에서 뭘 배웠니? 요즘은 피임하는 법도 가르쳐 주시니? 니네 학교 선생님들 뭘 모르더라. 짬보 같은 놈들."

수만이는 철로에서 작은 돌맹이 한 개를 줍더니 여자를 향해 던졌다. 꿱 소리를 지르며 여자가 사라졌다. 그러나 곧 다시 나타나 악다구니를 썼다.

"야, 이 미친 놈의 새끼야. 내가 니 애비하고 잤으니 니 어미다. 어미에게 돌 던지는 후레새끼가 세상에 어딨냐?"

수만이가 다시 돌맹이를 주워들자 여자는 개구멍 같은 집 속으로 사라져 버렸다. 철로 주변에는 그런 여자가 많았다. 모두 수만이를 알아보고 이상한 말로 인사를 건네는 것이었다. 수만이는 그런 여자들의 인사를 송충이 털듯 털어냈다.

"이런 거 처음 보나?"

"응."

"그럼 잘 봐 둬라. 우리 아버지라는 사람 입만 열면 말씀이 여기야말로 인생을 배우는 진짜 학교래. 고마워 죽을 지경이야, 우리 아버지에게."

철로를 벗어나자 사람 하나가 겨우 지나갈 좁은 골목이 나왔다. 울퉁불퉁 바위가 솟아 있는 생긴 그대로의 비탈길에 제멋대로 지은 집들이었다. 그런 집들 중 대문이 열려 있는 집으로 수만이는 앞장

서서 들어갔다. 대문 앞에서 아까 철로변에서 본 것과 비슷한 차림의 여자 둘을 만났으나 수만이는 그녀들을 사납게 밀쳐냈다.

"똥갈보들이야. 우리 아버지는 포주(抱主)고 우리 엄마는 정신병자, 우리는 세상 끝에서 살아."

수만이가 세상 끝이라고 한 그 집은 뜻밖에 고요했다. 깊은 적막을 이불처럼 덮고 있었다. 갑자기 날카로운 여자의 비명(悲鳴)이 그 적막(寂寞)을 흔들었다.

"수만이 왔제? 그놈 붙잡아 와라."

수만이의 엄마였다. 머리카락은 귀신처럼 풀어헤쳤고, 아래는 노란 꽃무늬의 몸뻬를 입었으나 위에 입은 옷은 앞가슴을 여미지 않아 축 늘어진 젖통이 반쯤 삐어져 나와 덜렁거리고 있었다. 수만이는 어머니의 말에 대꾸를 하지 않고 제 방에 들어가 책보따리를 던져놓고 나왔다.

"봤제? 여기가 세상 끝이다. 우리 아버지라는 사람 와 이 장사를 하는지 아나? 날마다 다른 년 배 위에 올라갈라고 계집장사를 하는 기라. 이 동네에서 장사하는 년들 수백 명인데 모조리 그놈이 간을 보고 점검했다더라. 엄마는 그때문에 미쳤고."

아버지를 그놈이라고 부르는 수만이가 크게 보였다. 나도 이제 그놈이라 불러 주리라.

"친구 데불고 왔나?"

수만이의 어머니가 제정신이 드는지 경계했다.

"이 친구는 괜찮다."

"그래도."

여인은 아들이 친구 데리고 온 것이 여전히 못마땅하다는 투였다.
그러거나 말거나 수만이는 제 어머니에게 손을 벌였다.

"돈 줘."

"무슨 돈?"

"손님이 왔는데, 그럼 집에서 대접할래?"

"알았다. 나가봐라. 요 앞에 오뎅집에 가든지."

수만이의 어머니는 몸빼 안주머니에서 돈을 꺼내 내밀었다. 수만
이는 그것을 나꿔채가지고 내게 턱짓을 하고는 대문 밖으로 나섰다.
우리는 철로와 골목길이 마주치는 어간에 손수레를 세워놓고 포장
을 두른 오뎅집에 들어갔다. 이 바닥에서 영업하는 여자 하나가 먼
저 들어와 소주에 오뎅을 시켜놓고 앉아 있었다. 우리가 들어서자 여
자가 반가워하면서 벌떡 엉덩이를 들었다.

"수만이 아이가. 자알 왔데이. 누부야가 쇠주 한 잔 딱 멋있게 할
라카는데 그만 수중(手中)에 돈이 없는 기라. 그래 이 주인 아저씨한
테 몸으로 떼울까, 도망을 쳐버릴까, 대가리 터지게 궁리하던 중인
기라. 사랑하는 동생아, 누부야 술값 좀 내그라, 어이?"

"얼만교?"

"소주 두 병 마셨으니 구백 환(圜)이다."

수만이가 들고 온 돈은 천 환이었다. 그래도 백 환이 남았다. 우리
는 오뎅 꼬치 한 개씩 들고 씹었다. 국물도 마셨다.

"수만이 니, 누부야가 와 대낮에 술을 처먹는지 궁금하지도 않

나?"

"눈곱만치도 궁금하지 않다. 제발 입만 좀 닫아다오, 응?"

잠시 입을 다물고 있던 여자가 또 입을 열었다.

"내사 말해야겠다. 아가리를 닫고 있으모 복장이 터져버릴라카는 기라."

"말해 봐라, 옥자(玉子)야."

오뎅을 파는 남자는 이 동네 여자들 이름을 거의 다 알고 있는 것 같았다. 옥자라고 불린 여자는 뜻밖의 지원군을 맞아 힘이 솟는 듯 했다.

"아저씨가 역시 최고야. 생각이 있으면 언제든지 내게 말하라우, 여기서도 달라면 주지 뭐, 까짓 거. 그 대신 쇠주는 공짜로 줘야 해. 아까 누가 왔다 갔는지 알우? 울 엄마 애인이라는 놈이, 대구서 도라꾸 운전하는 놈이 어찌어찌 날 찾아내어 화대(花代) 주고 하고 갔다니까, 그 뒈질 놈이, 칵."

"가자."

우리는 오뎅 백 환어치를 먹고 얼른 그 포장마차에서 나왔다. 철로 위에서 헤어지면서 수만이가 먼 산을 보면서 말했다.

"나는 떠날 끼다. 여기가 세상 끝이니 이보다 더 나쁜 곳은 없을 거 아이가."

"어디로? 언제?"

나도 가고 싶다. 그 말을 하고 싶은데 말이 목구멍에 걸려 잔기침만 했다.

"돈을 모으고 있다. 이놈의 세상은 돈이 말하는 기라. 돈만 좀 있으면 떠난다."

"나도 모을게."

수만이가 나를 바라봤다. 무슨 말을 하려다가 우물거리더니

"가 봐라, 내일 학교에서 보자."

하고는 철로를 따라 휘적거리고 가버렸다.

다음날 수만이는 학교에 나오지 않았다. 그 다음날도 나오지 않았다. 5학년 3반 아이들은 수만이가 죽었다는 소문을 만들어냈다. 일본 후쿠오카에서 온 쓰가루 마루라는 상선(商船)에 밀수품(密輸品)을 받으러 전마선을 타고 밤중에 몰래 저어가다가 세관(稅關) 감시선에 들키자 죽어라고 도망을 치던 중 감시선의 발포로 총탄에 맞아 재수 없이 그 자리에서 즉사했다는 소문이었다. 전마선에 함께 타고 있던 밀수품 운반조는 모조리 잡혀 경찰서에서 조사를 받고 있는 중이라 했다. 나는 그 소문을 믿지 않았다. 그러나 하루가 더 지나자 소문은 한층 구체화 됐다. 수만이가 죽지 않았다. 복부(腹部)에 총탄(銃彈)을 맞긴 맞았으나 수술 후 목숨은 간신히 건졌고, 나이가 어려 감옥살이 대신 소년원에 들어갈 것이라는 얘기였다. 담임선생님이 병원으로 찾아가 수만이를 만나고 왔다고도 했다. 나는 종회(終會)를 마치고 교무실로 돌아가는 담임선생님의 뒤를 쫓았다.

"저어, 선생님."

담임선생님은 돌아보며 씨익 웃었다.

"수만이 입원해 있는 병원? 복음병원(福音病院)이다. 가 봐라."

별것도 아닌 일을 가지고 괜히 공범(共犯)처럼 쭈볏거렸던 자신이 한심스러웠다.

나는 전차를 타고 복음병원으로 가서 수만이가 입원해 있는 병실로 들어갔다. 걱정했던 그놈은 없었다. 수만이의 미친 엄마도 보이지 않았다. 대신 낯선 젊은 남자 한 명이 수만이의 침대 옆에 붙어 서 있었다. 나중에 알았지만 형사였다. 환자가 도망가지 못하도록 교대로 지키고 있다고 했다. 수만이가 지은 죄가 그리 컸던가? 밀수품이 씨앗이나 시계, 화장품 따위가 아닌 마약이나 총기였나?

나를 보자 수만이는 웃으려고 했다. 그러나 수술한 부위의 고통 때문에 얼굴이 일그러졌다.

"내가 영화를 많이 봤거든."

수만이가 여전히 웃으려고 애를 쓰면서 말했다.

"우리집에서 일하는 그 누나들, 틈만 나면 영화 보러 가는데 꼭 나를 데리고 갔거든. 영화에서는 이런 장면에 주인공이 툭 털고 일어나거나 멋지게 농담을 하거나 하는데 말이야. 성보 니가 오면 무슨 말을 하고 어떤 표정을 지어야지 계획해 두었는데 그대로 안 되네."

듣고 있던 형사가 픽 웃었다.

"어라, 아저씨 웃었다. 니는 안 우습나?"

"나는 울고 싶다."

정말이지 울고 싶었다. 목을 놓아 통곡하고 싶었다. 지옥에서 벗어나기 위해 돈을 모은다더니 겨우 이 지경이냐? 기껏 세상 끝 벼랑에서 뛰어내린다는 것이 이 모양으로 박살이 나고 만 거냐? 나도 가고 싫었는데, 나도 벼랑 끝에서 뛰어내리고 싶었는데, 수만이 니가 없으면 누구랑 뛰어내리냐? 나 혼자로는 생각도 못했을 일을 가르쳐 준 친구가 뱃구레에 총알이 박혀 맥없이 누워 있는 모습을 보니 서럽고 또 서러웠다.

"성보야."

수만이는 내 손을 그러잡고 만지작거렸다.

"인자 가 봐라. 그라고 앞으로는 오지 마라."

"학교에서 만나자."

가망 없는 이야긴 줄 알면서도 그 말을 꼭 해야한다고 나는 생각했다.

"그래, 학교서 만나자. 내사 이노무 세상 확 엎어버리고 싶었다 아이가. 하지만 절벽에 달걀 던지기라는 것을 알았다. 그거는 먹물들이 하는 짓이제. 니는 공부 열심히 하고 많이 배워라. 그래서 이노무 세상."

그 다음 말은 잇지 못했다. 할 필요가 없었다. 내가 그 내용을 짐작으로 알아들었으니까.

3

사다리 타기

6학년이 되고 졸업을 할 때까지 수만이는 학교로 돌아오지 못했다. 간간이 들려오는 소문은 나쁜 것 뿐이었다. 원래는 수감기간이 1년이었으나 소년원(少年院)에서 탈출을 시도하다가 잡혀 수감기간이 1년 더 연장(延長)되었다는 소문이 먼저 들리더니 자기보다 나이가 두 살 위의 아이를 두들겨 패서 턱뼈를 부숴놓는 바람에 다시 1년이 연장되었다고 했다. 어쨌거나 졸업할 때까지 수만이가 학교로 돌아올 수 없다는 사실이 확인된 셈이었다. 아이들은 안심하는 눈치였다.

나는 소년원에 간 수만이보다 더 치열한 내적인 싸움을 벌이고 있었다. 우리가 여인숙에 살기 시작한 지 한 달쯤 되었을 때 아버지 스님이 어찌 수소문하여 찾아왔다. 어떻게 마련했는지 모르지만 약간의 돈을 가지고 왔다. 어머니는 그 돈을 여인숙 마당에 던져버렸다. 마침 봄비가 구질구질 내리고 있었다. 마당에 흩어진 돈 위로 비가 흩뿌리고 있었다. 아버지는 돈이 빗물에 젖는 모습을 그냥 바라보기만 했고, 나도 그 물건에 손을 대고 싶지 않아 내버려두고 있었다. 한

참 뒤 여인숙 주인 여자가 지나가다가 발견하고 돈을 주웠을 때는 돈이 물에 푹 젖어 있었다. 여인숙 주인 여자는 젖은 돈을 부뚜막에 펴서 말린 후에 세어보고 아버지가 돌아간 후 "두 달치 방값을 미리 받았다"고 알려 왔다.

아버지가 온 것은 두 달치 방값을 주러 온 것 때문만은 아니었다. 며칠 앞으로 다가온 하지(夏至) 때 선방(禪房)으로 들어가기 위해 방부(房付: 승려가 절에 가서 그곳에서 머물며 수행할 수 있기를 부탁하는 일)를 넣어놨다. 하안거(夏安居)에 들어가면 적어도 석 달 동안은 당신과 성보를 찾아올 수 없으니 그 전에 보고 싶었다는 것이 찾아온 이유였다. 비구종단에서 장차 행세를 하려면 선방 경력은 필수이니 안거(安居)에 참여하지 않을 수 없다는 얘기도 했다. 어머니 입에서 폭탄이 터진 것은 그때였다. 우린 이혼한 사이이고 상대로부터 자유롭다. 그렇지 않으냐? 라는 물음에 아버지가 그렇다고 얼결에 대답하자 어머니는 내가 곧 결혼하게 된다. 그러므로 전 남편인 당신이 얼쩡거리지 말아줬으면 좋겠다고 폭탄을 터뜨린 것이었다.

"누구랑?"

아버지 스님이 바보같이 물었다.

"남자지, 당연히."

"흐음, 남자, 그래, 남자겠지. 잘 살아라, 축복(祝福)한다."

"당신 축복은 필요 없어."

"그래도."

아버지 스님은 나를 끌어안더니 까칠한 수염으로 오랜 시간 얼굴을 부볐다.

"공부 잘하지?"

"우리 반에서는 일등이야."

"그래. 장하다. 누구 새낀데."

내가 자기 새끼라는 생물학적 사실을 거듭 확인시켜주고 아버지는 떠났다. 떠나는 아버지의 승복(僧服) 입은 어깨와 등이 봄비에 젖고 있었다. 그렇게 떠났다, 아버지는. 아마 선방에서 안거에 들어가 참선 수행하는 데는 도움이 되었을 것이다.

어머니는 정말로 결혼이라는 것을 했다. 상대는 해장국집 사장, '그 새끼'였다. 남자가 쉰두 살, 어머니는 서른아홉이었다. 결혼식을 꼭 올리고 싶다는 어머니의 요구에 따라 마지못해 올린 결혼식은 난장판이 되고 말았다. 폐결핵 4기로 마산(馬山)의 국립요양소에 있던 본처(本妻)가 소식을 듣고 달려와 식장(式場)을 덮친 것이었다. 나는 몰랐지만 새 아버지와 어머니는 난장판을 예감(豫感)하고 있었던 모양이었는지 그리 놀라지도 않았다. 결핵 4기의 불행한 여자는 해장국집 사장이 미리 불러놓은 두 명의 주먹이 자동차에 태우고 어디론가 끌고 갔다. 사람들은 그 여자가 국립 사나토리움(sanatorium)이 있는 마산으로 가는 시외버스에 구겨박혔을 것으로 짐작들을 했다.

결혼예식장(結婚禮式場)은 다시 평온(平穩)과 잔칫집 분위기를 되찾았다. 식을 마친 후 해장국집 안방에 신접살림을 차린 두 사람은 말이 신접살림이지 수십 년을 함께 살아온 사람들 같았다. 어머니는 여왕벌 같았고 해장국집 사장은 수펄이나 일벌 같이 열심히 일하고

한없이 굽신거리고 먹은 것이 다 올라올 정도로 어머니 앞에서 알랑
거렸다. 저런 결혼을 왜 할까? 저 남자가 얻은 것은 무엇일까? 내게
는 두고두고 그것이 의문이었다.

　나는 해장국집 골방에서 살았다. 가끔 허드렛일하는 아주머니들
이 통행금지시간을 넘겨 일하다가 내 방에 와서 함께 자는 일은 있
었으나 그 외에는 누구도 내 방에 얼씬하지 않았다. 소독약을 자주
뿌린 덕분에 빈대가 없어 다행(多幸)이었다. 내가 할 수 있는 일은 공
부하는 것하고 수만이를 기다리는 것 밖에 없었다. 그 중 수만이를
기다리는 것은 시간이 해결할 문제였으므로 내가 할 수 있는 일, 공
부에 목숨을 걸다시피 매달렸다. 이를 악물고 죽어라고 공부를 했더
니 학급에서 1등은 당연히 내 차지였고 전체 졸업생 중에서 2등을
했다. 그리고 부산에서 가장 명문으로 꼽아주는 경상중학교 입학시
험에 장학생으로 붙었다. 장학생으로 선발되었다는 소식을 전하자
어머니는 푸 하고 오래 참았던 숨을 토해냈다. 어머니는 내 머리통을
자신의 가슴팍으로 끌어가 안고는 오랫동안 숨 죽여 울었다. 나는
그 울음의 뜻을 알고 있었다. 중학교에서도 목숨 걸고 공부할 것이
고 고등학교에서도 그렇게 할 것이었다. 아버지에게 당한 설움을 갚
는 길, 그렇게 해 주기를 바라는, 어머니의 울음이었다.

　경상중학교는 부산을 중심으로 경상남도 내의 수재(秀才)들이 모
이는 학교 중의 하나라고 소문이 나 있었다. 그러나 막상 들어가 보
니 거기에도 바보들이 득시글거렸다. 그리고 보니 겉으로 소문난 그
중학교 학생들뿐만 아니라 세상 사람들 대부분이 바보들이었다.

내가 중학교 동급생들을 모두 바보라고 생각한 데는 까닭이 있었다. 입학한 후 몇 달 지내면서 아이들과 말을 나누고 보니 아이들이 크게 두 부류로 나뉘어지는 것이었다. 집안 형편으로 볼 때는 농촌 출신의 가난뱅이들과 상대적으로 부유한 편인 도시의 장사치나 공무원을 부모로 둔 아이들의 두 가지로 나눌 수 있었으나 내가 본 두 부류는 '출신성분' 별로 그렇게 간단하게 양분되는 것이 아니었다. 지향하는 인생의 목표, 꿈의 차이였다.

경상도 남녘의 수재들이 모인다는 이 학교의 대부분 학생들의 목표는 좋은 고등학교에 진학하고 더 좋은 대학, 이를테면 서울대학교 법과대학에 진학해서 높은 자리에 오르는 것이었다. 조선시대로 치자면 문과 급제(文科及第)하여 환로(宦路·벼슬길)에 나가는 그 길이었다. 그 길을 한 마디로 표현하자면 출세였다. 아이들은 취향과 능력, 그리고 부모의 바람에 따라 각자 다른 길을 내다보고 있었다. 서울대학교 법대는 중심 대로였고, 그 옆으로 육군사관학교도 있었고, 고려대학교와 연세대학교도 있었다. 어떤 아이는 자본주의(資本主義) 세상에서 관료보다 기업을 일구어 돈을 버는 것이야말로 가장 확실한 출세라고 믿고 일찌감치 경영대학이나 상과대학 진학을 목표로 삼는 경우도 있었다. 가난뱅이 출신이거나 부잣집 아이거나 큰 차이가 없었다. 모두 목표는 출세였고, 학교는 출세의 길로 가는 사다리에 지나지 않았다. 그 나머지 아이들은 흐리멍덩 아무 목표도 없었고 출세해야할 필요도 느끼지 못하는 아이들이었다. 중학교에 들어가 보니 아이들은 출세하고 싶은 아이들과 그런 욕구를 가지지 못한 아이들의 두 부류만 있었다. 아이들의 생각이 그렇게 좁게 한정된 것은 그들 자신 때문인지 부모들이 그렇게 만든 것인지는 알 수 없었다. 다만 아이들은 아이들인지라 인생이 단 한 번뿐이라는 것, 그나마도 아주 짧다는 것을 모르고 있었다. 사다리를 기어오르기 위해 허위허위 하기에는 너무 아까운 시간이라는 것에는 생각이 미치지 못하고들 있었다.

나는 외로웠다. 수만이가 그리웠다. 그가 부럽기도 했다. 이 벼랑 위에서 뛰어내리고 싶다는 생각을 자주 했다. 학교를 마치고 전차를 타고 서면 종점에 내려 시장통의 해장국집 골방으로 기어들어가는 것이 죽기만큼이나 싫었다. 어머니가 말아내어 오는 국밥은 역겨웠고, 새 아버지라는 사람이 필요 이상으로 살갑게 대하는 것도 구역질이 났다.

미애가 준 『세계명시선』을 가끔 읽었다. 첫 페이지에 수록된 정지용의 〈향수〉는 몇 번 읽자 욀 수 있을 정도였다. 국어시간에 이 시인에 대해 배운 적이 있었다. 충청도 옥천(沃川)이랬지, 고향이. 월북(越北)하여 그의 작품이 교과서는 말할 것 없고 전집(全集)에서도 모조리 지워졌는데 어쩌다가 출판사의 실수로 끼게 된 것을 미애가 멋도 모르고 나에게 선물한 것이었다. 그 시를 읽으면서 나는 생각했다. 이 사람은 좋겠다, 그리는 고향이 있어서. 내게도 고향이 있을 뻔 했었지. 불지사 일주문에서 도평 마을까지 오리쯤 되는 소나무길, 옆으로는 국망산(菊望山)에서 흘러내리는 계곡물을 끼고 나이가 얼마나 되었는지 짐작도 안 되는 거목들을 머리에 이고 걷는 길, 가끔 지나가던 스님들이 바랑에서 누룽지나 사탕이나 말라 비틀어진 떡을 꺼내어 주며 머리를 쓰다듬어 주던 길, 소쩍새가 무슨 까닭으로 피나게 울던 길, 그 길이 고향길이 될 뻔 했던 것이다. 그러나 지금은 아니었다. 꿈에서도 지워버려야 할 잘못된 풍경이었다. 적어도 나와 어머니에게는 그랬다.

나는 가끔 공책에다 뭔가를 썼다. 그게 시라는 것을 알아차린 것은 미애가 준 책을 다 읽고 난 후였다. 시를 쓰면 마음이 편했다. 상징과 은유로 내 마음 속의 비밀을 포장해 낼 수 있어 좋았다. 시 몇 편을 쓰면서 느낀 건데 나도 뭔가를 몹시 그리워하고 있었다. 돌아갈 고향이 있는 것도 아니고 헤어진 연인이 있는 것도 아닌데 도무지 구름처럼 종잡을 수 없는 그리움이 가슴에 차고 넘칠 정도로 가득 고여 있었다. 깊은 우물 속에서 시라는 바가지로 그리움을 퍼올리고 있는 것 같은 느낌이었다. 봄날씨 같이 종잡을 수 없고 혼돈스러운 기운이 연기처럼 가득 차 있는 듯한 기분이었다. 인생의 봄이 문 앞에 와서 기웃거리고 있었으나 그 봄은 빈약하고 가난하고 텅 빈 허공이었다. 어디 뛰어내릴 곳이 없나 하고 절벽을 찾는데 절벽이 내게로 왔다.

4

별것 아닌 혁명

내가 중학교 마지막 학년, 3학년이 되던 해, 서면시장 해장국집 골방인 내 방에 동거인이 한 사람 생겼다. 해장국집 주인 박만술(朴萬述)의 아우 박천술(朴千述)이라는 사람이었다. 형보다 두 살 아래라는데 어찌된 일인지 몇 살이나 더 먹어보이는 남자였다. 해방 전 일본으로 유학을 떠나서는 돌아오지 않았고 전쟁 때 가족이 솔가(率家)하여 고향 희천(熙川)을 떠나 남쪽으로 내려오는 바람에 저절로 소식이 끊어진 동생이라 했다. 일본에 있어야 할 동생이 무슨 일로 부산에 나타난 것이었다. 죽었다 살아난 형제를 보듯 반가워해야 할 일인데도 형인 박만술은 그다지 반가운 기색(氣色)이 아니었다. 그는 어머니와 나에게 자기 동생을 경계(警戒)하여 살피라는 뜻으로 이렇게 말했다.

"형제 중에서 유독 머리가 좋아 관비(官費)로 일본 유학을 갔어. 오사카 제국대학(帝國大學) 역사학부(歷史學部)에 다녔어. 그 정도 학벌이면 남북한 어디서든 중요한 일을 맡는 게 정상이야. 한데 저놈은 일자리도 없고 낭인(浪人)처럼 떠돌다가 굶은 늑대 형상으로 형을 찾아왔어. 나를 어떻게 찾았는지, 그 동안 어디서 무엇을 했는지 모든 게 수상해. 혹시 간첩 아닐까?"

해장국집 식당에는 방이 두 개 밖에 없었다. 하나는 박만술과 어머니 부부가 살았고 하나는 내가 살고 있는 골방이었다. 박천술은 내 방에 얹혀살게 되었다. 그래도 불편한 기색(氣色)이 전혀 없었다. 쯧, 혀를 차며 형인 만술이 말했다.

"어디서 빌어먹다가 온 모양이다. 뭐든지 주는대로 잘 처먹고 아무데서나 자빠져서 잘도 자더라. 제국대학(帝國大學) 가서 도대체 뭘 배웠다는 거냐? 빌어먹을."

그 이상한 남자, 박천술은 종일(終日) 방구석에 박혀 신문을 읽는 것이 일이었다. 내가 학교에서 돌아오면 읽던 신문을 내려놓고 비평(批評)을 하기 시작했다.

"조병옥(趙炳玉), 이 친구 죽었네. 이 나라가 더럽게 운이 없어. 김일성(金日成)이가 두 번째 쳐들어오면 그대로 백기(白旗)를 들어야 할걸?"

"미국(美國)이 있잖아요."

내가 반기를 들면 그는 기다렸다는 듯이 장광설(長廣舌)을 폈다.

"흥, 미국? 그놈들은 제 앞가림하기에도 급할 걸? 민주정치란 원래 표 앞에서는 사족(四足)을 못 쓰거든. 미국 정치인들은 자기 국민의 표가 있는 곳에만 관심을 둔다니까. 지금 반전(反戰) 기운이 미국 천지를 휘덮고 있거든요. 한반도(韓半島)에 또 난리가 나면 저놈들이

목숨 걸고 지켜주려고 와 줄 것 같애? 이승만(李承晩)이라는 영감한
테 신물이 났거든. 절대로 안 와. 내 손에 장을 지지겠어."

　내가 천술의 이런 발언을 전하자 형인 만술은 머리를 짜내어 사태
를 정리했다.

　"수상하긴 하지만, 저 자가 정말 간첩이라면 날 잡아 가소 하고 저
런 말을 할 까닭이 없거든. 간첩은 신분을 숨겨야 하는데 저 자는 오
히려 이상한 말만 해서 자신을 드러내고 있단 말이야. 무슨 간첩이
저렇게 어설퍼? 하니 저 자는 간첩이 아닌 것이 분명해. 그럼 대체
뭐냐? 나도 헷갈리는데 아마 머리 속 용량에 비하여 너무 많은 지식
을 구겨넣은 탓에 약간 돌아버린 거 아닐까?"

　결국 미친 사람이거나 미쳐가는 도중이거나 하여튼 비정상적인 인
간으로 치부하고 더 지켜보기로 했다. 지켜보는 역할은 당연히 동거
(同居)하는 내 차지였다. 내가 그를 부르는 호칭은 삼촌이었다. 그의
형을 아버지라고 부르는 이상 아버지의 동생은 당연히 삼촌이었다.

　"삼촌."

　야당 대통령 후보 조병옥이 미국 월터 리드 육군병원에서 죽었다
는 소식이 신문에 나던 날 저녁 나는 라디오를 듣고 있는 천술을 불
렀다.

　"어, 나 말이냐?"

　"이 방에 또 누가 있어요?"

　"그렇구나. 한데 왜 불렀어?"

　그는 라디오를 끄고 나를 향해 돌아앉았다.

"사람들은 삼촌을 간첩이 아닌가 의심하던데 삼촌은 대체 뭐에
요?"

"누가 그러더냐? 니 아버지? 어머니? 동네 사람? 아니면 바로 너
냐? 네가 나를 간첩이라고 생각했느냐?"

"아니, 뭐. 꼭 누가 그랬다기보다 하여간에 조금 수상한 것은 사실
이거든요."

"수상한 건 맞다."

그는 인정했다.

"나라에 인재가 필요한 때다. 오죽하면 일제때 동족을 해꼬지하던
형사나 경찰 나부랭이들까지 불러다 쓰겠느냐. 이런 판국에 대학(大
學)까지 다녔다는 놈이 직장도 없고 밥벌이도 못하면서 신문 쪼가리
나 들여다보고 헛소리나 하고 있으니 얼마나 기막히겠느냐. 당연히
간첩 아닌지 의심 받을만 하지. 그래 나는 간첩이다."

"뭐요?"

"왜 놀래나? 나라에 해로운 놈이 간첩 아이가? 그런 뜻에서 나도
간첩이라는 말이다. 니 아버지 어머니에게 말해 줘라. 갑자기 돈이
필요하면 나를 간첩으로 신고하라고. 목돈 좀 만질 거다."

이런 말만으로는 그의 정체를 알아내기가 불가능했다. 그는 반어
법(反語法)을 쓴다든지, 위악(僞惡)적인 표현으로 핵심을 교묘(巧妙)
하게 피해가는 재주가 있었다. 언젠가 너의 정체(正體)를 밝히고 말
거다. 나는 인내심을 가지고 박천술을 지켜보고 있었다. 그리고 마침
내 그 기회가 왔다. 마산에서 부정선거를 규탄하는 시위를 벌이던

고등학생 김주열(金朱烈)이 눈에 최루탄이 박힌 채 바다에서 시체로 떠오르자 흥분한 학생들이 물불을 가리지 않고 독재 타도(獨裁打倒)를 외치며 길거리로 나섰다.

"마침내 때가 왔다."

박천술이 마산 시위를 보도한 신문을 보면서 말했다.

"무슨 때가 왔어요?"

"시민혁명(市民革命)의 때가 왔단 말이다. 자유의 깃발을 든 시민혁명이 온 다음에는 평등(平等) 이데올로기를 내세운 사회주의(社會主義) 혁명이 뒤따를 거다. 대한민국은 그때 가서야 비로소 국가 모습을 갖추게 될 거다. 그러나 걱정이 있다."

"삼촌은 점쟁이요? 평등 이데올로기의 혁명을 하면 했지 무슨 걱정이 있어요?"

"군인(軍人)들이다."

"군인이 왜요?"

"이집트를 봐라. 이라크도 대령이 정권을 잡았다. 가로챈 것이다. 이 나라 군인들도 충분히 그럴 가능성이 있다. 다만, 영관급 이하의 젊은 장교들이 쿠데타를 일으키면 진보적인 정책을 펴겠지만 별을 단 장군들이 나서면 낡아빠진 반공(反共) 나팔이나 불겠지. 그게 걱정이다."

"아직 시민혁명도 일어나지 않았으니 삼촌이 걱정할 일은 없겠네요."

"니가 해라."

“예?”

“니가 느그 학교 학생회장이제? 내일 당장 학교에 나가거든 먼저 학생회 조직을 움직여라. 그리고 선동(煽動)해라. 중학생이 움직이면 고등학생은 자연히 따라서 움직이게 돼 있다. 마산에서 일어난 불길에 부산 학생들이 기름을 부어야 한다. 그 역할을 니가 해라.”

이건 정말 수상한 사람의 수상한 부추김이었다. 그러나 나는 삼촌 박천술의 부추김이 마음에 들었다. 기왕 벼랑에서 뛰어내리고 싶었던 참이니 이 기회를 나의 벼랑으로 활용할 셈이었다.

수상한 삼촌 박찬술은 시위와 선동에 관한 한 전문가였다. 그는 나에게 학생회 조직을 장악하여 시위로 끌고 나가는 방법을 자세하게 가르쳐 줬다. 자문을 구하는 척하고 고등학생 조직에도 계획을 흘리는 방법도 가르쳐 줬다. 학생회가 움직이면 교사들 중에 평소 정의감(正義感)이 있는 젊은 남자 선생에게도 자문을 구하는 척 접근하여 유사시 이쪽 편이 되도록 단단히 묶어 놓아야 한다. 일단 조직이 움직이면 일반 학생들을 선동하는 것은 명연설이다. 정의감에 호소해라. 6·25 때 포항(浦項)을 사수(死守)하여 낙동강(洛東江) 교두보(橋頭堡)를 지켜낸 것은 중학생(中學生)들이었다. 그때 전사한 선배들의 뒤를 따른다는 각오로 자유와 민주의 가치를 지키는 전선에 서자. 이런 식으로 연설을 해라. 삼촌은 연설문을 직접 만들어 줬는데 감동적이었다.

“무엇보다 중요한 문제가 있다.”

삼촌이 내 얼굴을 들여다 보았다.

"그게 뭡니까?"

"시위를 할 때 실탄이 날아올 수가 있다. 최루탄도 직접 맞으면 매우 위험하다. 김주열이를 봐라. 누군가 각오를 하고 앞장을 서야 한다."

"걱정 마세요."

내가 웃으며 말했다.

"나중에 우리 어머니에게 고자질이나 하지 마세요."

이 남자가 가끔 나에 대한 고자질을 하고 그 대가로 어머니로부터 막걸리를 얻어 마신다는 것을 알고 있었다.

"알고 있었구나? 힛."

그러나 삼촌이 가르쳐 준대로 학생회를 움직이고, 젊고 정의감이 넘치는 남자 교사들을 꼬드기고, 고등학교 간부 형들에게 자문을 구하는 척 유도(誘導)하는 일이 그렇게 쉽게 되지는 않았다. 그래도 소득이 아주 없지는 않았다. 내가 학교 안팎을 들쑤시고 다니자 같은 재단 소속으로 학교 건물도 한 울타리에 있는 경상고등학교 학생회 간부들이 먼저 찾아왔다. 그들은 자신들이 부산 시내 전체 고등학교가 연합하여 시위를 벌일 계획을 세우고 있다는 것을 알려줬다.

"그란데 중학생들까지 이럴 줄 몰랐다 아이가. 잘 됐다. 시내 중학교에도 모조리 연락을 해야겠다. 하지만 그 와중에 정보가 새 나가지 않을까 걱정이네."

영도에 있는 어느 중학교의 학생회장이라는 아이가 나를 찾아왔다. 자기들이 마산 사태를 그냥 보고만 있을 수 없어 시위를 할 계획이니 우리더러 참여할 계획이 없느냐는 것이었다. 나는 학생회 간부들을 불러 모아 이 사실을 알리고 의견을 물었다. 뜻밖에도 부정적인 의견이 많았다.

"그 학교 깡패새끼들이 우글거리는 똥통 학교 아이가. 쪽 팔리게 그느마들하고 같이 시위를 해? 나는 안 한다."

그런 이유였다. 시내 중고등학교에 모두 사발통문(沙鉢通文)을 돌리고 행동방법을 의논하여 통일시키느라고 시간을 보내는 사이에 서울에서 먼저 데모가 일어났다. 4월 18일 고려대 학생들이 시위를 하고 학교로 돌아가는 것을 기다리고 있던 깡패 조직이 습격(襲擊)하여 묵사발을 내자 이에 자극 받은 서울의 대학들과 고등학교가 다음날인 19일 일제히 일어나 경무대로 향했다. 이에 놀란 경찰이 발포하여 꽃다운 학생들이 광화문 거리에 피를 뿌리는 참사가 일어난 것이었다. 삼촌이 말한대로 피를 먹고 사는 민주주의가 정석대로 가고 있었다. 서울 소식을 들은 부산 학생들이 바빠졌다. 4월 20일 등교하자마자 학생들은 거리로 쏟아져 나갔다. 목표는 경남도청이었다. 전쟁으로 부산이 임시수도였을 때 경남도청은 대통령 이승만의 집무실이었고, 국회의사당이었다. 그런 상징성이 있었기 때문에 도청 청사는 시위 학생의 일차 타깃이었다. 나는 시위 선발대의 영예를 고등학생들에게 양보했다. 그러나 우리 학교 학생 대열에서는 제일 앞에서 있었다. 도청 앞은 광장이 아니라 그냥 전차가 다니는 대로였다. 우리가 도착했을 때는 오전 10시경이었다. 이미 흰 천으로 머리띠를 두른 한 무리의 대학생들이 먼저 도착하여 선 채로 부정선거(不正選

擧)를 규탄(糾彈)하고 독재정권(獨裁政權) 물러나라는 구호를 외치고 있었고, 두 개의 고등학교가 합류하여 대열을 정비하고 있었다. 우리는 중학교로서는 처음으로, 전체로는 네 번째로 시위대열에 들어섰다. 대학생 몇이 대열에서 벗어나 우리에게 오더니 "애들아, 여기가 놀이터인 줄 아냐?"하고 놀렸으나 돌아가라는 말은 아니었다. 우리가 어느 고등학교 대열 옆에 자리잡고 서서 대학생 지휘자가 외치는 소리를 복창(復唱)하는 사이에도 어디선가 또 다른 학교가 끊임없이 꾸역꾸역 도청 앞 대로변으로 몰려왔다. 골목마다 학생들이 열을 지어 몰려오고 있었다.

"시민들, 어른들이 참가해야 한다."

삼촌은 말했다.

"어른들은 기회주의자들이다. 겁이 많다. 지키고 움켜쥘 것이 많다고 생각하기 때문이다. 그러나 어린 학생들이 위험해지면 내 자식을 생각하고 앞에 서서 돌진하는 것도 어른들이다. 그들이 참가해야 끝을 보게 된다. 즉 혁명이 성공하는 것은 그때이다. 너희들은 어른들을 구경꾼의 위치에서 시위(示威)의 주역(主役)으로 끌어들여야 한다. 안타깝지만 너희들은 미끼일 뿐이다."

어른들은 보이지 않았다. 길을 가던 어른들은 바쁘게 이 혼란의 와중에서 벗어나기 위하여 걸음을 빨리하고 있었다. 지휘자는 구호를 선창(先唱)하기도 하고 노래를 시키기도 했다. 교가는 모두 달랐기 때문에 누구나 아는 노래, 애국가가 자주 반복됐다. 맨 앞에 서서 구호를 외치던 대학생들이 스크럼을 짜더니 도청(道廳) 정문으로 밀고 가기 시작했다. 그때였다. 도청 옥상에 총구들이 나타났다. 국방색 전투복을 입은 경찰 병력이었다. 학생들은 겁을 먹지 않았다. 설마 저들이 실탄 사격을 하랴 하는 안이(安易)한 생각이었다. 그러나 선두의 스크럼이 굳게 닫힌 도청 정문을 밀고 들어가려 하자 장난감 총을 쏠 때의 탕 탕 하는 소리가 났다. 공포탄인 줄 알았다. 그러나 아니었다. 선두에 섰던 대학생과 고등학생 몇이 옥상에서 날아온 실탄에 맞아 피를 흘리며 쓰러졌다. 누가 말릴 새도 없이 대열은 흩어졌다. 와악, 하면서 뿔뿔이 흩어져 뒤로 달리기 시작했고, 그 바람에 밟혀 쓰러지는 학생들도 있었다.

"겁내지 마라. 도망가면 죽는다."

소리쳐 보았으나 내 말은 학생들의 비명(悲鳴)에 묻혀 버렸다. 나도 달렸다. 눈 없는 탄환(彈丸)이 언제 어디서 날아와 목덜미에 파고들지 알 수 없는 일이었다. 개죽음이다, 이건. 그 생각이었다. 어머니의 얼굴, 아버지 스님의 얼굴까지 눈앞에서 어른거렸다. 수만이가 떠올랐다. 수만이가 옆에 있었다면 얼마나 좋았을까.

집에 오니 삼촌이 라디오를 끄면서 말했다.

"조카가 이렇게 커버린 줄 몰랐네. 아침에 나갈 때는 중학생 어린 아이더니 저녁에 돌아올 때는 어른이 다 됐어. 무서웠지? 여섯 명이 희생 됐다. 니가 다치지 않고 돌아와 줘서 고맙다. 다쳤으면 니 엄마에게 무슨 말로 이실직고(以實直告)하나 생각하다가 머리가 터지는 줄 알았다. 됐으니 앞으로는 데모 같은 거 하지 마라. 놈들이 미쳐서 여기가 전쟁판인 줄 아는 모양이니까."

그러나 그 일은 삼촌의 뜻과는 상관없이, 내 생각이나 처신과 별개로 저절로 어디론가 굴러가고 있었다. 데모로 피를 본 학생들은 더 용감해져서 날마다 거리로 쏟아져 나왔다. 각 학교마다 선생님들이 필사적으로 데모를 막으려고 노력했으나 허사였다. 경찰은 더 이상 발포(發砲)하지 않았다. 신문을 보고 세상 돌아가는 것을 누구보다 훤히 꿰고 있던 삼촌은 "경찰 내부에서도 발포에 대해 성토하는 목소리가 커지고 있는 데다 권력 최상층에서 심각한 자중지란(自中之亂)이 일어나고 있기 때문"이라고 진단했다.

"성공할 것 같다, 혁명이."

삼촌은 즐거워했다. 삼촌의 진단은 정확했다. 계엄령(戒嚴令)을 선포했으나 계엄군은 오히려 학생들의 편이었고 시위대는 계엄군의 탱크에 올라 대로를 달렸다. 그러자 1주일이 못 되어 이승만이 대통령직에서 물러났고, 부정선거의 원인을 제공했던 부통령 이기붕(李起鵬)은 자살했다. 각료들 대부분은 체포됐다. 간첩이 아닌가 의심을 받아가며 눈칫밥을 먹던 삼촌은 세상을 내다볼 줄 아는 현자(賢者)로 대접 받았다. 대통령의 하야 발표가 있던 날 어머니는 삼촌에게 막걸리 한 주전자와 수육 한 접시를 제공했다. 어머니가 할 수 있는 최상의 선물이었다. 막걸리 한 주전자로 기분이 거나해진 삼촌이 내게 말했다.

"니도 인자 어른이다."

주전자 바닥에서 남은 막걸리 한 잔을 따라 내밀었다. 나는 그것을 받아 단숨에 마셔버렸다.

"술 마시는 폼이 마음에 든다, 조카야. 한데 미애가 누고?"

오래 잊고 있었던 상처를 건드리는 통증이 왔다. 잊고 있었으나 체한 음식처럼 늘 어딘가에 고여 있던 이름이었다. 도평 마을, 그리고 일주문과 함께.

"와 놀라노? 그 가시나가 여기 왔다, 오늘 낮에."

"왜, 왜 왔대요?"

"짜슥, 더듬기는. 바로 말해라, 삼촌한테, 니 마음속에 두고 온 가시나가? 니가 쓴 시를 봤다. 〈내가 빠져 죽을 바다〉, 그 가시나가 니 바다가?"

"아니라예."

"숨길 것 없다."

삼촌은 단정하고 있었다.

"요새 중학생들은 모조리 발랑 까졌나? 내 참 놀랬다. 그 가시나, 얼굴은 별로 볼 것이 없지만 육덕(肉德)이 굉장할 것 같더라. 이거 아나? 바다라카는 것은 옆으로 빙빙 돌아야지 빠져서 허우적거리면 안 되는 기라. 빠졌다 하면 니를 잡아묵을 거 같더라."

"세상 어디에도 아무에게도 빠지지 않아요, 나는. 내 인생은 내가 만듭니다."

"시인(詩人) 났네."

"왜 왔대요?"

"그냥, 니 엄마가 도평에 있는 여관에 전화로 알렸다 카더라. 이모 집에 온 김에 찾아봤다 카는데 아무래도 니 보고 싶어 일부러 온 것 같더라. 내년에 부산에 있는 여고에 진학할려고 준비 중이라고 자랑하더만."

미애가 시골에 있는 중학교를 다닌다는 것은 알고 있었다. 내년이면 고등학교 진학을 해야하는데 기어코 부산으로 올 모양이었다. 그날 나는 오랜만에 미애가 준 『세계명시선』을 꺼내 읽었다. 괜한 멋을 부리는 정지용(鄭芝溶)보다 감정 표현에 솔직한 소월(素月)이 더 마음에 닿았다.

세상이 바뀌었다. 부산 한가운데서 바다를 내려다보던 우남공원(雩南公園)의 우남 동상은 모가지가 새끼줄에 매달려 끌어 내려지고 공원 이름마저 용두산공원으로 바뀌었다. 견고한 성곽처럼 천년만년 갈 것 같던 자유당 정권이 그토록 허망하게 무너지는 것을 보고 나는 가슴이 철렁 내려앉았다. 변하지 않는 것은 없다. 지상에서 영원한 것은 아무 것도 없다는 진리 한 조각을 남기고 이승만 영감은 하와이로 도망쳐버렸다. 사람들은 어제까지만 해도 자유당 권세 앞에서 눈치 보며 살 궁리를 하던 주제에 갑자기 자신이 세상을 뒤집어 엎은 주역인 양 으스대기 시작했다. 그 꼴이 볼만했다.

5

염수정

시민혁명, 정확하게 말하자면 학생혁명이 성공을 거두었으나 정작 학생들에게 달라진 것은 아무 것도 없었다. 한 가지 작은 변화가 있었다. 3학년 두 번째 학기에 교생들이 실습하러 왔다. 교생실습이란 장차 중고등학교 선생으로 나갈 사범대학 졸업반 학생들이 실제로 중학교에 가서 담임도 맡아보고 수업도 하면서 그야말로 연습을 하는 제도인데 해당 학교의 교장, 교감, 교사들이 교생들의 실습 점수를 매기게 돼 있었다. 우리 반에 배당된 교생은 모두 15명으로 교생 한 사람 당 학생 4명을 맡게 돼 있었다. 마침 학급은 4명씩 분단을 이루고 있었으므로 대학생 한 명이 한 분단씩 맡았다. 우리 분단에 배정된 대학생, 그러니까 실습 교사는 염수정(廉修貞)이라는 여자 대학생이었다.

"앞으로 두 달, 우리 잘해 봐요."

염 선생이라는 여자 대학생이 뻔한 인사를 하면서 분단장인 내 옆에 의자를 붙이고 앉았다. 나는 염 선생과 몸이 닿지 않도록 내 의

자를 오른쪽으로 조금 뺐다.

"선생님, 전공이 뭐에요?"

한 학생이 물었다.

"음악."

"그럼 노래 잘하시겠네요. 한 곡 불러 보세요."

"안 돼."

염 선생은 옆으로 도리질을 했다.

"음악 수업 시간에만 부를 거에요."

"'목포의 눈물'도 부를 줄 알아요?"

"'번지 없는 주막'은요?"

"인마."

분단장인 내가 나섰다.

"교실이 니나노판이냐? 뽕짝이나 부르게."

"짜슥, 니는 '신라의 달밤' 말고 뭐 아는 노래 있어?"

그러고 보니 나야말로 뽕짝이 곧 음악의 전부라고 알고 있는 처지였다. 성악가라는 사람들이 이태리까지 가서 배웠다는 벨칸토 창법이나 우리 '수궁가' 같은 창을 할 때 목청을 긁어 올리는 수법이나 모두 엉터리라고 생각하고 있었다. 노래는 유행가처럼 자연스럽게 불러야지 억지로 지어서 토해내는 노래는 노래가 아니다 하는 생각이었다. 그 생각을 염 선생에게 들켜버린 것이었다. 나는 창피했다.

"너희들 방금 말한 노래들, 모두 내가 배우고 싶었던 노래들이야. '목포의 눈물', '번지 없는 주막', 그리고 '신라의 달밤', 누가 가르쳐 줄래?"

"분단장에게 배우세요."

누군가 나를 엿먹이자고 나섰다.

"젓가락만 들면 장단도 기막히게 나옵니다."

니나노판을 뒤집어 내 머리에 씌운 셈이었다.

"좋아. 분단장이 내게 뽕짝 가르쳐줘야 한다. 그 보답으로 나도 가곡 몇 곡 가르쳐 줄게."

일이 이상하게 돌아갔지만 싫지는 않았다. 쉬는 시간에 염 선생이 잠깐 밖으로 나간 틈을 타서 교실 뒤편의 키 큰 놈들의 분단을 맡은 최선묵이라는 화학과 교생이 이쪽으로 달려왔다.

"야, 니놈들 복 터졌어. 염 선생이 어떤 선생인지 니놈들 모르지? 우선 우리 대학에서 제일 예쁜 여자야. 작년에 퀸으로 뽑혔거든. 얼굴도 예쁘지만 마음씨는 더 예뻐. 그 뿐인 줄 아냐? 성악은 올해 동아 콩쿠르에서 일등 먹었다구. 그러니 너희들 염 선생 말 잘 듣구, 속 썩이지 말아야 한다, 알았지? 어이, 분단장 알았냐?"

다그쳤다. 우리는 엉겁결에 "아, 예에. 알았습니다." 대답할 수밖에 없었다. 마침 염 선생이 자리로 돌아오자 최선묵은 그런 일 없었다는 듯이 뒷짐을 지고 자기가 맡은 분단으로 돌아가는 것이었다.

"방금 저건 뭐였어?"

한 아이가 최선묵의 뒤꼭지를 보며 씹었다.

"염 선생님을 호위하는 사천왕(四天王) 중의 한 명이겠지. 거 있잖아, 동방지국천왕(東方持國天王)."

봄 소풍 때 범어사(梵魚寺) 천왕문에서 본 네 명의 천왕 가운데 이름을 기억하는 유일한 천왕이 동방지국천왕이었던 모양이었다. 자리에 앉던 염 선생이 그 말을 들었다.

"무슨 천왕? 누가?"

"있잖아요. 최선묵(崔善黙) 선생님이 방금 우리에게 엄하게 한 말씀 하고 가셨거든요. 그래서 염 선생님을 보호하는 천왕이라고 한 거에요."

"천왕? 절에 가면 가장 무섭게 생긴 그 괴물들 말이지? 너희들 정말 재치 있다. 어쩌면 천왕을 생각해 냈니? 후훗."

재미있어 죽겠다는 듯이 입을 가리고 웃는 모습이 정말 예쁘다는 느낌이었다. 저 나이가 되도록 여자의 얼굴에 세월의 때가 조금도 묻지 않았다는 것이 신기할 정도였다.

교생들이 오고, 내가 소속된 분단에 염수정 선생이 고정 배치된 후로부터 나는 자신도 모르는 사이에 조금씩 변해가고 있었다. 집에 와서 이발을 해야겠으니 이발비를 내놓으라고 하자 어머니가 주먹으로 알밤을 만들면서 퇴박했다.

"니 망령 났나? 사흘 전에 이발해놓고 또 무슨 이발이고."

구멍난 교복 바지를 벗어던지며 새 옷을 사달라고 투정하자

"니 밑에 동생이나 있어야 새 옷을 사지 천지간에 하나 뿐인 놈이 무신 새 옷 타령이고. 그냥 입다가 내삐리라." 했고, 무겁고 칙칙한 천의 모자 대신에 가볍고 부드러운 낙타 기지의 모자를 쓰고 싶다고 했다가 마침내 "이기 머리에 피도 안 마른 놈이 연애하나." 하는 소

리가 나왔다. 그 얘기를 듣고나서 나는 정신을 차리려고 애를 썼다. 확실히 내가 이상했다. 바지니, 모자니 머리에 눈곱만큼도 마음을 두지 않았는데 스스로 생각하기에도 갑자기 너무 많이 변해버린 것이었다. 삼촌이 킬킬거리다가 한 마디 거들었다.

"연애할 나이 됐구만. 새 것 좀 사 주소."

어머니는 즉시 되받았다.

"삼촌이나 연애해서 장가 좀 가소. 장가 가서 이 집에서 나가란 말이오."

삼촌은 꽁무니를 사리면서 방으로 들어갔고 나는 아무 것도 얻은 것이 없었다.

학교가 달라졌다. 어제까지는 따분하고 지겨웠으나 오늘부터는 교문을 벗어나면서 그리워지던 것이었다.

염 선생에게 '목포의 눈물'과 '번지 없는 주막'을 불러보라고 했던 친구가 이번에는 "선생님의 학창시절 사진을 보여 달라"고 졸랐다. 마지못해 염 선생은 사진첩 한 권을 들고 왔는데 그게 내 가슴 속에 잊을 수 없는 못을 박아놓았다. 중고등학교 시절의 사진들을 모아놓은 빨간 가죽 표지의 사진첩 속에는 말로 형용(形容)하기 어려울 정도로 예쁜 계집애가 페이지마다 웃고 있었다. 그 중의 한 장이 내 눈에 강한 빛으로 파고들었다. 집 마당에서 찍은 사진이었다. 여름인 듯 사진 속의 여학생은 마당 한가운데 있는 수돗가에서 방금 머리를 감았는지 물기가 흐르고 있었고, 슈미즈라 부르던 얇은 속치마만 어깨걸이로 걸쳤으나 온몸이 그대로 다 드러나 있었다. 다른 아이들은 그 사진을 무심코 넘겼으나 내 눈에는 강한 전기처럼 파고들어 털어낼 수 없었다. 염 선생을 보면 그 사진이 살아났고 염 선생이 무슨 옷을 입어도 사진 속의 몸뚱이가 다 들여다보였다. 머리를 흔들고 골치 아픈 수학 문제를 떠올려도 그 영상은 지워지지 않았다.

교생 실습이 시작된 지 두 주일째 되던 어느 날이었다. 동방지국천왕 최선묵이 나를 운동장으로 불러냈다.

"성보, 니 염수정 선생을 사랑하나?"

밑도 끝도 없이 들이대는 소리였다. 그는 늘 그런 식이었다. 이게 무슨 귀신 씨나락 까먹는 소리냐? 하는 표정으로 바라보자 사천왕은 금세 허헛 하고 헛기침을 했다.

"그냥 해 본 소리다. 사내라면 염 선생을 사랑하지 않을 수 없기 때문이다. 니는 아직 사내가 되기 전이라는 사실을 내가 깜박했는기라. 마, 그건 그렇고 이번 일요일에 니 뭐할끼고."

"집에서 책 좀 볼라고요."

"아, 그래. 니가 책을 많이 읽는 아이라는 것도 안다. 염 선생님이 니를 자랑 많이 하더라. 그래서 말인데 이번 일요일에 염 선생하고 내가 니네 집을 방문하고 싶은데 니 생각은 어떻노?"

"저야 뭐 환영이지만 어머니 생각은 어떤지 확인해 보고 내일 말씀 드리겠습니다."

"당연히 그래야지. 집에는 어머니가 계시고, 그분이 주인이시니까. 하지만 니가 환영한다면 끝난 기라. 집에 가서 어머니에게 잘 말씀 드려라."

그날 집에 가서 어머니에게 그 말을 전하자 어머니의 반응은 이랬다.

"교생이 뭐꼬?"

세상에 모르는 것이 없는 삼촌이 나서서 교생에 대해 설명했다.

"그라모 담임선생도 아니고, 그 학교에서 선생질할 사람도 아닌 대학생이다 그 말이제?"

"그렇다니까."

"치앗뿌라."

어머니의 결론은 간단했다.

"내가 오시라고 했어. 엄마는 대접이나 잘해 주면 되는기라."

"미친놈아. 아직도 모르겠냐? 그 사천왕인가 오방신장(五方神將)인가 하는 최 선생이 니네 염 아무개 선생을 꼬셔볼라고 니를 핑계삼아 같이 올라는 기라. 그것도 모르고 대환영입니다 했냐? 골목에 사천왕 대환영이라고 현수막이라도 걸어주랴?"

여자들의 직감(直感)은 어디서 오는 것일까? 사천왕 최선묵의 속마음은 나도 짐작하고 있었다. 그렇거나 말거나 염 선생이 내가 사는 집에, 그리고 어쩌면 방에까지 찾아온다는 그 사실이 중요했다. 결혼식을 하러 가던 길이면 어떠냐? 내게 들려준다면 그것으로 족할 일인 것을. 어머니는 한심한 아들을 위하여 교생 두 사람을 손님으로 받기로 마지못해 결정했다.

"정말 예쁘냐?"

삼촌이 침을 꿀꺽 삼키면서 물었다. 아, 여기 또 한 사람 병든 인생이 있구나, 들뜬 나머지 그 사실을 깜박 잊고 있었다.

　우리 가족은 제각기 나름대로 이유를 가지고 염 선생과 최 선생을 기다렸다. 마침내 그 일요일이 왔다. 토요일 날 최 선생은 자신들의 계획을 말해주었다.

　"어머니에게 말씀 드려라. 점심은 먹고 갈 것이고 차도 미리 마시고 갈 것이니 일절 아무 것도 내놓지 마시라고. 오래 머물지 않을 것이니 요컨대 신경 쓸 일이 없다 하고 말씀드려라."

　"그래, 성보야."

　염 선생도 같은 생각이었다.

　"폐를 끼치지 않을 거다. 난 니가 어디서 공부하는지 그것만 보면 된다. 니 방을 보여 줄 거지?"

　"애들 방이 다 그렇지, 뭐."

　사천왕이 깎는 투로 말했으나 염 선생은 자기 생각을 굽히지 않았다.

　"그래도, 성보는 좀 특별한 아이거든요. 특별한 아이의 특별한 방이 보고 싶었어. 그래서 가는 거야. 괜찮지?"

　"그럼요."

　일요일 날 나를 핑계삼아 염수정과 데이트를 한다는 일에만 집착하고 있던 사천왕은 염 선생이 내 방에 관심을 보이자 뜨악한 표정이었다. 그는 방과 후에 굳이 전차를 타고 나와 같이 서면까지 와서 나를 빵집으로 밀어넣었다. 빵 몇 개를 쟁반에 담아 들고 앉자마자 그가 말했다.

"성보는 염수정 선생을 어떻게 생각해?"

"그냥 선생님이라고 생각합니다. 예쁜 선생님."

"그것뿐만은 아닐 거야. 염수정 선생은 남자들에게 많은 상상을 불러 일으키는 특별한 무엇이 있어. 한 마디로 천사(天使) 같은 여자야, 그렇지?"

그건 사실이었으므로 나는 고개를 끄덕여 긍정했다.

"백조(白鳥)가 물 위에 우아한 몸짓으로 떠 있기 위해서는 수면(水面) 아래에서 두 다리가 힘들게 물을 저어야 한다는 것 알지? 염수정 선생이 비록 천사 같은 얼굴을 하고 있지만 그 내면(內面)은 쓸개처럼 쓰디쓴 고통을 씹고 있다는 것을 너는 모르지?"

그런 것이 있었나요? 내가 고개를 쳐들자 사천왕은 그것 봐라, 애들은 인생을 모른다니까 하는 표정이었다.

"염 선생의 아버지가 의붓아버지야. 그거야 그럴 수도 있지만 그 사람의 직업이 포주라고 하는구먼. 염 선생의 집이 완월동(琓月洞)인데 아직 누구도 그 집에 가본 친구가 없어. 소문에는 염 선생의 어머니 출신이 수상하다 그런 이야기도 있어. 그 진흙밭에서 어떻게 저런 연꽃이 필 수 있을까? 불가사의(不可思議) 하지. 그러니까 나는 염 선생의 천사 같은 표정의 내면에서 쓰디쓴 고통을 보는 거야. 그게 인생이지. 너는 아직 모르겠지만."

인생이라는 말에 힘을 주었다. 그 말을 독점할 권리가 있는 것처럼. 결과만을 두고 말하자면 그날 사천왕이 내게 빵까지 대접하면서 흘린 정보는 사천왕이 기대했던 것과는 반대의 효과를 냈다. 염수정이라는 여자가 두 발을 딛고 있는 대지(大地)가 진흙밭이건 뻘밭이건 용암(熔巖) 속이건 내게는 관심 밖이었다. 염수정이라는 아름다운 실체가 존재하는데 그까짓 배경 따위가 다 무슨 소용인가 하는 생각이었다. 사천왕이 그려준 액자 속에 염수정을 끼워 넣고 바라보니 그 아름다움은 더했고, 그리움은 더 깊어질 뿐이었다.

일요일 오후 2시에 두 사람은 해장국집 문을 열고 들어섰다. 그 전에 나는 두 번이나 골목 어귀에 나가 기다리다가 허탕을 치고 들어왔기 때문에 어머니 보기가 민망하여 삐거덕거리는 식탁 앞 의자에 앉아 있는데 그들이 들어선 것이었다. 어머니는 두 사람을 보자마자 해장국 손님이 아니라는 것을 알아차렸다.

"선생님들 어서 오세요."

아버지라는 사람, 그리고 삼촌이라는 사람까지 모두 나서서 그들을 맞았다.

"성보야."

염 선생은 맨 먼저 나를 두 팔로 껴안았다. 어머니 말고 다른 여자에게 처음 안겨보는 순간이었다. 냄새가 좋았고, 이대로 죽고 싶을 정도로 따뜻하고 포근했다. 어른들끼리 한바탕 인사치례가 끝나자 염 선생이 내 손을 잡았다.

"니 방이 어디냐, 가 보자."

나는 삼촌을 바라보았다. 내 방이란 없었다. 삼촌이라는 사람과 함께 쓰는 방이 있을 뿐이었다. 눈치를 챈 염 선생이 삼촌에게 물었다.

"괜찮죠?"

삼촌이라는 사람은 평소의 그답지 않게 더듬었다.

"아, 뭐, 그럼요. 괜찮지요. 한데 홀애비들 사는 방이라."

"홀애비와 학생이지, 정확하게 말해야지, 왜 우리 성보까지 물귀신처럼 홀애비로 끌고 들어가요?"

어머니가 퇴박을 주자 삼촌은 머리를 만지더니 가게 밖으로 나가버렸다. 허리를 반쯤 꺾으면서 내가 사는 방으로 들어온 염 선생은 호기심어린 눈으로 사방을 둘러봤다. 사천왕은 그런 염 선생에게서 잠시도 눈길을 돌리지 못하고 있었다. 코를 킁킁거리며 방안의 냄새를 맡던 염 선생은 내 책상 위의 책꽂이에 시선을 꽂았다.

"최 선생님, 보세요. 내 말이 맞지요? 성보의 독서 수준이 우리보다 앞서 가고 있을 거라고 했지요?"

책꽂이에 꽂혀 있는 헤겔의 변증법이니 라이프니츠, 그리고 일본어로 된 『자본론』 같은 책을 두고 하는 말이었다. 사실은 그게 모두 삼촌이라는 사람의 것이었으나 나는 염 선생의 공치사를 염치없이 내 것으로 받아들이고 있었다. 염 선생이 책을 한 권 뽑았다. 미애가 선물로 준 『세계명시선』이었다.

"이 책 나 좀 빌려 줄래?"

누구에게도 빌려줄 수 없는 책이었으나 상대가 염 선생인지라 나는 고개를 끄덕였다.

"고마워."

염 선생은 나를 가볍게 안아주었다. 오늘 벌써 두 번째 안기는 그녀의 품이었다. 내가 염 선생에게 안길 때 등 너머에서 사천왕 최선묵이 착잡한 표정으로 보고 있는 눈길과 마주쳤다. 거 봐, 넌 어린애야. 그런 눈길이었다. 나는 처녀의 뱃살을 밀어냈다.

"미안해."

영문을 모르는 염 선생이 내게 사과하는 말을 던졌다. 그리고 그들은 서둘러 돌아갔다. 두 사람이 돌아가고 나자 어머니가 한 마디 했다.

"몸매도 잘 빠졌고 예쁘긴 한데, 팔자가 세겠어."

"어떻게 알아? 당신이 뭘 볼 줄 알아?"

아버지라는 사람이 물었다.

"그 정도야 보지. 눈 밑에 그늘이 있잖아. 그런 여자는 어김없이 팔자가 세거든. 그건 그렇고 이 집의 남자들 모조리 왜 그래? 여자 처음 보나? 삼촌도 그렇고 당신도 그렇고 대가리에 소똥도 안 마른 저 쬐그만 놈도 그렇고 대학생 처녀한테 넋이 빠져 침을 질질 흘리고들 있는 꼴이라니, 에라, 이것들. 오늘 저녁밥은 알아서 먹든지 말든지 난 모르겠다."

밥을 차려주지 않을 테니 각자 알아서 먹든지 굶든지 해라, 이것은 어머니가 휘두르는 가장 강력한 시위 수단이었다. 밥을 파는 집에서 밥을 굶는 일은 더 큰 고통이었다. 결국 우리 남자들은 그날 저녁을 굶었다. 굶어도 나는 배가 고프지 않았으나 삼촌과 아버지는 게걸대며 어머니 치맛자락을 따라다니다가 결국 아무 것도 얻어먹지 못하고 자는 수밖에 없었다.

처음 약속했던대로 염 선생은 나에게 가곡 몇 개를 가르쳐 줬다.

그 대가로 뽕짝을 가르쳐준다는 조건이었으나 그 조건은 변경됐다. 염 선생이 뽕짝보다는 시(詩)를 배우고 싶어했기 때문이었다. 시에 대해서는 사천왕 최선묵이 잘 아는 것처럼 떠들었으나 염 선생은 그런 최 선생을 거들떠보지도 않고 나에게서 시를 배우고 싶어 했다.

"결국 상징이란 뭐냐?"

하고 그녀가 가늘고 하얀 손가락으로 연필을 토닥거리며 물었다.

"우주와 인생은 참으로 복잡해서 그 진실에 접근하기 위해서는 일반적인 언어로는 안 되고 비밀스런 키가 있어야 하는데 상징과 비유는 우주와 존재의 비밀에 접근하는 키 또는 암호와 같은 거라고 생각하면 돼요."

"그렇구나."

염수정 선생은 감탄했다.

"이런 이야기를 국문과 교수로부터 들었다면 무슨 소린지 졸기나 했을 거다. 하지만 성보 너한테서 들으니 너무 쉽게 이해가 간다. 앞으로 성보는 내 선생님이다."

정말로 염 선생은 보들레르의 시 한 편을 적어 와서 시인이 왜 이런 상징과 비유를 썼는지 밑줄을 쳐가면서 함께 머리를 맞대고 분석했다. 최선묵이 두 사람을 어깨 위에서 내려다보고 있다가 픽 웃으면서 제 자리로 돌아갔다.

어김없이 또 일요일이 왔다. 이번에는 토요일 날 염수정 선생이 책갈피에 작고 예쁜 카드 한 장을 끼워놓았는데 그 카드에는 이렇게 적혀 있었다.

"시를 배웠으니 맛있는 것을 사주겠다. 점심 먹지 말고 동백섬 초입에서 만나자."

이게 말하자면 데이트라는 것이구나, 나는 한 숨도 자지 못하고 밤을 꼬박 세운 후에 다음날 아침부터 동백섬 입구에 서서 기다렸다. 동백섬에서는 오륙도의 뒤통수가 보였다. 쓸쓸해 보였다. 염 선생은 정확하게 열두 시에 나타났다. 그녀는 내 손을 잡더니 흔들면서 걸었다.

"봐. 모두 연인들이야. 이 길에서는 연인 아닌 사람들이 오면 벌금을 내게 돼 있어."

내가 움츠리자 염 선생이 웃었다.

"농담이야. 우리도 연인이잖아. 안 그래?"

염 선생은 다 알고 있다는 투였다. 우리는 바위 위에 걸터앉았다.

"사람들은 왜 바다를 보면서 맹세를 하고 싶어 할까? 왜 맹세를 하고 싶을 때는 바닷가로 올까?"

드디어 선생님이 멋진 시를 쓰는구나. 나는 울컥하고 올라오는 것이 있어 선생님의 손을 잡은 손에 힘을 주었다. 염 선생도 그런 내 손을 꼭 잡아 주었다.

"참 이상도 하지."

"뭐가요?"

"아니다, 혼잣말을 했어. 미안해."

"말을 하지 않으면 바다에 빠져버리겠습니다."

내가 바다로 몸을 기울이자 염 선생이 황급하게 잡았다.

"고집 있네, 성보. 그래 이야기할게. 뭐 별 거 아니고, 나를 좋아하는 사람은 왜 나이가 아주 많거나 아주 어리거나 할까, 그 생각을 한 거야."

그건 염수정이 잘못 생각한 것이었다. 최선묵 같은 동년배의 남자들도 염 선생을 죽자고 좋아했다. 다만 염 선생 자신이 좋아하지 않을 뿐인 것이다. 그날 염 선생은 중국집에 가서 탕수육에다 라조기 팔보채 따위 비싼 요리를 잔뜩 시켰다. 시를 가르쳐준 선생님에 대한 보답이라고 했다.

가을은 눈 깜짝할 사이에 지나가버렸다. 가을의 끝에서 교생들도 실습을 마치고 학교로 돌아갔다. 염 선생이 앉았던 내 옆자리는 황량한 벌판처럼 비어 있었다.

"잊어, 인마."

염수정에게 첫날부터 '목포의 눈물'을 불러보라고 했던 태식(泰植)이가 연민(憐憫)의 눈으로 나를 보면서 말했다.

"니들 무슨 마음인지 내 다 아는데, 되는 일이 없다 아이가. 한창 나이의 남자와 여자가 그런 감정이면 아이가 생겨도 몇 놈이나 생겼을 거다. 하지만 니들 선생과 제자는 그저 멀리서 보기만 했을 뿐이지? 그런 걸 비생산적인 관계라 하는 거야, 인마. 아이를 낳을 수 없는 관계다 그거지 뭐. 우리 분단장의 비생산적인 연애를 쫑치는 기념으로 이 몸이 쏜다. 학교 끝나면 자갈치 꼼장어집으로 직행이다."

그날 나는 많이 마셨다. 꼼장어집은 자갈치시장에서 바다쪽으로 기둥을 새우고 잔교(棧橋)를 만들어 그 위에 얼기설기 만든 가건물

술집이었다. 막걸리 주전자가 빌 때마다 문 밖으로 던져버리면 한참 있다가 퐁당 하고 물에 빠지는 소리가 났다. 그 소리가 좋아서 나는 여러 개의 주전자를 비우고 또 던졌다.

집에 돌아오니 예상했던대로 어머니의 환영사가 요란했다. "대가리에 소똥도 안 벗어진 게 죽을라고 환장했나"는 기본이고 이날은 여기에 한 가지를 덧붙였다. "애비 닮아서 오르지 못할 나무나 쳐다보고, 안 되면 술이나 처먹고, 에라이." 의자를 높이 쳐들어 내리치려는 순간 뒤에서 삼촌이 어머니의 팔을 잡았다.

"나하고 한 잔 더 하자."

그날 밤 통금시간 이후 해장국집 가게문을 닫아놓고 집안에서 네 식구가 모두 주량껏 마셨다. 나와 삼촌이 우리가 사는 골방문을 걸어 잠그고 들어앉아 마시자 방문 앞에 탁자를 갖다놓고 어머니가 눈물에 콧물을 섞어가며 마셨다. 그 모습을 지켜보던 아버지라는 사람도 자기 방으로 술병을 가지고 들어가서 마셨다. 다음날 아침에 깨어 보니 술을 마셔서 해결된 것은 아무 것도 없었다. 그저 세상이 푸석푸석한 섬유질 같다는 느낌만 들 뿐이었다.

내가 가장 참기 힘들었던 것은 내가 할 수 있는 일도 없었고 방법도 없다는 것이었다. 그냥 기다리는 수밖에 없었다. 대학교로 돌아간 염수정은 소식이 없었다.

"니가 그 대학교로 찾아가 염수정 나와라 했다가는 온 세상의 웃음거리가 될 거다. 염 선생도 얼굴을 들고 학교 다닐 수도 없을 거고."

태식이의 충고였다. 녀석은 어른처럼 세상 일을 모르는 것이 없었다. 무슨 일이든 유행가에 녹여 넣는 특별한 재주가 있었다. 세상에는 인간도 많고 일어나는 일도 복잡한 것 같지만 그 많은 일들도 사랑, 증오, 원한, 절망, 기대, 배신, 따위로 분류해 놓으면 몇 개의 주제어로 분류할 수 있다고 믿는 아이였다. 태식이의 분류법에 따르면 염수정에 대한 나의 감정은 '이루지 못할 사랑'이었다. 그런 처지를 노래한 유행가도 많다고 했다. 유행가로 표현하지 못할 일은 세상에 없었다. 굳이 내 처지를 유행가로 빗대자면 남인수가 부른 '애수의 소야곡'이 어울릴 거라고 했다. 운다고 옛사랑이 오리요만은…… 어쩌고 그 애잔한 노래가 내 처지라니. 어쨌거나 그 노래를 홍얼거리니 마음에 맺혀 있던 것들이 조금 풀어지는 기분이었다.

기다리는 염수정은 소식이 없고 그 대신 사천왕 최선묵이 왔다. 남자들은 힘든 일이 닥칠 때는 왜 술에 기대어 도망가려는 것일까. 최선묵은 대낮부터 술에 절어 있었다. 그는 학교가 파하는 시간을 정확하게 짚어 교문 앞에서 나를 기다리고 있었다.

"어이, 성보, 나 좀 보자."

반가웠다. 그가 사천왕이든 금강역사든 아니면 무슨 악마라 하더라도 좋았다. 염 선생의 소식만 알 수 있다면. 우리는 학교 앞을 멀리 떠나 전찻길 옆의 다방에 마주앉았다.

"그 교복에, 까까머리에, 어린애 얼굴에, 이런 다방도 출입을 못하게 돼 있어. 인마 지금은 어른인 내가 동행하니까 괜찮아. 정말 가고 싶은 곳은 요 앞에 있는 선술집인데 너를 데리고 술타령이야 하겠냐,

내가."

명색이 선생님이었는데 그럴 수야 있겠느냐, 하는 뜻이었다. 그는 말끝마다 어린애가 어쩌고 하여 내가 중학생임을 강조했다. 속마음은 태식이의 말마따나 생산을 못하는 사랑을 말하고 싶었을 것이다.

커피 한 모금에 한숨을 섞어 "푸우" 길게 내뿜고 나서 최 선생이 입을 열었다.

"그 계집애, 염수정이 말이다. 알 수가 없어, 도무지."

"잘 있어요?"

"잘 있지. 지나칠 정도로 잘 지내고 있어. 한데 걔는 옆에 남자가 없으면 단 일초도 살 수 없는 여자거든. 물고기가 물이 없으면 살 수 없듯이 남자가 없으면 살 수 없는 그런 여자도 있어. 염수정이가 그런 여자야."

하다못해 중학생인 너를 데리고 놀았던 것도 물고기와 물의 원리에 지나지 않았다는 뜻이었다.

"나는 바보였어."

알고는 있구나, 나는 속으로 웃었다.

"수정이가 유명한 성악가로 우리 학교에 출강하는 백주호(白周浩) 교수에게 개인교습 받으면서 그 늙은이하고 금강공원에도 가고 태종대에도 가고 여관에도 같이 간다는 사실을 들어 알고 있었으나 그러다가 돌아오겠거니 했어. 상대는 나이가 너무 많고 부인이 시퍼렇게 살아 부산 바닥 국악계의 대모인데다 다른 대학에 교수를 하고 있어서 누군가 귀띔을 해 주게 돼 있거든. 그럴 때 위험한 것은 수정이야.

늙은이들은 좀 다투다가 적당히 감정을 눅여서 저들끼리 갈 길을 가는데 수정이는 홀로 상처 받고 버림받게 되는 법이거든. 내가 이 일을 왜 그리 잘 아느냐고? 사실은 내 누나들 중에 그런 철딱서니가 하나 있었어. 대학에 보내놨더니 늙은 교수하고 붙어서 죽자 사자 하는 거라. 우리 아버지 분명하고 단호한 사람이야. 군인이거든. 누나를 잡아 앉혀놓고 머리털을 댕겅 백고로 밀어버렸어. 어머니를 시켜 온몸에 있는 털을 모조리 제거해 버리라고 했지만 그건 못하고. 늙은 교수는 곡절 끝에 가정으로 돌아가 숨었지. 누나만 절벽 위에 선 거야. 이 여자도 화가 나니까 하이어리아부대 부근에서 미군 장교 한 놈을 꾀어서 태평양을 건너버리더라구. 지금 시애틀에 살고 있는데 눈알이 새파란 조카놈하고 혼자 살고 있대. 니가 지금 무슨 말을 하고 싶은지 내가 다 안다 인마. 당신 누나하고 염 선생을 비교하지 마라, 그 말이지? 나도 안다. 누나는 누나고 수정이는 수정이다. 당연히 다를 것이다. 그래서 나는 기다렸고, 지금도 기다리고 있다. 하지만 어렵다. 힘들어. 성보야, 오죽했으면 너를 찾아와 하소하겠냐."

다른 말은 들리지 않았다. 염 선생과 함께 부산극장에서 하는 백주호 교수의 음악 발표회에 구경 간 일이 있었다. 늙어 백발이 날렸으나 뱃구레에서 터져 나오던 그 폭발적인 음량에 압도당했던 기억이 있었다. 그였구나. 동백섬에서 "왜 나를 사랑하는 사람은 너무 늙었거나 너무 어릴까" 혼잣말처럼 한탄하던 그 늙은 사람이.

겨울이 왔다. 부산의 겨울은 춥다. 기온은 낮지 않지만 바다에서 불어오는 겨울바람은 뼈 속까지 후벼 파는 한기(寒氣)를 몰고 왔다.

나는 국제시장을 지나 동광동 뒷골목의 헌책방 골목에서 책 한 권을 사 들고 돌아오는 길이었다. 국제시장을 가로지르는 대로(大路) 한옆으로 바짝 몸을 붙이고 걷고 있는 남자와 여자가 있었다. 남자의 머리가 보기 좋은 은발로 바람에 날리고 있었다. 그가 성악가 백 아무개이고 그 옆에 붙어 서서 걷고 있는 젊은 여자가 염수정이었다. 그들은 거친 바다에서 방금 돌아온 배들처럼 지친 표정이었다. 나는 가게들이 밀집한 골목길로 들어섰다. 들어서면서 그들을 보았다. 여자가 눈을 들어 방금 골목으로 숨는 학생을 알아보고 흠칫 놀라는 모습이었다. 나는 골목에서 달렸다. 조금 가다가 골목을 꺾어 또 달렸고 조금 더 가다가 다시 꺾었다. 광복동까지 그렇게 냅다 달려 전차에 오른 후에야 겨우 숨을 돌리고 생각했다. 나는 무엇을 피하여 도망친 것일까? 왜, 무엇으로부터 도망쳤던 것일까? 내가 도망친 그 자리에는 대체 무엇이, 누가 남은 것일까?

집에 오자 삼촌이라는 사람이 말했다.

"운명으로부터 도망쳐 온 놈처럼 얼굴이 창백하구나. 무슨 일 있었어?"

"삼촌은 몰라요."

"하긴, 내가 모르는 일이 너무 많지. 빌어먹을 놈의 세상."

이쯤에서 정리를 해 보기로 했다. 남은 일은 어른들에게 맡겨 두자. 미덥지 못하지만 최선묵 선생이 사천왕, 금강역사(金剛力士)처럼 옆에서 지키고 있지 않으냐.

겨울방학으로 들어가기 직전에 사천왕, 금강역사가 또 찾아왔다.

이번에는 취하지 않았다. 그는 내 손을 그러잡더니 무작정 끌었다.

"가자."

택시에 올랐다.

"부산대학병원으로 갑시다."

병원에 내려 찾아간 곳은 영안실이었다.

"미친 년, 나쁜 년."

최선묵은 실성한 사람처럼 보였다. 택시 안에서도 혼잣말을 중얼거리더니 병원에 내려서도 같은 말을 반복했다. 영안실 앞에 도착해서야 비로소 나는 미친 년, 나쁜 년이 누군지, 왜 미쳤고 왜 나쁜지 알았다. 짐작했던대로 그년은 염수정이었고, 스스로 목숨을 끊었기 때문에 살아남은 사람들이 몹시 기분이 상해 있었던 것이다. 나는 염수정의 빈소에서 국화꽃으로 둘러싸인 그녀의 환한 웃음을 보면서 "잘했습니다, 선생님." 하고 속으로 바랬다. 사진 속의 염수정을 보면서 한 가지 더 생각한 것이 있었다. 나도 먼 길 떠날 때는 스스로 가겠다고. 병원에 누워 가기 싫은 길을 억지로 끌려가듯 그렇게 가지는 않겠다고. 그러니 조금 먼저 가신 선생님, 그때 거기서 만납시다. 그런 인사말을 중얼거리며 빈소에서 물러났다.

"가자."

사천왕 최선묵이 또 손목을 잡아끌었다.

"어딜요?"

"그 새끼, 늙은 새끼, 코빼기도 안 보이잖아. 수정이 혼자 가게 해놓고 저는 뒤로 자빠져서 노래나 부르겠지. 나쁜 새끼, 그놈을 작살

내서 수정이와 함께 저승으로 보내자, 우리가."

나는 손을 뺐다.

"선생님 혼자 가세요."

"그래? 그렇다면,"

최 선생은 혼자 택시에 올랐다. 그가 그 새끼를 작살내러 갔는지 여부는 알지 못한다. 그 늙은 성악가가 수정이의 빈소에 나타나지 못한 것은 당연한 일이었다. 빈소는 수정이 부모 같아 보이는 사람이 지키고 있었다. 남자의 얼굴에 직업이 포주라고 씌어 있지도 않았고, 여자의 얼굴에 전에 그 포주 밑에서 장사하던 여자라고 표지가 달려 있는 것도 아니었다. 염수정이 아버지보다는 어머니를 많이 닮았다는 느낌이었다. 수정이가 늙으면 눈앞에 있는 저 여자 같은 모습이 될까, 그 생각을 잠시 굴렸다. 이제 그럴 가능성은 아주 없어진 것이었다.

6

환타지아

"엣, 퇴, 더럽다."

신문을 내던지고 가래침을 뱉다가 어머니에게 들킨 삼촌은 얼른 휴지조각으로 가래침을 닦아내고 침을 삼켰다.

"나는 세상에서 니 엄마가 제일 무섭다."

자기 나이보다 어린 형수를 세상에서 가장 무서워하는 남자, 삼촌은 요즘 부글부글 끓고 있었다.

"민주주의(民主主義)라카는 거는 개 발에 편자다. 이 백성들에게 딱 어울리는 정치는 스탈린이나 모택동(毛澤東) 같은 놈인기라. 김일성이가 잘하고 있단 말이지. 안 그런가, 조카?"

삼촌은 가끔 내 생각을 묻는 버릇이 있었다. 그러나 내 관심은 다른 데 있었다. 나는 같은 계열의 경상고등학교 진학에 실패했다. 경상고등학교에 진학하여 우수한 성적으로 졸업하면 서울대학교 진학은 따놓은 당상인데 그 대로(大路)가 막혀버린 것이었다. 나는 냄새 나는 바닥에서 위로 기어 올라갈 사다리를 내 발로 걷어찬 것이었다.

　1차 도전에서 낙방한 후 2차에 도전할 고등학교 명단을 놓고 어머니는 골머리를 싸맸다. 삼촌이 건너다보며 여차하면 지원할 태세였으나 어머니가 무서워 가까이 오지는 못하고 있었다. 나는 영도(影島)에 있는 대양고등학교(大洋高等學校)에 지원하겠다고 선언했다.

　"자알 했어."

　삼촌은 손뼉을 딱 치고, 어머니는 눈에 핏발을 세웠다.

　"니 미쳤나?"

　"안 미쳤다."

　"그 학교 아새끼들, 대가리에 피도 안 마른 놈들이 여럿이서 여학생 끌고 산으로 가서 욕보이고 죽여서 돌을 매달아 바다에 던진 천하 악당놈들 아이가. 그런 놈들이 다니는 깡패 학교에 니가 가겠다고? 세상에 학교가 모조리 없어져도 그 학교는 안 된다."

　"이미 그 학교에 원서(願書)를 넣었어."

　어머니는 기가 막혀 할 말을 찾지 못했다.

　"그 학교에 갈 거야. 불교 재단이거든."

　불교라는 말은 이상한 힘을 가지고 있었다. 죽어도 용납 못하는 어리석은 짓을 하는 남자들의 세계였고, 그래서 거역(拒逆) 못하는 큰 바다 같은 세계였다. 적어도 어머니에게는 그랬다. 나는 교활하게 어머니의 그 약점을 찾아냈던 것이다.

　애당초 나는 그 학교를 끝까지 다닐 생각이 아니었다. 3년은 긴 세월이다. 특히 남자에게는 그랬다. 그 긴 세월을 오로지 대학에 가는 징검다리로, 그 준비로 날을 새는 것은 낭비이자 인생에 대한 죄악이라고 생각하고 있었다. 그러니 깡패 학교든 샌님 학교든 불교 재단이든 기독교 재단이든 내게는 상관이 없었다.

세상이 뒤집어졌다고들 하지만 달라진 것은 아무 것도 없었다. 사람들은 여전히 사기치고 비루했다. 몇 년 안 가서 변해버릴 것을 영원한 것인 양 다투고 빼앗으려고 발버둥쳤다. 이루지 못할 줄 뻔히 알면서도 헛된 맹세를 하고 금방 깨질 약속을 했다. 나는 학교에서는 배울 것이 없다고 단정하고 밖으로 돌았다.

염수정 선생은 신기하게도 흐르는 세월에 묻혀서 떠내려갔다. 처음에는 살아 있을 때와 마찬가지로 눈앞에 나타나 부딪치기도 했으나 차츰 엷어지더니 몇 달이 지나자 얼굴이 안개처럼 형태가 없어지고 그마저도 떠오르지 않게 되었다. 그러나 지워지지 않는 그림이 한 장 있었다. 앨범 속에서 보았던 사진, 마당에서 슈미즈 차림으로 찍은 사진 속에서 그림자처럼 비치던 여고시절 그녀의 환상처럼 아름답던 육체는 내 기억의 창고에 붙박이로 박혀 떨어지지 않았다.

염수정에 대한 기억이 풀어놓은 물감처럼 희미해지는 것 말고도 자잘하게 몇 가지 변화가 있었다. 내 아버지임을 자처하는 남자, 서면 시장통의 해장국집 주인 남자의 부인이었던 여자가 마산에 있는 국립결핵요양원에서 끝내 먼 길을 떠나고 말았다. 정식으로 이혼한 것은 아니지만 사실상 이혼한 거나 마찬가지 상태였기 때문에 그 여인의 죽음 그 자체만 가지고 무슨 변화가 생겼다고 말하기는 어려웠다. 그 여자가 죽고 나자 내 어머니와 아버지라는 사람 사이에 눈에 띄는 변화가 일어난 것이다. 두 사람 사이에 끼어 있던 장애물이 저절로 사라졌으니 두 사람 금실이 좋아져야 마땅한 일인데 사태는 거꾸로였다. 두 사람, 그러니까 나를 낳아준 여인과 어머니의 현재 남편 노릇을 하고 있는 남자 사이에 건널 수 없는 틈이 벌어진 것이다. 마치 지금까지 완충지대로 본부인이 끼어 있다가 그 완충장치가 제거되면서 노골적으로 미워하기 시작한 것 같았다. 먼저 변한 것은 어머니 쪽이었다. 걸핏하면 남자를 무시했고 욕설을 퍼부었다. 참다못해 남자가 한 마디 하면 살림을 다 부숴버릴 정도로 대판 싸움이 일어났다.

두 번째 변화는 삼촌에게 일어났다. 엄밀하게 말하면 삼촌이라는 남자에게 일어난 변화가 아니라 나라의 정치가 뒤엎어진 큰 지각변동이었으나 그때문에 우리 집안에서 가장 큰 신분의 변화를 겪은 사람이 삼촌이기 때문에 이를 삼촌에게 일어난 변화라고 보는 것이다. 그 일이란 군인들이 총을 들고 정부를 엎어버린 사건, 즉 5·16쿠데타였다. 아마 군인들도 처음에는 나라의 경영을 맡아 할 생각까지는 하지 않았던 것 같았다. 그들이 내세운 '혁명공약(革命公約)'이란 것을 찬찬히 음미해 보면 계파싸움으로 날을 세우는 정치꾼들에게 혼꾸멍 내주고 군대로 돌아갈 요량이었던 것 같았다. 많이 아는 사람들은 그 공약이란 것이 사기이기 때문에 군인들의 순수한 열정을 믿을 수 없다고들 하지만 나 같은 학생들은 인쇄된 문자는 무엇이든 진실이라고 믿는 학생 신분답게 혁명공약도 액면 그대로 믿을 수밖에 없었다. 어쨌거나 겁을 주려고 들고 나온 총칼을 보고 기겁을 한 정치꾼들이 모조리 똥마려운 놈들처럼 꽁무니를 빼버리자 "우리가 맡아서 하자" 뭐 그렇게 된 일이 아닌가 나는 생각하는 것이다.

군인들 중에 대단한 지위에 있는 사람의 자문역을 맡아 등용된 경제학자 한 사람이 일본에서 같이 공부했던 삼촌 생각을 해내고 수소문하여 서면시장 골목 해장국집 골방에 엎드려 있는 그를 찾아내어 데리고 서울로 가버린 것이었다. 서울에서 소식이 오기를 삼촌이 무슨 혁명위원회의 사무처장 노릇을 하는데 조만간 장관 자리를 맡게 될 것이라고 했다. 아버지라는 남자가 으쓱했다.

"내 동생, 그 놈이 지지리 구박을 받고 엎어져 있더니 이런 날이 다 오는구만."

알 수 없는 것은 어머니였다. 아버지가 자기 동생을 자랑하고 싶어 붕 떠서 지껄이는 것을 알면서도 콧방귀도 뀌지 않는 것이었다.

"흥, 그까짓 장관."

장관이란 절대로 '그까짓 것'이 아니다. 옛날 같으면 장관질을 한 사람이 죽으면 묘비(墓碑)에 무슨 판서(判書)로 기록되지만 우리 같은 보통 사람들은 죽으면 학생(學生) 무슨 성씨(姓氏)라고 기록되어 죽으나 사나 학생 신분을 면치 못한다. 그런 장관 자리가 눈앞에 있다는데 "흥"이라니, "그까짓 것"이라니.

이런 자잘한 변화들 끝에 마침내 큰 변화가 왔다. 원래 물방울이 모여 개천이 되듯이 작은 일들이 모여 큰일이 되는 법이었는데 이번에도 그랬다. 경찰관 두 명이 집에 찾아온 것은 밤중, 그러니 어머니가 해장국집 문을 닫고 설거지를 마칠 시간이었다. 야간 순찰을 돌다가 출출하여 해장국을 먹으러 온 줄로만 알았는데 그게 아니었다.

"박만술씨 집 맞지요?"

"맞는데요. 그 양반 지금 집에 없어요."

"알고 있습니다. 부인 맞지요? 같이 가서 확인 좀 부탁합니다."

"통금(通禁)에 걸렸나?"

그런 실수는 없던 사람이었다. 고개를 꼬고 경찰관을 따라 나섰던 어머니는 한 시간 후 돌아왔다.

"무슨 일이야? 어디 계셔?"

어머니가 말했다.

"죽었다. 경찰서에 가서 확인해 주고 왔다."

오늘 낮에도 같이 살던 사람이 죽은 일을 두고 이렇게도 가볍게, 아무 일도 아니라는 듯이 말하는 어머니를 보고 나는 놀랐다. 어머니가 보충설명을 했다.

"저녁 해가 진 뒤에 황경산(黃景山) 꼭대기 자살방구에서 뛰어내렸다 칸다. 어느 놈이 자살할라고 방구에 갔다가 먼저 뛰어내린 사람을 발견하고 경찰에 알렸다더라."

경찰에서는 신분을 확인했으니 자살한 이유를 밝히기 위해 어머니와 나를 대상으로 조사를 벌였다. 그 과정에서 어머니의 시동생뻘인 박천술이라는 이름이 등장했다. 경찰은 젊은 형수와 백수로 집안에 틀어박혀 있던 시동생 사이에 무슨 일이 있었고, 그 때문에 형인 박만술이 황경산 꼭대기 자살바위를 찾게 된 것으로 보고 사건의 아귀를 맞추려고 덤볐다. 그러나 경찰은 서울의 혁명 무슨 위원회인가에서 온 전화 한 통을 받고 사건 파일을 덮어버렸다. 박천술이라는 이름은 다시는 나오지 않았다. 박만술의 시신(屍身)은 다음날 오전 가족에게 인계되었고 해장국집 안방에 빈소가 차려졌다. 서울에서 '삼촌'이 형의 장례식에 참석하기 위해 내려왔는데 총을 든 군인들이 네 명이나 호위병으로 따라올 정도로 그 위세(威勢)가 대단했다.

삼촌은 완전히 다른 사람 같아 보였다.

"삼촌, 출세하니 다른 사람 같아 보여."

내 말에 그는 씨익 웃었다. 웃을 때는 사람 좋던 옛날의 삼촌이라는 사람 그대로였다. 빈소에 손님이 뜨악할 무렵 삼촌이 말했다.

"형수님, 장례 끝내고 서울로 갑시다. 작지만 방 세 개짜리 아파트를 얻어 살고 있는데 살림을 해 줄 사람이 없어 걱정입니다. 형수님이 맡아 주세요. 해장국집은 형님도 안 계시니 이제 그만 닫읍시다."

"장가가세요. 서울에는 예쁜 여자 많다던데."

어머니가 말했다.

"형수님이 데리고 온 여자라면 장가가겠습니다. 단 조건이 있어요. 형수님보다 좋은 여자여야 합니다."

"성보 때문에."

"전학(轉學)하면 됩니다."

나는 내 일생을 가를 중대한 고비가 왔다는 것을 알았다.

"저는 부산에 남겠습니다. 다니는 학교도 마음에 들고, 전학을 해도 내년에나 하고 싶습니다만."

"그래라."

삼촌이 뜻밖에 내 편을 들어주었다. 어머니도 기를 쓰고 반대할 마음은 아닌 것 같았다.

"기숙사가 없는 학교라서 하숙이나 자취를 해야 하는데, 어느 쪽이냐?"

"우선 가정교사를 알아보고, 안 되면 자취를 하겠습니다."

"혼자 살아보고 싶다는 강한 욕구가 느껴진다. 그렇게 해 봐라. 고생도 해 보는 것이 좋을 거다. 안 되면 서울에 올라오면 되니까."

드디어 나는 혼자가 되는 것이었다. 그게 얼마나 고생스럽고 귀찮은 일투성이인지 그때는 몰랐다. 그리고 길고 긴 방황의 돛을 올리는 출발점이라는 것도.

7

인생아, 네 가는 곳 어디냐

아미동(峨嵋洞) 골짜기의 부산 시립 화장장 굴뚝에서는 두 시간 동안 검은 연기가 솟았다. 아버지라는 사람, 박만술은 그렇게 연기로 사라졌다. 시신이 타고나자 화부(火夫)는 재와 타고 남은 유골을 꺼내어 빗자루로 쓸어 담은 후에 쇠로 만든 육중한 절구통에 넣고 빻았다. 이윽고 회색의 가루가 되기까지 빻은 것을 상자에 담아 들고 송도(松島)로 가서 바다에 뿌렸다.

삼촌은 서둘렀다. 서울의 일이 워낙 막중하기 때문이라고 짐작은 하면서도 서두는 삼촌을 보면서 서운한 마음이 없지 않았다. 그는 가면서 어머니의 기차표까지 미리 구입하여 손에 쥐어주었다.

"이 집은 팔릴 때까지 당분간 성보 혼자서 지키라고 해요. 고등학생이라 자유롭게 살고 싶은 모양이니 어떻게 사는지 봅시다. 형수님은 이 차표로 내일 서울역에 내리면 제가 마중 나가겠습니다. 제가 장가 갈 때까지만 도와주십시오. 그렇게 알고 가겠습니다."

내가 자유로워진다는 것만 생각했지, 어머니의 문제를 곰곰이 생

각해 보지 않았던 것은 잘못이었다. 곰곰이 생각해 본들 어른들이
결정한 일에 간여(干與)하기는 불가능한 일이었다. 하지만 어머니는
그때 시동생의 살림을 봐주겠다고 서울로 따라 나서지 말았어야 했
다. 어머니의 운명은 그것대로 굴러가고 있었던 것이다.

다음날 부산역까지 따라 나간 나에게 어머니는 자잘한 걱정을 늘
어놓은 다음 말했다.

"니 아버지를 만나고 싶거든 찾아가 봐라."

아버지라는 이름, 한시도 내 마음 속에서 떠나본 일이 없었다. 스
님들이 화두를, 내가 아버지라는 말을 가슴에 담듯 담아 지녔다면
모두 다 성불(成佛)했을 것이다.

아버지는 그 이름만큼이나 아득히 먼 곳에 있지 않았다. 그렁거리
는 시외버스로 한 시간만 달리면 천 년이 넘도록 버티어 온 곳, 불지
사에, 절간의 일부인 것처럼 그렇게 살고 있었다. 안거(安居)철이 되
면 선방에 앉고 해제가 되면 만행(萬行)을 하면서 늙어가고 있었다.
나는 어릴 때부터 아버지가 선방에 앉을 때는 잡고 있는 화두가 무
엇인지 몹시 궁금했었다. 그러나 그게 무슨 대단한 비밀이라고 내게
자신의 화두를 일러준 일은 아직 없었다. 만나면 그것부터 물어보리
라. 화두가 성성적적(惺惺寂寂)하여 오만 가지 잡념을 물리치고 사는
지, 그것도 물어 보리라. 어쨌든 아버지를 만나봐야 될 일이었다. 어
머니도 떠나고 평생에 처음 맞는 혼자만의 출발은 거기서 시작하는
것이 옳다, 하고 결정했던 것이다.

도평 마을은 조금씩 변해가고 있었다. 여관이 몇 개 늘었고, 수학

여행 오는 학생들을 단체로 수용할 수 있는 큰 규모의 여관도 하나 생겼다. 조잡한 기념품을 파는 가게와 술과 고기를 파는 음식점도 전에 없던 것이 있었고, 부산과 울산을 왕래하는 버스 편도 늘었다. 절집 부근의 장사가 잘 된다는 증거였다. 산문 문턱까지 음식점이 바싹 다가가 냄새를 피우고 있었다. 겉모습만 보아서는 불지사를 움직이는 것은 절의 스님들이 아니라 사하촌의 장사꾼들이었다. 모든 것이 변해가고 있는 가파른 세상에서 아버지만 일주문(一柱門)처럼 그렇게 낡은 모습으로 서 있을까.

"성보 아이가."

알아보는 사람이 있었다. 종무소의 사무원 박 처사(處士)였다. 산감(山監: 절에 소속된 삼림을 지키면서 땔나무를 마련하는 소임, 또는 그 일을 맡은 사람) 유경한(柳慶漢)은 금방 산중 암자에 있는 노승(老僧)을 찾아 그 문하(門下)에서 출가할 것 같더니만 아직도 긴 작대기 하나 들고 산을 지키는 산감 노릇을 하고 있었다. 그는 종무소 구석에 앉아 헐헐 어깨를 들썩이며 웃고 있었다.

"세월 참 빠르제. 인마 이기 코 질질 흘리면서 엄마 손 잡고 산문을 나서던 때가 어제 같은데 벌써 어른이 다 돼뿌렸네."

산감 유경한이 흠 흠 목울대를 울리자 박 처사는 급히 입을 다물었다. 우리가 산문 밖으로 쫓겨나던 그날의 광경을 낡은 필름 돌리듯 다시 돌리는 박 처사의 어리석음을 일깨우는 헛기침이었다.

"그런데 우짜노. 니 아버지가 이 산 속에 없다. 아마 벽송사(碧松寺)라고 지리산 속에 있다카던데 나도 아직 못 가 봤다. 지리산 공비

(共匪) 알제? 한 때는 빨갱이들 소굴이었던 절이다. 그 절 부근 어디 토굴(土窟)에 산다카더라."

"한때 빨갱이 소굴 아니었던 절이 어디 있어요? 불지사에도 좌익이 설쳤는데. 글마들, 참 어리석었제. 금방 자기들 세상이 올 줄 알고 본색을 다 드러냈다가 모조리 죽었지. 빨갱이들 잡는 방법은 마냥 풀어주는 기라. 4·19 후에 마냥 풀어주니 숨어 있던 놈들이 소굴에서 기어나와 설치는데 가관이더라. 보고 있던 군인들이 총 들고 나와 모조리 쓸어버렸제. 이느마 아버지도 약간 이상하긴 했어."

아버지 이야기였다. 처음 듣는 소리였다. 서둘러 종무소를 나왔다. 이 절에서, 절이 있는 국망산에서 아버지를 찾아 헤맬 필요가 없게 된 것이었다. 산감 유경한이 키보다 높은 작대기를 질질 끌면서 따라 왔다.

"봐라, 성보야."

천왕문 근처에서 나를 따라잡은 유 산감이 말했다.

"저 사람 말 귀에 담지 말아라. 다 쓸데없는 소리니까."

"말씀해 주십시오."

나는 갑자기 유경한에게 기대고 싶어졌다. 그가 많은 이야기를 알고 있을 것 같았다. 우리는 운수교(雲水橋) 다리 난간에 걸터앉았다.

"우리 아버지가 이상했다는 것이 무슨 말씀인지 산감 님은 아시지요?"

"안다."

"빨갱이였어요?"

"너는 빨갱이라는 말의 뜻을 아느냐?"

"공산주의자, 그리고 이북하고 내통하는 자, 아닙니까?"

"맞다. 한데 느그 아부지는 둘다 아니었다."

"그럼 뭡니까?"

"그냥, 불교를 개혁하자는 급진적 개혁론자였지. 그 때문에 이혼도 남보다 앞서 했고, 종권(宗權)을 쥐기 위해 깡패와 독재정권에 밀착하는 종단 승려들을 배척했다. 그 결과 얻은 것은 빨갱이라는 이름이었다. 그러니 빨갱이는 권력 잡은 놈들에게 반대하는 사람이면 누구나 덮어쓰는 구정물이다. 길을 가다가 그 구정물을 뒤집어 쓸 수도 있다."

"아버지는 길을 가다가 뒤집어 쓴 것이 아니잖아요."

"그랬지. 그러나 본인이 그에 걸맞는 행위를 하거나 사상을 지닌 것은 아니었다. 종단 권력이 그렇게 내몰아 만든 거다."

"하지만,"

"느그 아부지는 느그 엄마와 너를 정말 지독하게도 사랑했다. 그거 아나?"

가장 두려워했던 것이 이 말을 듣는 것이었다. 어머니와 나를 사랑하면서도 어머니와 나를 버렸던 남자, 그 말도 안 되는 궤변을 산감의 입에서 들어야 하다니.

"종단 내부에서 느그 아부지와 몇 사람을 빨갛게 색칠하여 몰아낼 움직임을 보이자 느그 아부지는 그 나쁜 영향이 느그들에게게 미칠까봐 서둘러 이혼을 단행한 거다. 혼자 성불하기 위해 느그들을 버린 것은 아니었다."

가족을 지키기 위해 가족을 버렸다는 것이었다. 신파조의 눈물겨운 이야기였다.

"그럼 지금은 어디 계세요?"

"모른다."

유 산감은 한숨을 쉬었다.

"아무도 모른다. 고향과 같은 불지사에서 내쫓기고 선방으로만 떠돈다는 이야기는 들었다. 선방에서도 받아주지 않으면 그 사람 어디에 발붙일까."

건너편 숲속에서 소쩍새가 울고 있었다. 산감은 지팡이를 짚고 일어섰다.

"벽송사 부근 토굴에 산다는 소식을 들은 지 몇 해 됐다. 중의 발길이 원래 바람이고 구름이라 아직 거기 머문다는 보장은 없다. 혹시 그곳에 가면 어디로 갔는지 행적은 알 수 있을지도 모르지. 아부지를 만나거든, 언젠가는 만나겠지. 너는 하나 뿐인 아들이니까. 꼭 내 안부를 전해다오. 나도 일찌감치 출가하려고 왔으나 중들 하는 짓 보고 출가할 마음을 접었다. 벌써 몇 해를 이렇게 살고 있다. 중도 소도 아니면서, 세간(世間)도 출세간(出世間)도 아닌 산감방(山監房)에서 그냥 눌러 살고 있더라고."

계곡에는 벌써 산그늘이 짙게 내리고 있었다. 오랜만에 아버지와 함께 큰절의 큰방에서 자게 되리라고 예상하여 어디서 자야할지 대책을 새우지 않았으나 오늘은 절에서 자기는 틀린 것이 분명했다. 도평 마을에 도착하니 어둠이 깔려 있었고 부산행 막차도 떠난 후였다. 하는 수 없이 미애네 여관으로 들어갔다.

"내 니가 올 줄 알고 있었다. 아들은 언젠가 애비를 찾게 돼 있거든."

미애 할머니는 세월이 가면서 몸은 쪼그라들어 더 작아져 있었으나 말은 더 야무지고 또렷했다. 늙은 보살이 내 얼굴을 만지면서 말했다.

"우리 미애가 있었으면 참 좋아했을 낀데, 아깝다."

"할머니, 미애가 어디로 갔어요?"

"부산에 갔다.

"부산 어디요?"

"서면이다. 서면 로타리 부근에 그애 이모가 살고 있다. 주소를 적어주마. 찾아 보거라."

살다가 보면 누굴 찾기도 하고 누가 나를 찾기도 한다. 이때부터 누가 나를 찾기보다는 내가 누구를 찾아다니는 일이 더 많았고 익숙해지기 시작했다. 도시에서 다닥다닥 붙은 처마들을 헤집고 누구를 찾아다니는 일은 허망하고 시골의 멀고 먼 산야에서 나무와 돌에다 사람의 행적이나 자취를 묻는 일은 뜬구름 같다. 애당초 찾아다닐 일은 아닌 것이다.

미애가 없는 도평의 그 여관은 가을걷이를 끝낸 텅 빈 들판이었다. 나는 그 을씨년스런 들판에서 새벽같이 일어나 첫 버스로 부산으로 왔다. 그리고 할머니가 적어준 주소를 가지고 미애를 찾아 나섰다.

미애도 벌써 고등학생이었다. 이모네 집에서 학교에 다니고 있는 모양이었다. 서면이라면 지척인데, 왜 길가에서 부딪치지 못했을까. 언젠가 한번 나를 찾아 해장국집에 왔다고 했었지. 그때는 염수정 선생이 이 세상의 전부라서 그 계집애를 생각할 틈이 없었다. 한데 그 계집애는 한번 왔다 간 이후로는 다시는 찾아오지 않았다. 계집애가 고집도 있었고 자존심도 있었던 것이다.

대개의 도시들은 버스나 전차가 다니는 큰길가에 은행이나 제과점 같은 점포들이 늘어서서 병풍 같은 성벽을 이루고 성벽 뒤로 들어가 보면 좁은 골목 속에 그때까지 해 오던 방식으로 살아가는 사람들의 집, 주택가라고 하는 골목이 있는 법인데 서면 로터리 부근도 마찬가지였다. 주소를 따라 가보니 기름기가 흐르는 빌딩 뒤편 좁은 골목길의 큰 교회 옆에 있는 이층집이었다. 마당에는 불두화(佛頭花)가 소쿠리로 담아 와서 쏟아놓은 것처럼 흐드러지게 피어 있었다. 대문을 두드리자 신발 끄는 소리가 나더니 삐이걱 감옥의 창살 같은 문이 열렸다.

"오빠."

미애였다.

"다행이다."

내가 말했다.

"뭐가?"

속이 비치는 슈미즈 차림의 여고생이 손으로 섶을 여미며 물었다. 나는 어디서 많이 본 듯한 여자의 얇은 속옷 속에 언뜻 비치는 그림자를 보았다. 사진 속에 보았던 염수정 선생의 몸, 미애가 가진 것은 그런 그림과는 달랐다.

"니가 나와서 다행이다. 니네 이모였으면 어떻게 말할까, 어려워서 그냥 돌아갈려고 했거든."

"그런 생각이면 여기까지 오지를 말던지. 잠깐 기다려. 옷 입고 나올게."

미애는 잠깐 사이에 겉옷을 차려입고 번개 같이 다시 나왔다.

"가자."

어디로 갈지 작정은 없었다. 그냥 이모네 집에서 멀어지기 위해 우리는 골목길을 빠져 나왔다. 학생들이 갈 수 있는 곳은 빵집뿐이었다. 뉴욕인지 서울인지 헛갈리는 간판을 걸고 있는 큰 빵집으로 가서 앉았다. 큰 유리벽 너머로는 번잡한 거리가 있었고 전차가 딩, 댕, 하고 달리고 있었다.

"어떻게 알고 찾아왔어?"

빵 몇 개와 우유가 담긴 큰 접시를 앞에 놓고 미애는 그것부터 물었다.

"어제 도평 갔다 왔거든. 여관에서 잤어. 할머니가 주소를 가르쳐 주셨어."

"내가 할머니에게 오빠 오거든 가르쳐 주라고 주소를 큰 글씨로 적어줬거든."

"내가 올 줄 알고 있었어?"

미애는 고개를 끄덕였다. 부처님 손바닥, 발바닥이 떠올랐다. 그물

코에 걸린 물고기들처럼 파닥거리다가 가는 것이 아닐까, 인생이라는 것이.

"무슨 생각하면서 웃었어? 방금."

"내가 웃었나?"

"응. 전에도 오빠가 그렇게 웃을 때는 속으로 낯선 생각을 할 때였어. 난 그게 싫었고."

"싫었어?"

"내 생각을 밀어냈거든. 오빠 마음속에 내가 들어가서 설 자리가 없어지는 것 같았거든."

"계집애들이란. 어쨌든 미안하다. 앞으로는 니 앞에서 혼자 웃지 않을게."

"괜찮아. 웃고 싶을 때는 웃어."

미애는 이상한 힘을 가진 아이였다. 아무리 오래 떨어져 있다가 오랜만에 만나도 바로 어제도 함께 살았던 것처럼 벽을 허물어버리는 재주였다. 미애네 집을 나와 서면의 해장국집 골방에 살면서 많은 세월이 흘러간 것 같은데 미애는 그 세월을 단숨에 뭉개버리고 내 의식의 창고에서 몰아내버리고 그 자리에 자신이 들어와 앉았다. 미애가 다니는 학교도 서면여고였다.

"몰랐지? 오빠 살고 있는 해장국집에서 멀리 떨어지지 않으려고 학교도 이 근처에 정했어."

날마다 한 번씩 해장국집 앞으로 왔다가 갔다고도 했다. 갑자기 미애가 내 어깨 위에 커다란 짐짝처럼 철퍽 내려앉는 느낌이었다.

“밥은 누가 해 줘?”

“내가 해 먹지. 토굴에서 수행(修行)하는 중들도 다 그래.”

“중 되고 싶어? 언젠가는 중이 될 거야?”

“모르겠어. 나도 내가 뭐가 되고 싶은지.”

미애는 해장국집까지 따라왔다. 이틀 전까지 장사하던 집이라 음식 만들 재료는 많았다. 어머니가 쓰던 앞치마를 찾아내어 허리띠를 질끈 동이더니 팔을 걷어붙이고 밥을 하기 시작했다. 미애가 지은 밥을 미애와 함께 먹다가 내가 말했다.

“아까 미애가 집에서 입고 있던 옷 말이야.”

“응. 이거?”

교복 치마를 걷어올리고 속에서 하얀 슈미즈를 들어 보였다.

“속치마야. 한복에도 속에 받쳐 입는 치마가 있잖아? 그거나 마찬가지지 뭐. 미안해, 오빠가 온 줄 모르고 이모가 빨리 대문 열어주라고 해서 그냥 뛰어나오다 그렇게 됐어.”

“잘못했다는 뜻이 아니야. 그 옷 입은 모습을 더 자세히 볼 수 없을까?”

“어렵지 않아. 지금 보여줄까?”

미애는 앞치마를 벗고 교복 위 아래를 훌렁 벗어 탁자 위에 던져두고 슈미즈 차림으로 마주앉았다. 여자의 몸에 누가 이런 환상 같은 속옷을 입혔을까?

“한데, 오빠. 남자나 여자 중에 이성(異性)의 물건, 옷도 그 중의 하나겠지만, 하여튼 물건에 집착하는 것은 정신병의 일종이라던데 오빠 혹시?"

"아냐, 난 아니야. 그 정도로 집착하지는 않아. 그냥 아름답지 않아? 이 옷이."

"아무래도 조금 이상해. 언제 봤어? 슈미즈 입은 여자."

염수정, 그녀가 이런 옷을 입은 모습을 단 한번만이라도 봤으면 좋겠다. 그저 사진에서 본 것을 가지고 엉뚱한 데서 찾다니. 소가 웃을 일이었다.

다행히 미애는 많은 것을 알고 있었다. 남자의 엉뚱한 환상이 굳어지기 전에 진짜 여자의 몸을 알아야 치료가 된다고 생각한 것 같았다. 미애와 내가 그 해장국집 골방에서 서로의 운명을 겹쳐버린 것은 나의 환상이 병으로 굳어지기 전에 치료하기 위해서 시작한 일이었다.

물론 처음에는 잘 되지 않았다. 그러나 그 밤이 다 가기 전에 우리는 죽을 것 같은 희열을 서로의 몸에서 찾아내는 방법을 알게 되었다. 미애는 다음날도 왔고 또 그 다음날도 왔다. 사흘째 되던 날 우리가 밥을 지어 함께 먹고있을 때 미애의 이모가 해장국집 낡은 문을 밀치고 들어왔다. 나는 벼락이나 그 비슷한 일이 벌어질 것을 예상하고 있었다. 그러나 반대였다.

"내 이럴 줄 알았어. 미애 이 계집애가 좋은 학교 다 놔두고 이 근처 학교 다니겠다고 우길 때부터 일이 이렇게 될 줄 알고 있었다니까. 참 보기 좋다. 아름다워. 잘 어울리는 애들이야. 하지만 도평에 있는 우리 언니가 아는 날에는 내가 맞아 죽어. 어쩌면 좋지? 말해 봐, 미애야, 어쩌면 좋지?"

"말하지 마. 이모, 엄마한테는 내가 말할게, 먼 훗날, 우리가 어른이 된 후에."

"계집애야. 어른들이 그렇게 눈치가 없는 줄 아니? 바본 줄 알아? 너희들 이렇게 살다가 덜컥 애라도 생기면 그때는 어쩔라고 그래?"

생각해 보니 큰일은 큰일인데 누구도 대책을 내놓지 못했다.

"여기서 이러고 있지 말고 미애는 당장 집으로 들어와라. 이모부한테는 도평 갔다고 했으니 눈치 볼 것 없고. 자네는 두 사람 다 고등학교라도 제대로 마칠 때까지 이 아이를 놔줘라. 가끔 만나면 되잖아."

내가 미애를 놔주는 것은 어렵지 않았다. 미애가 나를 찾아오는 것을 무슨 쇠몽둥이로 막을 것이냐? 이미 둑은 터지고 강물은 흐르기 시작한 것을.

결국 미애는 이모와 함께 이모네 집으로 돌아갔다. 나는 다시 혼자가 되었다. 그러나 아직은 혼자가 아니었다. 다음날 아침 지난밤 혼자 마신 술기운 때문에 이불 속에서 뒤척거리고 있을 때 미애가 학교 가는 길에 이모가 만든 반찬을 들고 찾아왔다. 그리고 이불 속으로 들어왔다.

"나, 학교 그만두고 살림이나 할까?"

"안돼."

나는 벌떡 일어나 미애를 이불 밖으로 밀어냈다.

"오늘 멀리 떠날 거야. 아버지 만나러."

“어디 계시대?”

“지리산에 계셨다고 해. 아직 계시는지는 모르는 일이고.”

“빨리 가서 만나 봐.”

미애가 내 손에 몇 푼의 돈을 쥐어주면서 말했다.

“난 오빠네 아버지 스님 참 좋더라. 반드시 부처가 돼서 우리를 모두 인도하실 거야, 그렇지? 만나뵙거든 예쁜 며느리가 있다고 말씀드려. 그분은 아직 내가 코 흘리던 쪼그만 계집애인 줄로만 알 텐데, 큰일이다.”

그날 오후에 나는 정말 혼자가 되었다. 나는 부산에서 순천(順天)으로 가는 경전선 열차 속에 자신을 던져 넣었다. 열차가 부전역을 떠나 서면 일대를 감싸고 돌면서 목쉰 기적을 울릴 때는 왈칵 가슴에 치받는 것이 있었다. 아버지는 어떻게 살았나? 가족을 떠나보내고 어떻게 그 밤을 견뎠나? 아버지를 생각하면서 가슴에 치받는 것을 겨우 가라앉힐 수 있었다. 나는 그렇다 치더라도 미애는 무엇으로 가슴에 치받는 것을 가라앉히나? 나는 화두(話頭)도 아니면서 평생 지니고 살아야 할 문제 하나를 일찌감치 챙겨 담았다.

삼랑진(三浪津)에서 낙동강을 건넌 열차는 가기 싫은 곳으로 억지로 가는 것처럼 느리게 달렸다. 마산을 지날 때는 이미 밤중이었고, 진주(晉州)라는 명패가 달린 플랫폼이 스쳐갈 무렵은 날자가 바뀌어 다음날 새벽이었다. 그리고 섬진강을 건너 순천에서 열차를 바꿔 타고 구례(求禮), 곡성(谷城)을 지나 남원역(南原驛)에 내리니 해가 아침 때를 지나 한낮으로 가고 있었다. 지리산을 남쪽 둘레에서 반 바퀴

쯤 돌아온 셈이었다. 열차 안에서 아침밥 대신에 미애가 사준 계란
을 소금에 찍어 먹었다. 계란을 먹으면서 또 목이 콱 잠겼다. 이러면
안 되는데, 걸핏하면 가슴에서 울컥 치받거나 목이 콱 잠기는 자신
이 미웠다. 얼마나 더 살아야 이런 증세가 엷어지나. 아무리 세월이
가도 이 증세가 없어지지 않는다면 그야말로 큰일이었다. 아버지를
생각했다. 그는 잘 견디고 있지 않으냐. 내 아버지가 견디는 일을 나
라고 견디지 못할 까닭이 없을 것이었다.

남원에서 뽀얗게 먼지를 뒤집어 쓴 시외버스를 타고 운봉(雲峰), 인
월(引月)을 지나 다시 경상도 땅인 함양군(咸陽郡) 경계로 들어선 곳
에서 내렸다. 쳐다보니 지리산은 거대한 짐승이 누워 있는 모습이었
다. 어디가 시작이고 어디가 끝인지 가늠할 수 없는 산, 골짜기를 끼
고 솟은 봉우리들이 사람들의 범접(氾接)을 막듯 검푸른 살기(殺氣)
를 띄고 누워 있었다. 그런 산 아래 자락에 몇 채의 초가(草家)가 달
라붙어 있었다. 솔가지로 얼기설기 엮은 울바자를 지개를 지고 돌아
나오는 농부가 있어 말을 붙였다.

"벽송사 가는 길이 맞습니까? 이 길이."

"맞는데, 어딜 가쇼?"

"벽송사 근처에 있는 토굴을 찾아갑니다."

"토굴?"

"예, 토굴이요."

농부가 알아듣지 못할까봐 또렷하게 강조했다. 토굴이라고.

"아,"

농부는 지게 작대기로 지게 다리를 탁 하고 쳤다.

"벽송사 바로 밑에 있는 석굴(石窟) 말이지? 스님 한 분이 오 년째 살고 있는 굴 말이지?"

"예, 거기 맞습니다. 어떻게 올라가죠?"

"못 가."

농부가 말했다.

"왜요? 스님이 사는데."

스님도 사람인데 사람 사는 곳에 왜 못 간단 말이냐, 그 말에 농부는 기분이 상했는지 가래침을 뱉었다.

"토굴이 아니라 석굴이지. 천연의 동굴이거든. 전에는 공비(共匪)들이 환자들을 숨겨놓고 돌보던 곳인데 불지사에서 온 운공 스님이 그곳을 지나다가 발견하고 선방을 차렸지."

"아저씨는, 혹시 스님이었어요?"

"어떻게 알았냐?"

"스님들은 냄새가 나거든요. 영혼의 냄새."

"글마 참, 니도 중이냐?"

"중은 아니고 중 아들입니다."

"그러니까 니가 운공 스님 아들이다, 이 말이지?"

나는 고개를 끄덕였다. 왠지 모를 불안이 스멀거리며 가슴을 파고들었다.

"나는 운공 스님의 도반(道伴) 이었다."

농부는 아예 지게를 벗어 울바자에 세워놓고 잠방이 고의춤에서 파랑새 담배 한 개비를 꺼내어 불을 붙였다.

"불지사에서 온 중 한 사람이 공비들이 쓰던 석굴에 들어가 사생 결단으로 정진(精進)한다는 말을 듣고 찾아왔어. 옥천사(玉泉寺) 선 방에까지 운공 스님 소식이 바람 타고 들려온 거야. 산중에서는 바 람이 냄새로 소식을 전해주거든. 무조건 떠났지, 지리산으로. 운공 스님은 묵언(默言) 중이라 말도 못 붙였어. 석 달만에, 한 철이 지난 후 처음으로 수인사하고 도반이 된 거야. 도반이라고는 하나 스님은 어디로 보나 내 스승이었지. 정말 죽기 살기로 그렇게 피나게 수행하 는 비구를 처음 봤어."

나는 엉덩이를 들었다.

"앉아."

그가 명령조로 말했다. 나는 지게 옆에 도로 퍼질고 앉았다.

"지금 가도 아버지는 만나지 못한다. 내 얘기나 마저 들어. 왜 이 제 왔냐?"

"어디 계신지 종적을 몰랐거든요. 아버지는 당신이 머무는 곳을 알려주지 않았어요."

"그랬을 거다."

농부는 인정했다.

"운공 스님은 떠났다."

"어디로요?"

농부는 내 얼굴을 물끄러미 바라봤다.

"이 세상을, 속세(俗世)를 버렸다. 처음에 나는 스님이 단식(斷食)을 하는 줄만 알았다. 그러나 물도 한 모금 안 마시는 단식(斷食)은 단식이 아니라 자살행위거든. 운공 스님이 그랬다. 삼칠일이 지나자 스님은 쓰러졌어. 내가 들쳐업고 전남대학교 병원으로 옮겼으나 깨어나지 못했어. 깨어나고 싶은 의지(意志)가 없었거든. 대학병원 응급실에서 수액주사로 억지로 생명을 붙잡고 있을 때 스님은 내 손에 가만히 한 물건을 쥐어 주었어. 이거다."

배잠방이 주머니에서 염주를 꺼냈다. 아버지 스님의 생일 때 내가 도평 마을의 가게에서 사서 선물했던 그 염주였다.

"그때 이미 스님은 말을 못했어. 나는 이 물건을 왜 나한테 주시는가 생각해 보니 주인이 있을 거라는 것, 나중에 그 누구가 찾아오면 전해 달라는 당부였다는 것을 알았어. 이 염주 알겠냐?"

"제가 아버지 생일에 선물한 겁니다."

"이제 아버지가 너에게 선물했으니 도로 가져가거라."

"그 뒤에 어떻게 했습니까?"

"뻔하지. 벽송사로 모시지 못하고 광주시립 장제소(葬祭所)에서 화장(火葬)하여 무등산(無等山)에 뿌렸다. 네 아버지 운공 스님은 스스로 갈 날을 정하여 스스로 떠나신 거다. 이 염주와 함께 그 말을 전해 달라는 것 같았다. 이제 할 일을 마쳤으니 나는 논에 가봐야겠다. 스님 다비하여 보내고 나서 나는 환속(還俗)했다. 봐라, 제법 농부 태가 나지 않느냐."

농부는 지게를 지고 일어났다. 나도 따라 일어났다. 지리산은 아득했다. 내 옆에 있어줘야 할 사람들은 왜 그리 서둘러 떠나려고 기를 썼던 것일까? 아버지도 의붓아버지도, 남자들은 다 갔다. 염수정 선생도 갔다. 아버지가 내게 되돌려 준 염주알에는 아버지의 체온이 남아 있지 않았다. 날더러 어딜 가라는 말씀이십니까? 산은 대답을 하지 않았다. 아버지는 여전히 무책임한 아버지였다.

8
수만이

대학 대신에 나는 군대를 택했다. 좋은 대학들과 어중이 떠중이 대학들이 모두 서울에 몰려 있었기 때문에 대학 다니자면 서울에서 어머니와 '삼촌'이 사는 그 아파트에 얹혀살아야 할텐데 그것이 싫었다. 그게 첫째 이유였다. 다른 이유도 있었다. 미애가 걸핏하면 집을 나와 함께 살자고 하는 바람에 미애를 아직은 혼자 떨어져 살게 버려두어야 할 입장이었다. 대학도 다니게 하고 다른 인생을 선택할 수 있도록 앞문을 열어 줄 생각이었다. 그렇게 생각한 것은 미애가 조금은 거추장스러웠던 탓도 있었다.

나는 아직 징집 연령이 되지 않았으므로 지원제도가 있는 해병대에 지원했다. 진해(鎭海)에서의 훈련은 혹독했으나 이를 악물고 견뎌냈다. 견디기 어려운 일을 만나면 염주를 꺼내어 아버지를 생각했다. 수마(睡魔)를 견디고 배고픔을 견디고 그리움을 견디고 마침내 살고 싶은 욕망을 견디어 냈던 아버지, 그 지독한 사람을 생각하고 참았다. 훈련을 마친 나는 북방 도서(島嶼) 중 하나인 연평도(延坪

島)에 배치되었다가 곧 청룡(靑龍)부대로 편성되어 베트남 전선(戰線)으로 이동했다.

전선으로 이동하기 전에 청룡은 실전에 필요한 훈련을 별도로 받았다. 그 중에는 춘천(春川) 북방의 오음리(五音里)에서 육군 부대와 함께 받는 유격 훈련도 있었다. 육군 백마부대의 보충요원들이 베트남 전선으로 이동하기 위해 훈련을 받고 있었는데 청룡부대가 위탁교육생으로 갔다.

첫날 유격 훈련의 기초체력을 기른다는 명목으로 실시된 피티(PT) 체조에 거의 진이 빠진 상태로 세면장에서 발을 씻고 있는데 누가 등을 아프게 쳤다.

"해병놈이 겁도 없이 감히 육군 나리의 세면장에서 발을 씻어?"

귀에 익은 목소리였다. 돌아보니 훈련으로 새까맣게 탄 얼굴, 건강한 모습의 육군 일병이 활짝 웃고 있었다.

"수만아."

나는 그에게 안겼다.

"니가 해병대 가는 줄 알았으면 나도 해병대 갔을 텐데."

함께 군에 입대했으면 어떤 일이 일어났을까? 옛날 낯선 도시 학교로 전학 온 촌놈을 터줏대감인 그가 주먹으로 지켜줬듯이 그렇게 지켜줬을까? 그리고 전장(戰場)에서는 내게로 날아오는 총알이라도 두 손으로 막아줬을까? 이젠 괜찮다, 나는 속으로 말했다. 이제는 네가 없어도 아이들에게 얻어맞지 않고 부대원들에게 무시 당하지도 않는다. 선착순(先着順)으로 달릴 때 최선두(最先頭)에는 못 서도 중간쯤은 달린다. 그런데도 수만이의 기억 속에는 여전히 내가 자신의 보호가 필요한 허약한 책상물림으로만 새겨져 있는 것 같았다. 우리는 피엑스(PX)에 가서 물을 섞은 막걸리를 마셨다.

"월남 갈려고 일부러 군에 입대했다."

그가 말했다.

"나도 청룡부대 요원 지원 받을 때 제일 먼저 지원했다."

"월남전쟁, 지겨운 전투라는 거 알고 있나? 과거 우리나라에서 하던 고지전, 진지전하고는 판이 다른 거라. 정글은 사람을 질리게 하는 거라."

"알고 있다."

내가 말했다.

"사막에서 하든, 정글에서 하든, 얼음판에서 하든 전투는 전투일 뿐이지. 무서우면 지금이라도 도망쳐라."

"이 짜슥, 많이 변했네."

그는 큭큭거리며 웃었다. 나도 따라 웃었다. 우리는 배가 아프도록 같이 웃었다.

미 해군 수송선 상그리라호가 부산항 제4부두를 떠날 때 나는 환송 나온 군중들 속에서 태극기를 흔드는 미애의 모습을 찾아낼 수 있었다. 그 전에 포항(浦項)의 해병대 사령부에 면회 온 미애는 여관에서 이불 속에 얼굴을 묻고 작은 소리로 말했다.

"오빠, 왜 가는 거야?"

"군인이니까."

"월남 안 가는 군인이 더 많아. 한데 오빠는 전쟁터에 나가기 위해서 군에 입대했고 군에 입대해서도 남보다 먼저 파병(派兵) 지원을 했어. 안 그래?"

"어떻게 알았어?"

"오빠 일은 안 보고도 다 알아. 생각까지도."

"무섭다."

"무서워하지마, 오빠."

그녀가 내 목을 끌어안았다.

"날 무서워하지도 말고 싫어하지도 마. 내가 무섭거나 싫어지면 그냥 떠나. 절대로 중이 되거나 전쟁터에 나가거나 그렇게 하지 말고 그냥 떠나. 알았지? 난 오빠 인생에 짐이 되지는 않을 거야. 그렇게 되면 내 인생이 너무 가엾잖아."

"우리 미애가 얼마나 그리울까? 그 생각을 하니 벌써 그립네."

얼렁뚱땅 넘기려 했으나 미애를 끝까지 속이지는 못했다.

"도망치고 쫓아가고 그렇게 사는 건가 봐."

"무엇을, 누굴 쫓아 가는 거야? 그 교생 선생님? 잊어버려."

"벌써 잊었어."

"아직 남아 있는데?"

"열심히 세수해서 말끔히 지우고 올게."

미애는 태극기의 물결 속에 묻혀버렸다. 배가 오륙도(五六島)를 옆구리에 끼고 태평양을 향해 선수를 돌릴 때 나는 혼잣말로 중얼거렸다. 염수정 선생. 이제 당신을 보내드립니다, 하고. 그런 의식으로 정말 그녀를 보낸 것 같았다.

"결혼했나?"

태극기의 물결 속에 파묻혀 멀어지는 미애를 눈여겨보고 있던 사람이 나 말고도 하나 더 있었다. 신병훈련소부터 줄곧 같은 소대에 배속되었다가 이제는 월남전에까지 같이 가게 된 민석중(閔奭重)이었다. 서울대학교를 다니다가 입대한 군인답게 머리가 지나치게 팽팽 잘 돌아가는 친구였다. 훈련소에서는 소대의 향도(嚮導)를 맡았다.

"내가 왜 해병대에 지원했느냐 하면, 이 나라에서 지도자가 되려면 강단(剛斷)이 있어야 하고, 강단을 가르려면 해병대만한 조직이 없거든."

그가 해병대에 오게 된 이유였다.

"아니."

나는 고개를 저었다.

"아까부터 봤는데 네 마누라 같았어. 저 여자 얼굴에 씌어 있는 소망(所望)을 봤어?"

"그런 게 있었나?"

"어떤 여자는 노골적으로 텔레비전, 전축, 카메라, 미제 화장품 가지고 돌아오라고 이마빡에 써 붙이고 있었어. 그런데 네 마누라 같은 애인은 태극기에 뭐라고 써서 흔드느냐 하면 꼭 살아서 돌아오세요, 그것뿐이었어. 인마, 넌 살아서 돌아와야 해."

살아서 돌아오지 않을 수도 있다는 것을 생각해 본 일이 없었다. 민석중의 말을 듣고 나서야 비로소 살아서 돌아오지 못하게 될 수도 있겠구나, 하는 생각이 들었다. 그런데 그것이 내게는 큰 문제가 아니었다. 많은 사람들이 이미 내 곁에서 먼 길을 떠났다. 그들은 먼저 가고 나는 남았다. 경계가 뭐 그리 대단한가.

민석중은 토종인데도 영어를 잘했다. 영어만 잘하는 것이 아니라 미국인들을 제압하는 능력이 있었다. 많은 미군들이 한국군을 얕잡아보고 기세등등하다가도 그의 앞에만 오면 꼬리를 내리는 것이었다. 그 덕택에 대한해협(大韓海峽) 지나 남중국해(南中國海)를 거쳐 인도차이나 반도(半島)까지 가는 그 지루한 뱃길에서 나는 자주 캔 맥주와 얼음 알맹이가 서걱거리는 콜라를 얻어 마실 수 있었다.

"잘 봐 둬라."

데크에 서서 캔 맥주를 멋진 폼으로 마시던 그가 말했다.

"우리는 지금 우리 조국의 운명을 짊어지고 간다. 우리 지도자들은 밤잠을 설칠 것이다. 이 나라가 여기서 주저앉느냐, 세계로 뻗어나가느냐 이번 전쟁에 달렸어."

"이겨야 하나?"

"이기든 지든 그건 상관없어. 왜냐면 미국의 전쟁이지 우리 전쟁이 아니기 때문이야. 다만 우리가 인도차이나반도에 몰려 사는 동남아(東南亞)의 왜소(矮小)한 인종보다 우월한 인종이라는 사실을 증명해야 해. 월남(越南) 여자들이 제 나라 남자들보다 우리를 더 좋아하도록 만들어야 한다고. 그게 무슨 뜻인지 넌 알지?"

우리 부대를 태운 미군 수송선은 월남 해역에서부터 미 공군의 엄호(掩護)를 받으며 항해하여 길게 뻗은 월남의 중간 허리에 해당하는 군항(軍港)인 다낭에 도착했다. 월남공화국을 남북으로 분단한 37도선에 가까운 전선이었다. 그러나 월남전은 전쟁 발발과 함께 전 국토의 전장화가 이루어졌고, 모택동식(式) 유격전 이론에다 호지명식(式) 정글전의 개념이 혼합된 특수한 전법에 따라 특별한 전선이 따로 없을 정도로 부대가 주둔한 지역 전체가 전쟁 마당이었다. 즉 전쟁의 장소와 방법을 선택하는 권리는 공산군의 것이었고, 당연히 전쟁의 주도권은 공산군이 행사했다. 이런 형편이었으므로 미군을 돕는 형식으로 파월된 한국군의 위상은 난감한 것이어서 한국군으로부터 참전(參戰)의 명분을 주지 않으려는 것이 공산군의 일차적 전략이었다.

다낭에 상륙한 해병 부대는 장비와 인원 및 편제를 점검하고 지휘부가 미군과의 작전회의를 마친 후 동쪽 항구에서 서쪽 라오스와의 국경지대를 향해 내륙 횡단을 개시했다. 북쪽 하노이로부터 남쪽 사이공 근교까지 길게 이어진 베트콩의 병참선(兵站線)을 끊어놓고 전선을 두 동강으로 내어 전쟁의 방법에 대한 선택권을 행사하려는 한·미 연합군의 작전에 대항하는 적들의 항전(抗戰)도 필사적이었다.

다낭에서 중부지역 거점인 판차 마을까지는 자동차로 이동했다. 낮에 한 차례 스콜(squall)이 뿌리고 지나갔으나 날씨는 맑고 후덥지근했다. 이동하는 군용 트럭을 엄호하여 미군 아파치와 치누크 헬기가 진행 방향의 전후좌우 사방을 경계하고 아무리 작은 움직임이라도 수상한 기미가 보이면 즉각 소탕하여 활로를 확보한 후에야 다시 이동을 개시했다. 여기까지는 비유하자면 요람 속의 전쟁이었다.

오후 늦게 해병 신병부대의 전략 목표인 판차 마을에 도착했다. 백여 호(戶)가 모여 살고 있는 월남 중부의 평범한 마을이었다. 마을에는 판자로 얼기설기 엮어놓은 초등학교 교실이 하나 있었고, 공회당 역할을 하는 벽돌집도 한 채 있었다. 흙벽돌로 지은 공회당 건물 앞 대나무로 얽어 만든 망루에는 작은 종(鐘)이 매달려 있었다. 그 종을 울려 마을 사람들이 모이는 광경을 보고 싶었다.

마을 뒤편에는 오십 미터 정도 높이의 얕은 구릉이 있었다. 구릉의 안부는 운동장처럼 평평하여 부대가 막사를 만들고 사주경계를 하기에 안성맞춤이었다. 마을 앞으로는 물이 철벅거리는 논이 펼쳐져 있었고 논 사이로 자전거가 다닐만한 논길이 나 있었는데 길은 건너편 숲 속으로 사라져버렸다. 산이라고 할만한 높은 지형은 사방 어디에도 없었다. 얕은 곳은 마을과 논이었고 조금 높은 언덕에는 숲이 빼곡하게 들어차 사람 사는 마을까지 넘보고 있었다.

촌장(村長)이라는 노인이 환영의 뜻으로 바나나와 망고 비슷한 과일을 바구니에 한가득 담아들고 왔다. 촌장은 새까만 얼굴에 검은 눈알이 유난히 반짝거리는 노인이었다. 얼굴에는 골 깊은 주름이 몇 가닥이나 강물처럼 흐르고 있어 도무지 나이를 가늠하기 어려웠다. 촌장은 젊은 여자를 데리고 왔다. 손녀인가, 했으나 영어가 가능한 이 마을 학교의 선생님이라 했다. 영어 하면 민석중이었다. 여기까지 오는 도중의 미군 수송선에서 미군과 충돌이 일어나 몇 번이나 갑판 위에서 집단 패싸움이 벌어질 뻔했으나 그때마다 민석중이 통역을 맡아 시원스레 해결했던 전력이 있었으므로 중대장은 이번에도 망설이지 않고 민석중 일병을 찾았다.

"이 여자, 이름을 칸이라고 하는데. 하여튼 이 여자가 이곳 학교 선생님으로 영어를 좀 한다고 하니 민 일병이 말을 좀 해 봐. 우선 이 부근에 베트콩이 있는지, 공산군이 단 한 명이라도 언제 이 마을을 지나갔는지, 마을 주민들의 성분은 어떠한지, 성별과 나이, 직업 등을 잘 파악해서 나에게 보고하도록."

칸은 발끝까지 끌리는 하얀 아오자이를 입고 있었다. 얼굴은 까무잡잡하고 납작한 편인데 노인처럼 새까만 동공(瞳孔)이 끝을 모르는 심연(深淵)처럼 깊어 보였다. 칸이 입은 아오자이를 보다가 문득 나는 슈미즈를 떠올렸다. 칸의 얼굴과 염수정의 얼굴이 겹쳐졌다. 고개를 흔들자 칸이 말했다.

"나는 선생님일 뿐입니다. 군사 문제는 잘 몰라요. 그리고 우리는 모두 한국군을 무서워하고 있습니다."

"무서운 군대 아닙니다."

민 일병이 말했다.

"우리는 당신들을 돕고, 당신들을 지켜줄 겁니다. 그러니 당신들은 우리에게 협조해 주셔야 합니다."

"어떻게 협조해야 하나요?"

"이곳 주변의 공산군 움직임을 말해 주세요."

"그런 일은 잘 모른다고 말을 했지요? 그 일에 대해서는 우리 아버지가 잘 아시니 만나보실래요?"

"아버지가 어디 있습니까?"

"저기 첫 번째 집이에요."

중대장이 선임하사를 불러 부하 사병 둘을 더 데리고 동행하여 엄호하도록 시켰다. 민 일병과 선임하사 강 중사와 사병 두 명 이렇게 군인들을 잔뜩 데리고 아오자이의 여선생 칸은 자기네 집으로 갔다. 한 시간쯤 뒤에 그들은 돌아왔다. 강 중사가 보고했다.

"칸의 아버지라는 남자는 오십대 초반으로 농부였습니다. 일하다가 다쳐서 거동이 불편했습니다. 그가 말하기를 저쪽 언덕 너머에서 공산군들이 나와서 마을에 드나든다고 합니다. 아지트가 있기는 한데 정확한 위치와 규모는 확인해 볼 수 없었다고 합니다."

"저쪽 언덕?"

"논길을 따라 가다가 숲 사이로 빠지는 그 안쪽입니다."

"내일, 수색 소대를 보내 확인하도록."

"분대 규모가 적당치 않을까요?"

"무슨 소리, 처음 맞는 적이니 정확한 파악이 우선이다. 소대를 보내도록."

"옛, 알겠습니다."

"민 일병, 수고했어. 민 일병은 우리 부대의 보배야."

"부탁이 있습니다."

"뭔가? 결혼하게 해 달라, 그것만 아니면 돼."

"비슷한 겁니다. 칸 선생과 저녁에 만나도 되겠습니까?"

"벌써 진도가 거기까지 나갔나. 어째 좀 수상한데. 하긴 무슨 일이 있겠나. 우리는 아직 이 마을 사람들을 잘 알지 못하네. 알지 못하면 모두 적이야. 그 사실을 잊지 않도록."

"잊지 않겠습니다."

민 일병은 서양 사람처럼 어깨를 으쓱했다.

그날은 달이 밝은 밤이었다. 나는 심한 오한(惡寒)이 들어 야간 보초 교대도 하지 못하고 침낭 속에 온몸을 구겨넣고 앓았다. 민 일병은 밤 11시 17분에 귀대했다. 중대장에게 귀대 보고를 올리고 임시 막사에 들어와 내 옆자리에 들어와 눕는 민 일병의 온몸에서 칸 선생의 냄새가 풍겼다.

"안 자는 줄 알아."

푸우 숨을 뱉으며 그가 말했다.

"나 결혼할 거야."

나는 벌떡 일어났다.

"왜 그렇게 놀래나? 오늘 진짜 여자를 만났어. 지금까지 내가 만났던 여자들 미안하지만 다 연습이고 짝퉁이었어."

"칸 선생?"

"그래. 네가 자기를 유심히 보더라고 기억하더라."

미안하지만 칸 선생, 당신을 본 것이 아니라 하얀 아오자이를 봤을 뿐인데.

"전쟁 중인데?"

"내가 뭐하러 왔는지 잊은 줄 아나? 전쟁 상관없어. 우리는 결혼하고 애 낳고 살 거니까. 여기서."

"여기서?"

"왜 안 돼? 칸하고 둘이라면 어디서 살아도 괜찮아. 청룡부대 만세, 대한민국 만세. 이런 기회, 이런 인생을 주시다니, 하느님 감사합니다."

"어이, 잠 좀 자자."

누군가 꽥 소리를 질렀다. 조금만 더 떠들면 금방 어디서 대검(大劍)이 날아올 것 같은 분위기였다.

"결혼식에 참석해 줘야 한다, 알겠지? 나도 네 결혼식에 갈 거니까."

민 일병은 낮은 목소리로 속삭였다. 민 일병의 결혼식이 언제 어떻게 치러질지 알 수 없는 일이었다. 그때 휴가를 얻어 참석할 수 있을지 불가능할지도 역시 알 수 없는 일이었다. 나는 군인이고 전장에 와 있었다. 나는 그의 손을 잡아줬고 우리는 곧 잠이 들었다.

다음날 아침 수색소대가 편성됐다. 선임소대인 제1 소대장 길창우(吉昌宇) 중위가 수색대의 지휘를 맡았다. 선임하사로 강 중사가 자원했다. 머뭇거리며 지켜보고 있던 민 일병이 수색소대의 지원병 대열에 가서 섰다. 나는 아직도 열이 가시지 않아 제외됐다.

"칸에게 이야깃거리를 만들어야지."

지원병만으로도 1개 소대가 편성되자 수색대는 곧 출발했다. 대원들은 소풍이라도 가는 것 같은 가벼운 발걸음이었다. 나는 막사 앞에 앉아 께느른한 아침 햇살을 받으며 눈으로 수색대를 쫓고 있었다.

수색대는 논두렁길을 따라 마을 앞의 작은 벌판을 가로지르고 있었다. 논에는 벼가 두 뼘쯤 높이로 자라고 있었다.

"그들은 일 년에 두 번 벼농사를 짓는다. 그러고도 나라가 가난하여 스스로 전쟁 치를 돈도 없어 미국에 기대어 사는 것을 이해할 수가 없다."

어디서 들었던가, 누가 말했던가, 기억나지 않지만 파월 병사들에게 베트남의 기후와 풍토를 설명하던 강사가 반쯤은 부러워서, 그리고 반쯤은 야유를 섞어 뱉아낸 말이었다. 모심기도 한국에서처럼 자로 잰 것처럼 반듯하게 줄을 지어 심는 것이 아니라 제멋대로 볍씨를 뿌려놓은 것 같은 모양새였다. 전쟁이 끝나고 나면 벼농사 짓는 법부터 가르쳐야겠구나. 수색대의 발길을 따라가던 내 눈에 절반은 잡초가 휘덮고 있는 논바닥이 자꾸만 크게 보였다.

논배미들이 끝나는 곳에 대나무숲이 있었고 숲 사이로 길이 파묻히고 있었다. 수색대의 선두가 논두렁길을 막 벗어나 대나무밭 사이 길로 올라서려는 순간 대나무 숲이 바람도 없는데 흔들렸다. 나는 본능적으로 벌떡 일어나 목청껏 외쳤다.

"베트콩이다, 엎드렷."

내 목소리가 논두렁에 닿기도 전에 대나무숲에서 튀어나온 총탄이 수색대를 덮쳤다. 선두에 가던 하사가 쓰러졌다. 그 다음 병사도 주저앉듯 논두렁에 엎어졌다. 그 다음이 민 일병이었다. 민 일병은 앞에 가던 병사들이 쓰러지는 것을 보고 총을 안고 아래쪽 논바닥으로 굴렀다. 그냥 논바닥에 구른 채로 가만 엎드려 있었으면 전사자 명단에 오르지는 않았을 것이었다. 그러나 민 일병은 고개를 쳐

들더니 논두렁을 은폐 삼아 대나무숲을 향하여 총구를 겨누더니 사격을 개시했다. 그의 사격에 적이 맞았는지 아닌지 확인할 방법은 없었다. 대나무숲에서 곧 반격(反擊)이 개시됐다. 그야말로 비오듯하는 총탄이 민 일병이 기대고 있는 논두렁을 헤집어놓았다. 논두렁은 더 이상 민 일병의 몸을 숨겨주지 못했다. 그것을 깨닫는 순간 민 일병이 벌떡 일어나 논바닥을 가로질러 대나무숲을 향하여 달렸다. 그러나 그는 몇 발 달리지 못하여 인사라도 하듯 고개를 숙이고 앉아버렸다. 고꾸라진 그의 몸뚱이에 집중사격이 가해졌다.

중대본부에서 그 광경을 보고 있던 중대장은 대나무숲을 향하여 박격포와 3.5인치 로켓포를 퍼부었다. 그리고 가까이 있는 공군 부대에 지원을 요청했다. 5분도 지나지 않아 아파치 헬기 편대가 날아와 대나무숲에 소이탄(燒夷彈)을 퍼부었다. 숲은 순식간에 까만 잿더미로 변해버렸다. 아파치 헬기가 임무를 마치고 돌아가자 중대장은 마을을 노려보았다. 누군가 마을에서 베트콩의 동조자가 있거나 정보를 제공하지 않았으면 이런 공격을 당할 수 없다는 판단을 한 것이었다.

중대장은 명령을 내리지 않았다. 다만 마을을 노려보았을 뿐이었다. 그 다음은 사병들이 알아서 한 일이었다. 동료들이 눈앞에서 베트콩의 기습을 받아 쓰러지는 모습을 본 병사들은 제정신이 아니었다. 나도 누구의 명령을 기다릴 것 없이 일어났다. 중대 막사 뒤편의 유류창고에는 5갤론(gallon)들이 휘발유통이 쌓여 있었다. 누군가 그 중 두 개를 들고 마을로 가서 한 집에다 부었다. 그리고 총을 쏘았다.

나무와 마른풀로 엮어 만든 집은 삽시간에 불에 타서 재가 되었다. 집에서 기어 나오는 사람은 늙거나 젊었거나 남자거나 여자거나 어리거나 가리지 않고 사살했다. 나는 휘발유통 한 개를 들고 마을의 한가운데 길가에 있는 집에 가서 기둥과 안방에다 기름을 부었다. 휘발유의 향긋한 냄새가 집안에 퍼졌다. 안방에서 사람이 나오는 기척이 있었다. 나오던 사람의 눈이 내 눈과 마주쳤다. 깊고 검은 눈이었다. 칸, 그 여자였다. 내가 멈칫하는 사이에 내 뒤를 따라왔던 병사가 총을 쏘아 불을 질렀다. 그리고 도망가는 칸의 등짝에 엠원(M1)의 무거운 탄환을 박아넣었다. 칸은 쓰러졌고 그녀의 시신을 이웃집 울타리가 불에 붙은 채로 덮었다.

그날 아군 수색소대 27명은 전멸했다. 그리고 함부로 베트콩에게 우리 병사의 동태를 알려준 마을의 주민들은 98명이 죽었다. 그 중에 여자는 42명이었다. 충분히 보복을 한 셈인데도 우리는 분이 풀리지 않았다. 부대 안에 떠도는 이야기로는 민 일병이 결혼하겠다고 약속했던 칸이라는 여자가 베트콩과 내통(內通)하는 밀고자(密告者)였고 이미 민 일병 이전에 베트콩 중에 약혼자가 있는 여자였다고도 했다. 누가 조사했는지 얼마나 믿어야 할지 알 수 없는 말이었으나 모두 그 이야기를 믿을 수밖에 없었다.

미군 수송선 선 플라워호가 부산 중앙부두에 닿자 우리를 환영하는 군악대의 팡파르가 울렸다. 환영 나온 군중들 사이로 나는 혹시나 아는 얼굴이 있나 하고 고개를 빼어 살펴보았다. 아무에게도 내가 귀국하는 사실을 알리지 않고도 마중 나온 사람들 사이에서 아는 얼굴을 찾는 것은 또 무슨 비뚤어진 심사인가. 더블백을 둘러 매고 군중들 사이로 헤집고 나오는데 코앞에 꽃다발이 불쑥 튀어나 왔다. 꽃다발을 쥔 손에서 팔뚝으로 다시 얼굴로 시선을 옮겨 가다 가 비로소 나는 미애의 얼굴을 보았다. 미애는 꽃다발을 내던지고 달려와 내 목을 끌어안았다. 그녀가 흘린 눈물이 내 목을 타고 흘러 내렸다.

"오빠, 살아 돌아와줘서 고마워."

이건 또 무슨 인사법인가? 미애를 보자 비로소 나는 내가 그 지겨 운 전장에서 죽지 않고 살아 돌아왔다는 사실을 실감했다. 그날 귀 국 장병들에게 특별 외박(外泊)이 허용(許容)되었으므로 미애와 나는 태종대로 가는 해변의 한 여관에서 뒤채고 있었다. 창 너머로는 오륙 도의 바위 끝이 숨었다 나타났다 숨바꼭질을 하고 있었고 그 너머 로 태평양의 푸른 파도가 아득하게 깊었다. 저놈의 바다는, 나는 절 망적으로 생각했다. 저놈의 물은 왜 그리 깊고 넓은가. 그리고 인간 은 왜 이리 보잘것없고 왜소한가. 기껏 암놈과 수놈이 어우러져 새끼 도 까지 않으면서 새끼 까는 흉내나 내는 하잘것없는 동물,

"무슨 생각?"

벌써 네 번째였다. 밤도 깊었다. 그러나 미애나 나나 잠의 바다에 빠지고 싶은 마음은 없었다. 미애가 당장 죽을 것 같은 몸짓으로 다 시 나를 끌어당기며 물었다.

"아무 생각도 안했어. 그저 미애만 옆에 있으면 다른 생각이 저절 로 없어지거든."

"거짓말."

어릴 때부터 그랬다. 이 계집애에게는 거짓말을 할 때마다 들통이 났다. 나는 할 수 없이 또 다른 거짓말로 둘러댔다.

"응, 전쟁 생각, 월남 정글."

"다시 가고 싶어?"

"아니야, 절대로."

"거기 여자들 예뻐?"

"예쁜 여자도 있고, 그저 그런 여자들이 더 많아."

"해 봤어? 거기 여자랑."

"응."

"몇 번?"

"헤아려 본 일은 없는데, 그냥 몇 번이야."

"좋았어?"

"때로는. 사흘 굶은 다음 밥을 먹는 것하고 같은 거지. 좋았다 나빴다 생각도 없었어. 이봐. 섹스란 어떤 상대하고도 비슷한 거야."

"하긴, 그럴 것 같네."

미애의 장점은 납득이 빠르다는 점이었다. 그녀는 내 말을 금방 납득하고, 잊어버리고, 그리고 품으로 파고들었다. 다섯 번째였다.

밤새 전쟁을 치른 병사들처럼 한숨도 자지 못한 우리들은 날이 밝았으므로 여관에서 나와 시외버스 정류장으로 갔다. 울산으로 가다가 도중에 도평 마을을 거쳐 가는 버스도 있었고 도평이 종점인 버스도 있었다. 마침 도평까지만 가는 버스가 있었으므로 우리는 그

버스에 올랐다. 우리 두 사람의 일생이 이 버스에 실려 있다는 것을 우리는 알았다. 그렇게 남은 일생을 싣고 도평까지 가서 종점에 내린 우리는 미애 부모가 아직도 경영하고 있는 여관으로 갔다. 할머니는 내가 월남으로 떠나던 그해 세상을 버렸다고 했다. 미애 부모의 머리에도 희끗하게 서리가 내리고 있었다.

우리가 꺼내놓은 계획이란 것은 황당한 것이었다. 제대 후 두 사람이 함께 서울로 올라가서 살길을 찾아보겠다는 것이었다. 말하자면 아무 대책도 없이 미애를 데리고 서울로 갈 테니 그렇게 아시라 하는 통보였다. 미애 쪽에서 말하자면 오빠를 따라 서울로 갈 테니 딸자식 하나 없는 셈치고 잊어버리세요 하는 식이었다. 미애 아버지는 참을성 많은 남자였다. 그는 침을 삼키고 나서 말했다.

"우리가 거절하면 어찌할 텐가?"

내가 무슨 대답을 찾기 전에 미애가 나섰다.

"난 도망갈 거야. 아빠는 나를 꽁꽁 묶어서 방에 가두고 열쇠로 채워야 할 걸? 그래도 나는 도망갈 자신이 있어."

모든 자식놈들이 부모에게 들이대는 으름장을 미애는 사용하고 있었다. 나는 내 나름으로 준비해 간 것이 있었다. 다른 사람은 몰라도 도평 사람들은 다 알고 있는 사실, 중의 새끼인데다 어머니마저 시동생하고 눈이 맞아 가버린 난장판 집구석의 아들, 그런 지저분한 족보(族譜)를 지닌 사람에게 굳이 귀한 딸자식을 주지 못하겠다고 거절하는 것이 너무 당연한 일이었기 때문에 거기에 대항하는 논리와 주장을 나름대로 준비해 둔 것이 있었다. 그러나 김빠지게도 미애 부모는 두 사람 다 나의 족보 따위에는 털끝만한 관심도 보이지 않았다. 그들은 그저 젊은 남자와 여자가 열정에 들떠서 함께 살겠다고 하지만 대책이 있느냐 하는 정도의 일상적인 일에만 관심이 있을 뿐이었다.

미애의 협박에 아버지는 일단 한 걸음 물러났다. 그러나 아주 물러난 것은 아니었다.

"앞으로 결혼할 건가?"

"물론입니다."

거짓말이 아니었다. 마음 속으로 결혼식 같은 것, 그까짓 것 하고 무시하고 있었으나 꼭 필요하다면 못할 것도 없다는 것이 내 생각이었다.

"당장 잠은 어디서 자고?"

구체적으로 묻자 우리는 대답이 궁색했다.

"제가 가진 것으로 사글세방은 구할 수 있을 것 같습니다."

"방은 그렇다치고 뭘 먹고 살 건가?"

그 생각은 해 본 일이 없었다. 먹는 일이라면 막노동을 해서라도 해결할 수 있고, 그도 안 되면 몇 끼 정도는 굶을 수도 있다는 자신감이었는데 그게 이 사람들에게 통할 것 같지 않았다. 미애 어머니가 한숨을 포오 쉬면서 결론 지어 말했다.

"우리가 말린다고 잡을 수 있는 단계는 지났나 본데, 두 사람 다 사는 것이 얼마나 맵고 추운 일인지 알만한 나이도 됐건만 내가 보기에는 철부지들 같네. 살다가 어렵거든 보따리 사서 이곳으로 내려

오게. 여기서는 밥은 굶지 않고 이슬 맞지 않고 잠잘 곳도 있으니까."

그런 일은 절대로 없을 겁니다, 하는 말이 목구멍에 걸려 있었다.
살다가 정말 어려우면 미애 혼자라도 내려올 수도 있을 테니까, 퇴로
(退路)를 완전히 막아버리고 싶지 않았기 때문이었다.

"오늘은 이미 저물었어. 내일 아침에 버스로 부산 가서 거기서 열
차편으로 서울로 가게나."

예상했던대로 미애 부모와의 한판 승부는 우리쪽의 판정승이었다.
그러나, 하고 나는 전에 어머니와 내가 묵었던 방에서 미애를 안고
누워 생각했다. 인생이라는 전장에서는 누가 승리하고 누가 패배하
는 일은 없다. 그저 살다보면 세월이 어떤 사람은 승자처럼, 어떤 사
람은 패자처럼 보이게 할 뿐이었다. 미애 부모가 우리들 어깨 너머로
보고 있는 우리 앞길의 그림은 어떤 것일까? 내가 졌다, 나는 패배를
인정했다.

"또 무슨 생각?"

미애가 나를 덮쳤다. 이 계집애는 내가 허망(虛妄)한 생각에 빠져
있는 것을 봐 주지 못했다. 나중에야 알았지만 내가 허무에 빠져 있
는 것을 방치하면 자신이 그 허무의 바다에 빠져 영영 헤어 나오지
못할 것 같은 위기감 때문에 그럴 때마다 기를 쓰고 몸뚱이로 나를
덮친 것이었다. 미애는 나를 사랑하면서 그렇게 자신을 조금씩 죽여
가고 있었다.

이튿날 아침 첫 버스로 우리는 부산으로 떠났다. 미애 아버지는
대문간에 서서 "잘 가라. 몸 건강하고." 하는 말로 작별했으나 어머

니는 정류장까지 따라와서 손에 든 보따리를 미애의 손에 쥐어 주었다.

"내가 젊을 때 입던 옷이지만 요즘에는 안 맞을지도 모르겠다. 주먹밥도 넣어두었으니 가다가 기차 안에서 먹어라. 그리고 자네."

나를 보고 말했다.

"이건 작지만 방 얻을 때 보태 쓰게."

하얀 봉투 한 장을 내밀었다. 내가 거절하기도 전에 미애가 대신 그것을 내 주머니에 찔러넣었다.

"엄마, 고마워."

버스가 서면에 닿자 나는 갑자기 벌떡 일어나 내렸다. 엉겁결에 미애도 따라 내렸다. 왜 내렸느냐, 어딜 가느냐 묻지도 않았다. 나도 설명하지 않았다. 우리는 동해남부선 철도를 건너 게딱지 같은 집들이 비탈에 옹기종기 붙어 있는 골목길에 들어섰다.

"월남 가지 않았어?"

"제대했을 거야."

"무슨 부대? 맹호? 백마?"

"육군은 잘 모르겠어. 맹호(猛虎)였는지 백마(白馬)였는지. 캄보디아 국경을 따라 사이공으로 내려오는 월맹군 루트를 차단하는 임무였으니 고생 많았을 거야. 죽지나 않았는지, 소식을 듣지 못했거든."

"저 사람, 아니야?"

미애가 가리키는 방향으로 길 한가운데 비쭉 솟아 있는 바위 위에 남자 하나가 앉아 이쪽을 보고 있었다. 그 남자는 이쪽을 보면서 웃고 있었는데 웃는 입모습이 우는 것 같았다.

"수만아."

내가 부르자 그는 타고 앉아 있던 바위에서 엉덩이를 들어올렸다. 그리고 달리다시피 다가와 악수를 하자고 왼손을 내밀었다. 그의 상체 오른 쪽에 응당 있어야 할 것이 없었다. 덜렁하고 양복 저고리의 빈 팔만 허공에 매달려 있었다.

"나트랑 후송병원의 그 미국놈 의사 새끼가 나를 마취약으로 재워놓고 댕정 잘라버렸어, 이렇게. 놔두면 온몸이 썩어 목숨을 내놔야 한대. 전사자가 되는 거지. 전사하면 보상금이 나오는데 그걸 누가 타먹어? 그 생각을 하니 죽지도 못하겠더라고. 그런데, 차라리 그때 죽었으면 나았을 걸 그랬어. 미애, 맞지?"

"맞아요, 수만이 오빠."

두 사람은 서로를 알아보았고, 오랜 지기처럼 금방 친해졌다.

"결혼했냐? 그까짓 거 상관없고, 보기 좋네. 소주 한 잔 살래?"

철로 건널목에 포장마차가 있었다. 세 사람이 긴 나무 의자에 걸터앉자 여자 둘이 들어왔다.

"이년들, 술냄새 맡고 왔구나. 한 잔 얻어 마시려면 인사부터 차려라, 썩을 년들. 얘는 영자(英子)고 쟤는 순자(順子)야. 이름 좋지? 나는 외기 좋은 이름이 좋더라. 이년들 중에 하나하고 결혼을 하자고 내가 꼬시는 중이야. 한데 이것들이 대답을 안 하네. 이것 때문이야?"

그는 양복 저고리의 빈 팔을 흔들었다.

"그것 때문이 아니고."

둘 중에 영자라고 불리는 여자가 말했다.

"팔은 둘 다 없어도 결혼할 수 있다고. 앉은뱅이도 결혼해서 살고 다리 없는 사람도 애만 잘 낳더라. 나는 시팔 좆대가리 없는 놈하고도 살 수가 있어. 하지만 죽은 놈하고는 못 살아. 오빠는 죽은 사람이야. 알아? 영혼이 죽었어. 오빠하고 살면 시체하고 사는 거라니까."

"얘가 제법 똑똑한 척하네."

수만이가 소주를 한 잔 맛있게 들이켜고 그 잔을 영자에게 주면서 말했다.

"시체보다 더 못한 놈들하고 맨날 그거해서 벌어먹고 살면서 뭐 시체하고는 못 살아? 아직 쫄쫄 굶어보지 못했지? 밥은 굶어도 그거 굶으면 못살겠더라. 몽골 사람들은 초원에서 여자가 없으니 말하고 하고, 옛날 겉으로 점잔 빼던 수도사(修道士)들은 방금 만든 무덤에서 젊은 여자 시체 꺼내서 시간(屍姦)을 했다고 하잖아. 요새 중들이 어떻게 사는지 궁금해. 내 말은 뭣이냐? 시체하고도 하는데 나랑 못 살 것 뭐 있냐? 그 말이야."

"맞는 말이네. 그럼 내가 결혼해 줄게. 그 대신 소주 두 병만 사면."

"네 이년."

수만이가 일갈(一喝)했다. 그는 성한 왼팔로 주머니에 손을 넣더니 돈을 꺼내 흔들었다.

"내가 오늘 보상금을 탔어. 니 같은 것들 스무 명도 더 살 수 있는 돈이야. 이래도 나랑 결혼 안하겠어?"

수만이는 순자보다 영자에게 더 관심이 커 보였다. 영자가 수만이의 어깨에 팔을 걸쳤다.

"하자, 그까짓 결혼 해보자. 단 며칠 갈지 모르니까 아무도 모르게 하자. 우리 포주에게 며칠 고향 갔다 온다고 해놓을 테니까. 여기 있는 친구들만 초청하면 안 될까?"

"쌰."

수만이가 벌떡 일어났다. 우리는 수만이를 따라 포장마차 밖으로 나왔다. 영자와 순자는 저들끼리 마시고 있었다. 마침 지나가는 동해 남부선 기차를 보면서 고함치듯 수만이가 말했다.

"다시는 이 골목에 오지 마라. 미애 데리고 나타나면 너를 죽여버릴 거다."

"알았다."

기차가 다 지나간 후에 우리는 건널목을 건넜다. 수만이의 시체가 건널목 저쪽에 서서 성한 왼팔로 손을 흔들고 돌아서는 모습이 보였다. 그는 다시 포장마차 쪽으로 가고 있었다.

9
서정훈 선생

부산역에서 저녁 5시에 출발하는 통일호 제13열차는 14시간을 달려 이튿날 아침 7시에 용산역에 닿았다. 지정된 좌석은 따로 없고 먼저 앉는 놈이 임자였다. 출발역인 부산역에서부터 먼저 자리를 잡으려고 앞 사람 머리통을 밟고 지나가는 사람이 있을 정도였다. 나는 해병대 군인답게 사람들을 헤치고 들어가 겨우 자리 두 개를 확보했다. 미애를 창가에 앉히고 나는 그 옆에 앉았다. 내 옆에는 기침을 심하게 하는 중년의 남자가 앉았다. 우리 머리 위 시렁에는 물건 대신 젊은 남자들이 올라가 길게 누웠다. 열차가 덜컥하여 그 남자들 중 한 명이라도 굴러 떨어지면 밑에 앉은 사람들이 짓눌려 팔이 부러지는 사고가 날 수도 있었다. 그런 식으로 끼어앉아 열차는 밤새 달리고도 모자라 이튿날 날이 밝은 후에도 한참을 더 달려서야 겨우 용산역에 닿았다. 미애는 한밤중 열차가 대전쯤에 이르자 엄마가 싸 준 보자기를 끌렀다. 주먹밥 몇 덩이와 삶은 계란 10개, 그리고 무장아찌랑 물도 한 병 사이다병에 담겨 있었다. 그것을 나누어 먹으니 목이 메었다. 나는 생각했다. 이 여자를 위해 내가 죽으리라, 하고.

아침의 용산역 광장도 창녀(娼女)들이 주인이었다. 영자와 순자들이 밤새 달려온 완행열차 손님들 중에 아랫도리가 휘청거리는 놈을 잡으려고 전쟁을 벌이고 있었다. 그녀들을 보면서 미애가 문득 수만이를 떠올렸다.

"그 여자들하고 정말 결혼할까?"

"하겠지."

내가 대답했다.

"보통 사람들처럼 애 낳고 오래 같이 살 수 있을까?"

"안 될 거야."

"왜?"

미애가 다시 물었다.

"수만이는 학대(虐待)할 대상이 필요한 거니까. 자기 학대만으로는 부족해서 다른 사람을 학대하려고 창녀를 고르고 있는 중이니까. 그렇게 늙어 가겠지. 그렇게 죽어 가겠지."

"불쌍해."

"누가? 수만이?"

"아니, 그 여자들."

출근 시간이라 전차마다 사람을 가득 태우고 지나갔다. 나는 어디로 간다고 정해놓은 곳이 없었으므로 지나가는 전차와 버스 앞 유리에 써붙인 동네 이름을 멍하니 바라볼 뿐이었다.

“가자.”

미애가 내 팔을 끌었다. 버스 정류장으로 가더니 이제 막 출발하는 시내버스에 올랐다. 오르고 보니 84번, 수유리에서 흑석동(黑石洞), 중앙대학교 방향으로 가는 버스였다.

“흑석동에는 왜?”

“몰라. 거기가 흑석동인지 백석동(白石洞)인지 내 알 바 아니고 그저 버스가 조금 편해 보여서, 다른 버스보다 손님이 없는 편이었어. 보라구.”

사실이었다. 그러나 그건 종점이 가깝다는 증거였다. 과연 버스는 한강을 건너자마자 왼쪽으로 꺾어 조금 더 가더니 멈추었다. 흑석동 종점이었다. 이곳저곳 돌아보고 살펴 볼 필요는 없었다. 우리는 눈에 띄는 첫 복덕방에 들어가 방 1개에 부엌이 있는 집을 골라 계약을 해버렸다. 중앙대학교 뒷 담을 끼고 시멘트로 포장된 비탈길의 중간쯤에 있는 개량 한옥 문간방이었다. 내게 있던 돈에다 미애 어머니가 봉투에 넣어 준 돈, 그리고 미애가 따로 모아두었던 돈을 모두 털어 방 1개짜리 전세금을 주고 나니 남는 돈이 거의 없었다. 우리는 누울 방 하나 말고는 서울 바닥에서 살아갈 준비가 전혀 안 돼 있는 사실을 발견했다.

그래도 좋았다. 우리 둘만의 방이 생겼다는 것은 이 길고 험한 인생길을 둘이서 출발한다는 신호였기 때문이었다. 부엌은 대부분 한국의 집들이 다 그랬던 것처럼 셋방살이하는 사람을 위하여 따로 번듯한 부엌을 만들어 둔 집은 없었다. 그저 문간의 턱 밑에 연탄아궁이를 내고 연탄아궁이 옆에 작은 찬장 하나 놓을 자리만 있으면 그게 부엌이었다. 우리가 사는 집이 그랬다. 미애는 가끔 국수를 끓였는데 국수가 익으면 미애가 방문을 몇 번 두드리고 내가 방문을 열고 국수 그릇을 받아 상에다 올려놓으면 그게 식탁이었다.

둘다 건강했기 때문에 식욕(食慾)이 좋았다. 쌀 한 말을 사다놓으면 며칠 안 가서 밑바닥이 드러났다. 나는 일자리를 구하기 위해 아침이면 집을 나섰다. 처음에는 신문 광고를 보고 이력서를 만들어 들고 찾아갔다. 84번 버스가 종로 한가운데를 꿰고 지나갔기 때문에 조계사(曹溪寺) 입구에서 내리면 가까운 종로, 을지로, 청계천, 그리고 충무로나 퇴계로까지 가까운 곳이면 걸어서 가고 먼 곳이면 전차나 시내버스를 타고 찾아갔다. 몇 번 이력서를 들고 찾아가 면접(面接)을 보고 낙방(落榜)하는 사이에 나는 나 자신에 대해 좀 더 자세하게 알게 되었다. 고등학교가 배운 과정의 끝인데다가 생산을 위해 당장 써먹을 기술이란 아무 것도 몸에 지닌 것이 없었다. 이 세상을 위해 할 수 있는 일이 없었으니 그런 나를 위해 비싼 임금을 주고 내 노동을 사줄 어리석은 사람은 단 한 명도 없었다. 공개적으로 시험을 치르는 기업도 있었다. 그럴 경우 응시원서를 내고 시험장에 가 보면 세상에 실업자(失業者)가 왜 그리 많은지 웬만한 시험은 초·중등학교 중 하나를 통째로 빌어 교실 여남은 개를 다 사용하는데도 교실마다 수험생으로 꽉 들어찼다. 어떤 경우에는 수험생들이 "이거 응시원서 팔아 장사하는 놈 아니야?" 하고 의심할 정도로 응시생들이 많았다. 나는 응시생들의 수가 많은 데는 놀라지 않았다. 대부분

1차 필기시험에는 합격하여 무난하게 2차 면접으로 진출할 수 있었기 때문에 자신감이 있었기 때문이었다. 그러나 2차 면접시험에서는 여지없이 낙방했다. 그 회사가 비싼 월급을 주고 채용하고 싶은 기술도 능력도 가지고 있지 않았기 때문이었다.

중동(中東)에 진출한 건설업체가 사막에서 일할 인부를 뽑는데 응시했더니 면접관(面接官)이 내 손을 펴 보게 하더니

"노동일을 해 본 일이 없군요." 했다. 그래서 낙방이었다. 내 손은 블루칼라가 아니라 화이트칼라의 손이라고 면접관은 판단하는 듯했다. 나는 노동판으로 나서기로 했다. 막노동을 하는 일자리를 구하는 데도 들어가는 문이 따로 있었다. 서울에는 몇 군데 인력시장이 선다. 퇴계로의 남대문시장 어귀, 북창동 골목, 종로의 단성사 골목, 그리고 평화시장 뒤편, 성남 입구의 복정동(福井洞) 네거리 등이었다. 퇴계로는 여러 직종(職種)이 혼합되어 팔리는 시장이고, 북창동은 중국음식점 종업원, 단성사 골목은 한식당 종업원, 평화시장 뒤편은 봉제공, 복정동은 농촌에서 일손을 구하러 오거나 건설 현장에서 소규모 막노동꾼을 구하러 오는 물주(物主)가 많았다. 그리고 초동에는 영화나 드라마의 엑스트라로 나갈 인력 시장이 서는데 영화사 직원들은 시장에 나온 인력 중에서 와이셔츠를 입고 넥타이 맨 사람을 우선하여 뽑아 갔다. 행인1, 행인2로 나오는 사람들이 모두 넥타이 맨 사람들만 있는 것은 아닌데도 일단 넥타이를 남자가 갖추어야 할 복장(服裝)의 기본으로 삼았다.

인력시장의 특징을 파악한 나는 새벽 미애가 아직도 이불 속에 파

묻혀 있는 시간에 퇴계로에 나갔다. 먼저 사무실에 가서 등록을 하고 원하는 일의 종류를 적어놓으면 사람 구하러 오는 물주에게 소개하는 방식이었다. 첫날 나는 서울 시내 전차 궤도 철거작업을 하는 건설회사 노동자로 뽑혔다. 뽑혔다기보다 쓰레기 담듯 쓸어담는데 내가 섞여 들어간 것이었다. 장소는 아현동(阿峴洞) 고개마루였다. 그것이 이 세상에 태어나 내 손으로 노동의 대가(代價)를 번 최초의 일이었다. 그리고 미애와 내가 먹고 살아야 할 쌀과 반찬, 그리고 연탄을 살 돈을 내 손으로 벌어들인 첫 경험이기도 했다.

요즘 같으면 전차 궤도를 사람이 곡괭이를 휘둘러 파내는 어리석은 짓은 하지 않을 것이다. 그러나 1960년대 말 서울 시내 도로에 깔린 그 많은 전차 궤도를 뜯어낼 때는 노동자들이 곡괭이를 휘둘러 일일이 파내고 뜯어냈다. 지금은 아스팔트를 새로 깔기 위해 먼저 깔아놓은 것을 뜯어낼 때도 특수한 장비가 아스팔트를 잘근잘근 씹어놓으면 그 뒤로 트럭이 따라가며 아스팔트를 흡입하여 적재함에 싣고 떠나면 그 뿐이다. 그러나 그 시절에는 아스팔트를 깨기 위해 포장 파격기라는 무서운 이름의 장비가 천지를 진동시키는 굉음을 내며 아스팔트를 쪼개놓으면 인부들이 곡괭이로 들어내어 삽으로 트럭에 실었다.

모든 전차 궤도는 도로 한가운데에 있다. 그리고 전차 궤도가 부설된 길은 대개 간선도로이므로 버스나 택시 같은 자동차의 물동량(物動量)이 많았다. 아현동 고개에 웬 그리 많은 자동차들이 다니는지 그때 처음 알았다. 나는 처음 한 시간 동안은 고개를 푹 숙이고 곡괭이를 휘둘렀다. 지나가는 버스 속에 틀림없이 나를 아는 사람이 타고 있을 것 같아서였다. 그러나 한 시간이 지나면서 나는 그 생각을 버렸다. 설혹 아는 사람이 있어 곡괭이질을 하는 나를 보았다고 해서 세상이 어떻게 달라지는가? 내가 염려한 것은 알량한 체면 따위가 아니었다. 아침에 나서면 미애가 이불 속으로 몸을 오그리면서 물었다.

"오빠야, 어딜 가?"

"응, 직장(職場) 알아보려고."

"무슨 직장을 이 새벽에 알아보는 거야?"

"잘하면 좋은 직장 생길 거야. 내가 직장 잡으면 미애가 임신(姙娠)해도 좋다."

"정말?"

"그래."

미애가 이불 속으로 끌어당겼으나 그날만은 뿌리치고 나왔다. 어떤 직장을 잡았다고 할까? 직장을 잡았으니 이제 임신하고 애를 낳아도 좋다고 장담할 수 있을까? 이런 일이 항상 생길 건가, 생긴다 해도 내 몸이 감당할 수 있을까, 모든 것이 아직은 미정(未定)이었으므로 아현동 고개에서 전차 궤도 철거 작업을 하더라는 말이 미애 귀에 들어가는 것은 아직 때가 아니었다. 그 때문에 고개를 숙인 것이었는데 생각해 보니 굳이 그럴 필요가 없을 것 같았다. 전차 궤도 철거 작업은 사흘 동안 계속했다. 그러나 그 소문이 끝내 미애 귀에는 들어가지 않은 것으로 보아 우리를 아는 사람이 그 사흘 동안 아무도 버스를 타고 아현동 고개를 지니지 않았다는 증거였다. 서울이라는 도시는 누구에게도 들키지 않고 막노동을 해도 좋을 정도로 규모가 컸다.

대개 노동판에서는 사흘을 일하면 임금을 전표(錢票)로 끊어 줬다. 몇 푼 되지도 않는 것을 현금으로 지불하지 않고 전표로 끊어주는 것은 나름대로 노동자들의 임금에서 몇 푼이라도 뜯어 챙기려는 간교(奸巧)한 장치(裝置)가 있기 때문이었다. 그 장치란 바로 함바(飯場)라는 일본식 이름으로 불리는 현장 밥집이다. 전표를 받은 노동자들은 그 전표가 현찰로 교환되기까지 장장 한 달을 기다릴 정도로 기름기가 끼어 있지 않다. 따라서 전표를 얼마간 손해를 보고라도 현찰로 바꾸고 싶어 한다. 당장 내일 아침 학교 가면서 손을 벌이는 아이들을 생각하면 전표만 주머니에 담아 들고 집으로 돌아갈 엄두를 내지 못하는 것이다. 근로자들의 이런 화급(火急)한 사정을 이용하여 함바 주인들은 전표를 할인하여 현찰로 바꾸어 준다. 예를 들어 천 원 짜리 전표 같으면 20퍼센트 2백 원을 할인하여 8백 원을 지불하고 매입(買入)해 두었다가 회사가 임금을 지불하는 날짜(대개 월말)에 액면에 기재된 전액을 수령하여 2할의 이득을 얻는다는 식이다. 이를 역시 일본말로 와리깡이라고 하는데 현장의 노동자들은 대부분 전표를 와리깡하여 실제 임금에서 20퍼센트나 삭감되는 불이익을 감수한다. 나도 사흘치 임금을 와리깡했다. 와리깡하여 받아든 사흘치 임금의 무게는 천근이나 되는 것 같았다. 그냥 들고 미애가 기다리는 집으로 돌아갈 수 없어 같이 일하던 노동자 서너 명과 문제의 그 함바에서 막걸리 몇 주전자를 마시고 들어갔다.

"오빠 술 마셨어?"

미애가 걱정스럽게 내 눈치를 살폈다.

"그래, 미애야. 좀 마셨다. 세상을 더러운 눈으로 보지 않으려고 몇 잔 마셨다."

"세상을?"

"그래, 세상을 엎어버리자, 뭐 그런 식으로 나서지 않으려고 예방주사를 맞은 거다. 우리 미애와 머지않아 태어날 아이를 위하여."

"잘 했어, 오빠."

미애는 내가 내놓은 몇 푼의 돈을 두 손으로 감싸더니 밖으로 나가 오랜 시간이 지난 뒤에야 들어왔다.

그 때 미애가 울었다는 것, 그리고 내가 무슨 일을 하여 돈을 벌어 오는지 그녀가 다 알고 있었다는 것을 나는 모르고 있었다.

전차 궤도 철거작업은 그것으로 끝이었다. 임금이 상대적으로 적었기 때문에 사람들이 그 일을 기피했다. 나도 그 일을 하지 않기로 했다. 그 대신 같이 일하던 사람들을 따라 용산의 어느 개인주택 건설공사판에 끼었다. 개인주택이라고 하나 4층짜리 집이었다. 나는 질통에다 모래, 자갈, 시멘트를 담아 짊어지고 1층 바닥에서 2층까지, 하루 뒤에는 3층까지, 또 그 다음날에는 마지막 4층까지 구멍이 숭숭 뚫린 철판으로 만든 임시 계단으로 지고 올라갔다. 질통을 지고 철판을 밟고 걸으면 뒤에서 뭐가 잡아당기는 느낌이었다. 숨이 가쁘고 어지러웠다. 그래도 철판 계단에서 쓰러지거나 발을 헛디디는 실수는 한 번도 하지 않았다. '보기보다 일을 야무지게 하는 사람'으로 소문이 나야 다음 일거리에 끼워주는 것이다.

용산 원효로의 집짓기가 끝나고 나자 곧장 장위동(長位洞)의 주택 단지 터고르기 작업장으로 나갔다. 요즘 같으면 건설업자들이 그 비싼 땅의 효율을 올리기 위하여 당연히 아파트를 지었겠지만 그때까지만 해도 잠실에 아파트가 세워지기 전이라 건설업자들은 주택을 여러 채 지어 팔아먹는 것이 고작이었다. 산비탈을 깎아 뭉개어 주택단지 만드는 공사였다. 인부들 중 일부는 삽이나 괭이로 흙을 파내고 일부는 그 흙을 외바퀴 토차(土車)에 싣고 낮은 지대에 버리는 일을 했다. 나는 토차에 흙을 실어 나르는 패에 끼었다. 여기서도 전표를 주었고 대부분의 노동자들은 저녁에 받은 전표를 와리깡하여 현찰을 쥐었다가 그 현찰마저 함바에서 막걸리 몇 잔 마시는 것으로 털어버리는 사람이 많았다. 나는 한 잔도 마시지 않고 현찰로 바꾼 임금을 먼 길 달려 집으로 가져가서 미애에게 건넸다.

그러나 이 일도 끝이 있었다. 12월 겨울이 와서 눈이 쌓이고 쌓인 눈 밑에서 땅이 꽁꽁 얼어붙으니 모든 공사가 멈추었다. 곰이나 개구리, 뱀 같은 무리들은 땅에 들어가 겨울잠을 자는 것으로 엄동을 넘기지만 인간의 위장(胃臟)은 한겨울에도 뭔가로 채워야 하고 인간의 성욕(性慾)도 날씨가 춥다고 오그라들지는 않았다. 그래서 문제였다.

우리는 연명(延命)해야 했다. 창창(蒼蒼)한 앞길이 보이지는 않았지만 당장 먹고 살아야만 앞길이든 뒷길이든 열릴 것이 아닌가. 가끔 별미(別味)라고 국수를 삶아 끼니를 때우기는 했지만 작은 봉지에

사 들고 온 쌀은 이틀이면 끝이었다. 큰돈이 드는 것도 아닌데 작은 돈, 그것이 없었다. 명줄을 붙들고 목숨을 이어간다는 것이 이토록 소중하고 대단한 일인 줄을 전에는 몰랐었다.

그런 판에 살기를 더 어렵게 만든 것은 북한이었다. 내가 제대한 것이 여름의 끝자락이었는데 그해 가을이 가고 겨울이 깊어질 무렵인 1월 21일 김일성(金日成)은 잘 훈련된 124군 부대원들을 내려 보내 청와대를 기습토록 했다. 그 해에는 남북 양측의 권력을 쥔 자들이 정신이 돌았는지 유난히 무력(武力)을 행사하여 집적거리는 일이 잦았다. 어쨌거나 적(敵)의 테러집단이 이쪽 권부(權府)의 턱밑에까지 치고 내려온 일은 그냥 항의(抗議) 몇 마디 하고 끝낼 일이 아니어서 이쪽에서도 향토예비군이라는 것을 만들어 적의 후방 침투(浸透)에 대비했다. 막 제대한 사람들은 1년에 며칠씩 동원예비군이라는 이름으로 불려나가 전방 부대에서 훈련을 해야 했다. 갓 제대한 나는 동원예비군으로 편성됐다. 가뜩이나 살기가 빠듯한데 동원령(動員令)이 떨어지면 이런 일을 만든 북의 김일성이라는 혹 달린 인간에 대한 욕지기가 목구멍을 넘어왔다.

동원예비군 훈련을 받으러 김포(金浦)의 해병부대에서 며칠 훈련을 하고 돌아오니 미애가 임신 중이었다. 벌써 3개월이라고 했다. 미애의 엄마, 내게 장모가 되는 그녀는 입덧이 아주 심한 편이었다고 했다. 딸이 엄마를 닮는 것이 자연스러운 일이라면 미애 또한 입덧이 심할 터인데 그런 내색이 없었다. 나는 몰랐지만 미애 나름으로 생각하기를 먹을 것도 없는 가난한 살림에 자기마저 입덧으로 밥맛 떨어지게 해서는 안 되겠다, 그런 각오로 입덧을 참아냈다고 했다.

그날 나는 하릴없이 집을 나와 종로를 한 바퀴 돌고 동대문을 지나 동묘(東廟)의 담벽을 따라 걷고 있었다. 11월 중순인데도 서울은 벌써 한겨울이었다. 동묘의 긴 담장 가운데쯤에 구두닦이가 바람막이로 쳐놓은 작은 천막(天幕)이 있었다. 그 천막 앞에 검정 코트를 입은 남자가 엎드려 구두닦이에게 빌린 구둣솔로 자신의 구두에 묻은 먼지를 털어내고 있었다. 돈이 없어 구두를 닦지는 못하고 대신 구두닦이에게 솔을 빌려 먼지를 털고 있는 것이었다. 그 옆을 지나가다가 나는 돌아섰다. 구두를 털고 있는 남자의 옆모습이 많이 눈에 익었다.

"혹시 서정훈(徐正勳) 선생님?"

"어, 자네. 성보 맞지?"

중학교 때 국어선생이던 서정훈 선생을 그렇게 길에서 만났다. 한눈에 보아도 선생은 가난해 보였고, 구두를 닦을 돈이 없을 정도로 주머니가 비어 있었다.

나는 주변을 돌아보았다. 동묘의 담벽에는 내가 찾는 찻집이나 음식점은 없었다. 길 건너편 창신동(昌信洞) 쪽에 중국집 간판이 보였다. 우리는 공연히 찻집에서 돈을 낭비할 것이 아니라 배를 채울 음식점으로 곧장 가기로 쉽게 합의를 보았다.

중국음식점에서 짜장면 한 그릇씩 시켜놓고 앉아 먹는 동안 서 선생은 자신이 살아온 과정과 현재의 처신에 대해 간단하게 말했다.

"자네가 졸업할 무렵 나도 그 학교를 떠나 부산의 명문 K고등학교로 옮겼어. 그곳에서 천재 소리를 듣던 이 아무개 군을 만났어. 이 군은 서울대학교에 진학하여 생화학(生化學) 분야에서 한국에 노벨상을 안겨줄 전도유망(前途有望)한 젊은이로 기대를 모으고 있었어. 바로 그 이 군이 내게 제안을 해 온 거야. 대전 근교에 누가 하다가 버린 화학공장이 하나 있는데 그걸 매입하여 세계가 놀랄 프로젝트를 실현하고 싶다, 그러더라구. 투자하라는 거지. 나는 자네 알다시피 조상(祖上) 잘 만나 재산이 좀 있었거든. 그걸 몽땅 팔아 이 군이 말한 그 공장(工場)을 매입했어. 그런데 사 놓고 보니 전혀 아니더라구. 이 군이 무슨 세계가 놀랄 프로젝트를 실현하겠다던 말도 그 폐공장을 나에게 떠넘기기 위해 지어낸 소리였고, 공장이라는 것은 아무짝에도 쓸모없는 껍데기뿐이었어. 땅값도 형편없어서 아무도 사지 않을 땅인데다가 전에 화학공장을 하면서 더럽힌 토질을 원상회복하는데 드는 비용이 그 놈의 공장을 팔아도 절반도 당하지 못할 정도였네. 쫄딱 망해서 학교도 그만두고 이 군을 찾아나섰는데 가족도 흩어지고 지금은 남대문 근처 도동(道洞)의 쪽방에 살고 있어. 그 친구를 찾으면 내 형편이 좀 나아질까?"

"찾지 마세요."

내가 말했다.

"그가 사기꾼이라면 선생님이 발품으로는 찾을 수 없는 곳에 가 있을 겁니다. 그가 만약 사기꾼이 아니고 진정으로 뭔가를 해내고 싶은 공학도(工學徒)였다면 지금 선생님보다 더 어려운 처지에 놓여 있을지도 모릅니다. 그러므로 그 사람을 찾아도 선생님의 현재 처지는 조금도 달라질 것 없습니다."

"진작 자네를 만났더라면 좋았을 걸."

듣기 좋으라고 하는 말이었다. 아니면 짜장면 한 그릇에 대한 보답 차원이던지. 나는 서울에 사는 동창 친구들을 통해 서 선생의 영락(榮落)에 대해 들은 바가 있었다. 친구들의 말에 따르면 서 선생은 학교 선생이라는 직업에 만족하지 못하고 사장(社長)이 되기 위해 재산을 몽땅 처분하여 대전(大田) 근교에 있는 공장을 매입하고 서울대학교에 잘 다니던 제자(弟子)를 불러 온 세상이 놀랄만한 제품을 만들자고 꼬드겼다. 그러나 제품을 만들기 위한 연구투자는 하지 않았다. 공장 매입에 전 재산을 다 썼기 때문에 신제품 개발에 필요한 연구개발에 투자할 여력(餘力)이 없었기 때문이다. 일이 틀어지자 선생은 제자에게 잘못을 씌웠고 제자는 사라졌다. 선생은 가정이 풍비박산(風飛雹散)으로 흩어지자 정신이 이상해져서 서울 시내를 배회(徘徊)하며 옛 제자들을 찾아가 돈을 뜯어내고 있다. 한 마디로 경계의 대상이니 만나거든 아는 척하지도 말라는 것이었다.

나는 짜장면을 맛있게 먹고 있는 서 선생을 보았다. 얼추 환갑(還甲)을 바라보는 나이였다. 그가 무슨 잘못을 했든 그게 무슨 상관인가. 짜장면 한 그릇에 저렇게 행복한데. 선생은 지금 지고 가는 인생의 무게가 너무 무거워 버거운지라 그 짐을 벗어버리고 싶어하는 눈치였다.

저녁 무렵, 나는 서 선생과 함께 흑석동의 미애가 있는 집으로 왔다. 미애는 아버지와 나이가 비슷한 선생에게서 문득 멀리 있는 아버지를 연상했는지 선생에게 빨래감을 벗어달라고 강권(强勸)했다. 그러나 선생은 양말도 벗어주지 않고 자신이 세수(洗手)할 때 양말을 빨아 방구석에 널었다.

"너무 예의 바르게 하지 마세요."

미애가 말했다.

"남편의 선생님은 저에게도 선생님이니까요."

"갑자기 신세를 지게 돼서 미안합니다."

선생은 끝까지 예의를 차렸다.

다음날 아침 내가 나서자 선생도 집을 나섰다.

"어디로 가세요?"

물으니 선생의 대답은 황당했다.

"이 나라의 근본은 교육(教育)인데 정권이 바뀔 때마다 교육의 수장(首長)들이 한 건 하려는 욕심에 일을 그르치고 있어요. 그래서 오늘 교육부의 높은 사람이 내게 자문(咨問)을 구해 와서 내가 만나주려고 해."

이런 식이었다. 이 대목에서는 정상이 아닌 사람이었다. 그러나 양말까지 한사코 자신이 빨아 널던 모습은 너무나 정상적인 사람이었다. 하나의 얼굴로 살아가기에는 세상이 너무 힘들었을까, 선생의 두 개의 얼굴은 그러나 미운 얼굴은 아니었다.

그날 나는 처음으로 서대문에 있는 적십자병원에서 매혈(賣血) 했다. 한국인들의 헌혈이 워낙 부족한 실정이어서 적십자병원이 앞을 서서 피를 돈 주고 사는데 직업 없는 부랑자(浮浪者)들이 피를 팔기 위해 이 병원으로 몰려들고 있었다. 그러나 피 500씨씨(cc)를 뽑아주고 받은 돈은 노동자의 하루 일당보다 조금 많거나 비슷한 수준이었다. 이 돈으로 쌀을 조금 사고 남으면 서 선생에게 버스비(費) 하라고 조금 줄 수 있었으면 좋겠다, 그런 공상(空想)을 하면서 서울역 앞 남산공원에서 서울을 내려다보며 빈둥거리다가 해가 질 무렵에야 84번 버스에 몸을 실었다. 버스가 한강을 지나 흑석동 입구에 들어설 때였다. 네거리 한 귀퉁이에 호떡을 구워 파는 가게가 있었다. 그 가게 앞에 서 선생이 서 있었다. 그는 호떡 한 개를 사서 베어 먹고 있었다. 내가 먼저 집에 도착하여 세수를 하고 발을 닦는데 서 선생이 들어왔다. 문간방의 턱을 넘으면서 선생이 말했다.

"아, 배 불러. 오늘 저녁에는 교육부 높은 관리가 거하게 한 턱 내더라구. 호텔에서 스테이크를 썰었지. 자네들 생각이 나더만. 자알 먹고 왔으니 저녁은 자네들이나 먹게."

"선생님."

나는 그를 끌고 밖으로 나갔다. 미애가 듣지 못할 정도의 거리에서 나는 말했다.

"그러지 마세요. 길가에서 호떡 한 개 잡숫는 거 다 봤습니다. 그게 무슨 스테이크입니까? 자꾸 거짓말 하시면 선생님을 보지 않겠습니다."

"미안하네. 용서해 주시게."

선생이 고개를 숙였다. 누가 이런 선생을 두고 사기꾼이라고 손가락질을 하는가? 앞으로 그런 놈을 만나면 주먹을 안기리라. 그러나 선생은 내게 그런 기회(機會)를 주지 않았다. 다음날 저녁 밥상을 차려놓고 기다렸으나 선생은 오지 않았다. 나는 혹시나 하고 네거리의 호떡 가게 앞에까지 가 봤으나 선생은 보이지 않았다. 미애와 나는 우리가 혹시 서 선생에게 눈칫밥을 주어 그 심성이 여린 사람이 우리가 사는 곳을 찾지 않도록 내쫓아버린 것은 아닐까 자책하며 궁리했으나 원인이 될 만한 이유는 끝내 찾아내지 못했다.

선생이 발길을 끊은 뒤부터 나도 외출을 자제했다. 겨울이라 공사판은 얼어붙었고 적십자병원에 가서 매혈하는 것도 최소한 1주일의 간격이 있어야 가능하니 날마다 나갈 일이 없었다.

그러나 저녁이 되자 나는 서 선생이 혹시 이 근처까지 와서 들어오지 못하고 서성이고 있지나 않나 하는 마음에 옷깃을 세우고 네거리까지 걸어 내려갔다. 역시 선생의 그림자는 보이지 않았다. 신문장수가 땅바닥에 신문을 깔아놓고 자신은 매운바람을 피하여 손을 부비고 있었다. 나는 무심코 땅바닥에 누워 있는 신문들의 제목을 훑어보았다. 그 중 한 신문의 1면에 신춘문예 마감이 내일이라는 사고가 큼직하게 나 있었다. 신춘문예라? 상금이 얼마더라? 단편소설이 30만 원이었다. 피값으로 따지자면 수 천 씨씨(cc)에 해당하는 금액이었다. 나는 오는 길에 문방구점에서 200자 원고지 100장짜리 한 묶음을 사들고 왔다.

미애는 뱃속의 아기와 함께 일찍 잠들었다. 나는 그 옆에 배를 깔고 누워 원고지를 채워 나갔다. 소설을 어떻게 쓰는지 제대로 배운 일은 없었다. 그러나 좋은 소설을 읽으면서 어렴풋하게나마 이런 것이 소설이라는 정도의 생각은 지니고 있었다. 쓰고 싶은 내용도 있었다. 죽는 것도 사는 방식(方式)의 하나이며 사는 것은 죽음의 방식이라는 등식(等式)이 내 머릿속을 매우고 있었다. 그것을 소설로 풀어내자면 이야기 만들기가 중요했다. 그러나 그 이야기도 내 마음 속에서 오랜 세월 숙성(熟成)되고 있었으므로 원고지는 빨리 매워졌다.

새벽녘에 단편소설 한 편을 다 쓰고 나서 나는 뒤늦게 잠에 빠졌다. 그러나 미애가 시레기국을 끓여놓고 상을 들고 들어오는 소리에 일어났다. 아침밥을 먹자마자 지난밤 써놓은 원고 뭉치를 들고 버스에 올랐다. 마침 일요일이었다. 신문사 편집국에 가보니 기자는 한 사람도 없고 사환(使喚)으로 보이는 여학생 혼자 넓은 사무실을 지키고 있었다. 그 아이에게 오늘이 마감이니 오늘 제출해도 되느냐고 물었다. 된다는 대답을 듣고 원고 뭉치를 주고 나왔다. 그런 다음 원고에 대해서는 까마득히 잊어버렸다. 소설이라니, 엿이나 먹어라, 그런 기분이었다. 공연히 신문사에 속은 기분이었다.

서정훈 선생은 돌아오지 않았다. 미애도 서 선생을 기다리고 있었다. 저녁에 자리를 펴면서 언제나 혼잣말을 했다.

"오늘도 선생님 안 오시나 봐?"

"오시면 저 옆에 자리 봐 드리면 된다. 우리 먼저 자자."

"오늘 참 추운데,"

"그래, 춥네."

이 추운 날 밤에 선생은 코트 깃을 세우고 어깨를 웅크린 채 어디를 헤매고 다닐까? 어느 호떡집에서 호떡 한 개로 끼니를 때울까? 도동(道洞)에 있다는 그 집에 대한 이야기도 내가 믿지 않았기 때문에 확인해 두지 않았다. 아무래도 선생은 집도 없이 떠도는 행색이 분명했기 때문에 나는 그를 추궁하여 어디서 사느냐 가보자고 확인해 두지 않았던 것이다.

혹시 길에서 만나지 않을까 하는 기대로 나는 종로 뒷길을 샅샅이 더듬고 다녔다. 동묘 담벽의 그 구두닦이 집도 추운 날씨 때문에 문을 닫아버렸다. 천지간에 선생의 흔적을 찾을 길이 없었다. 종일 서울의 뒷길을 더듬고 다니느라 녹초가 돼 온 나는 미애가 깨우는데도 아침까지 일어나지 못했다. 문득 잠결에 오토바이 소리가 우리집 문간에서 멎었다. 대문이 열리고 배달부가 낯선 이름을 부르는 소리가 들렸다.

"그런 이름을 가진 분은 이 집에 없는데요."

"번지수가 틀림이 없으니 다시 한 번 확인해 주세요."

배달부는 끈질겼다. 그러나 그 순간 내가 뛰어나가지 않았으면 배달부는 번지 내 수취인 부재라는 딱지를 붙여 전보(電報)를 반송(返送) 처리하고 말았을 것이었다. 나는 달려나가 배달부로부터 전보를 빼앗았다.

"내가 그 사람이오."

신춘문예에 응모하면서 지어 붙인 필명(筆名)을 미애에게도 말하지 않았던 것이다. 전보에는 당선을 축하한다. 편집국으로 급히 연락 바란다고만 적혀 있었다. 30만 원, 이 추운 계절에 그 돈이 어딘가? 나는 미애의 불러오는 배를 만지며 우선 맛있는 것을 사주리라고 생각했다.

그러나 30만 원은 쉽게 오지 않았다. 당선자 발표는 1월 1일자 신문에 났지만 시상식은 1월의 끝 무렵에야 열렸다. 그때까지는 뭐든지 외상으로 가져다 먹는 수밖에 없었다.

시상식은 편집국 옆의 회의실에서 열렸다. 나는 문단(文壇)의 원로(元老)들로 구성된 심사위원들의 심사평 따위는 한 마디도 귀에 들어오지 않았다. 30만 원이라는 금액만 내 감각기관을 모조리 사로잡고 있었다. 그러나 그 돈은 수표 한 장이었다. 현금이 되기까지는 아직도 절차가 남아 있었다. 수표가 든 봉투를 들고 신문사를 나서는데 정문 앞에 서 선생이 서 있었다. 그는 나를 보더니 싱긋 웃었다. 미애가 먼저 달려가 선생의 소매를 잡았다.

"축하하네. 신문에서 봤어. 내 자네가 큰일을 하리라고 생각하고 있었어."

"선생님, 이제 가지 마세요. 이이가 선생님을 얼마나 찾았는지 모르시죠? 자, 집으로 같이 가요. 제가 오늘은 맛있는 요리를 해 드릴게요."

"나는 급히 갈 데가 있어서,"

선생은 꽁무니를 뺐다. 나는 미애의 눈을 들여다보았다. 미애는 고개를 끄덕였다. 신문사 1층에 은행이 들어 있었다. 수표는 그 은행이 발행한 것이었다. 미애가 달려가 금방 수표를 현금으로 바꿔 왔다. 그 동안 나는 선생을 붙잡고 있었다. 미애가 봉투 하나를 선생의 외투 주머니에 찔러 넣었다. 선생이 그것을 꺼내어 도로 미애에게 내밀자 그녀가 말했다.

"어차피 오늘 선생님 모시고 거하게 파티를 열려고 하던 참이었어요. 이건 그 비용(費用)입니다. 지금은 바쁘시다니 잡지 못하지만 꼭 저희집으로 와 주세요, 선생님."

서 선생은 그러마고 약속했다. 그러나 우리는 그 약속을 믿지 않았다.

그로부터 보름쯤 지난 어느 날 우리는 경찰의 방문을 받았다. 두 사람이었다.

"서정훈 씨를 아세요?"

불길(不吉)한 예감(豫感)은 잘 들어맞는 법이다. 그 예감을 지우려고 미애가 서둘러 물었다.

"그 선생님 지금 어디 계세요? 경찰이 보호(保護)하고 있나요?"

"우리가 보호하고 있는 것 맞습니다. 같이 가서 확인해 주세요."

우리가 함께 나서자 경찰은 둘 중에 한 사람만 가면 된다고 했다. 그래도 우리는 같이 경찰차(警察車)에 올랐다.

경찰차는 한강을 건너 용산(龍山)을 지나 달리다가 서울역 앞에서 오른쪽으로 꺾어 남대문경찰서로 들어갔다. 두 사람의 경찰관은 몹시 피곤해 보였다. 경찰관은 누구나 항상 피곤해 하는구나 하고 생각할 정도로 두 경찰은 아주 귀찮은 일 처리하듯 행동거지가 불손했다. 서 선생을 보호하고 있는 게 아니라면 도로 돌아가버리고 싶은 심정이었다. 나의 그런 마음을 눈치 챘는지 미애가 내 손을 꼭 붙잡아주었다.

경찰이 골치 아파하는 대상 중에 행려병(行旅病) 환자가 있다. 한 마디로 병들어 죽어가는 거지들을 일컫는 이름이다. 나는 서 선생이 추위와 배고픔에 쓰러져 있는 것을 경찰이 실어다가 보호하고 있는 줄로만 알았다. 그러나 이런 생각은 앞서 가던 경찰관이 지하실로 내려가는 바람에 깨어져버리고 대신 공포(恐怖)가 자리잡았다. 예상했던대로 지하실은 사건 사고와 관련된 시체 보관실이었다. 경찰관은 아무 설명도 없이 냉동보관함 하나를 잡아당겨 시신을 덮었던 하얀 천을 벗겼다. 내가 그리도 찾아다니던 서 선생이 거기 누워 있었다. 지금은 누구에게 사기 당할 일도 없이, 누구를 찾아다녀야 할 일도 없이 그냥 편안한 모습으로 거기 누워 있었다. 미애가 울음을 터뜨리고 내가 확인하는 뜻으로 고개를 끄덕이자 경찰관은 시신을 다시 천으로 덮은 후 냉동고로 밀어넣었다.

밖으로 나오자 흰 진눈깨비가 어지럽게 날고 있었다. 사무실로 올라가 경찰관은 무슨 확인서를 내놓고 사인을 하라고 했다. 나는 사인을 해 주고 경찰의 설명을 기다렸다.

"외상(外傷)이 전혀 없는 것으로 보아 자살(自殺)로 추정합니다. 그러나 공식적인 사인은 동사(凍死)입니다. 발견된 장소는 남산 팔각정 아래 계단이었습니다. 지난밤 서울의 기온이 최저 영하 19도였습니다. 남산 꼭대기는 영하 23도 정도 됐을 것으로 봅니다. 그 추운 날 계단에서 밤을 새우다니 죽기로 작정한 사람 아니고는 할 수 없는 행동입니다. 그래서 자살로 추정하고, 그래서 동사(凍死)입니다. 제자라고 하셨지요? 가족을 찾아야 할 텐데 도무지 찾을 수가 없습니다."

"가족은 없습니다."

"그런 사람이 어딨어요. 자식들 아니면 사돈 팔촌이라도 좋으니 피붙이 비슷한 사람을 찾아내야 합니다. 협조해 주세요."

"협조하고 싶으나 방법이 없습니다. 그 분에게는 가족이 없는 거나 마찬가지에요. 만약 가족이 오면 시신이 벌떡 일어나 따귀라도 갈기면 어떻게 하실 작정입니까. 그냥 이대로 보내십시오."

"우리도 그러고 싶지만 그럴 수는 없습니다."

그럼 알아서들 하시라, 그런 마음으로 돌아오는데 미애가 훌쩍 훌쩍 울음을 그치지 않았다.

"아버지 같았어."

짐작했던대로 아버지 생각을 하고 울고 있던 것이었다.

"세상의 아버지들은,"

하고 그녀가 코를 훌쩍이며 말했다.

"왜 그리 외로울까. 왜 하나같이 떠돌이들일까."

"나도 그렇게 보여?"

"응. 오빠야말로."

미애의 눈에는 나야말로 떠돌이, 외로운 이방인(異邦人)으로 보였던 것이다. 그래서 나를 한사코 보듬어 안으려고 애썼던 것이다. 우리는 서울역 앞에서 뜨내기들을 상대로 장사하는 음식점에서 둘이 앉아 막걸리 한 주전자를 시켰다. 임신 중인 미애는 삼가고 나 혼자 마셨는데 미애는 끝까지 내 잔을 채워주며 맞은편에 앉아 있었다. 그래, 이게 뭔지 아무도 말해 주지 않았다. 지렁이처럼 꿈틀거리다가 어느날 짓밟히고 굳어지는 몸뚱이, 그 물질이 한줌의 재로 사그라지고나면 어제까지 그 물건이 지니고 있던 기억, 그 물건이 소중하게 여기던 체면, 염치, 사랑, 증오, 그런 것들은 다 어디로 가는가? 그 일을 아무도 말해주지 않았다. 미애의 뱃속에서 자라고 있는 또 하나의 생명에 대한 두려움 때문에 나는 막걸리 한 주전자를 단숨에 부어넣고 일어났다.

10
벽계수

나는 명색(名色)이 소설가였다. 그러나 명색 따위가 밥 먹여 주지 않았다. 나는 여전히 가난하여 막노동판을 기웃거렸다. 엎친데 덮치는 격으로 방값을 올려야겠다는 주인의 통고(通告)가 있었다. 지금은 전세든 월세든 한 번 계약하면 2년간 유효하지만 그 무렵 셋방은 버틸 수 있는 기간이 반 년이었다. 반 년만 지나면 주인은 세(貰)를 올려 받든가 세입자를 내쫓고 마음에 드는 세입자를 골라서 받을 수 있었다. 그러니 주인에게 특별히 잘 보이지 않는 한 반 년에 한 번씩 이삿짐을 사는 것이 정상이었다. 우리가 월세를 제때 내지 못한 일이 딱 두 번 있었다. 그때 괘심하게 생각하여 마음에 접어두었다가 6개월 기한이 차자마자 버틸 수 없는 조건을 내세워 우리를 쫓아내겠다는 속마음이 들여다보였으나 어쩔 도리가 없었다.

불을 끄고 자다가 내가 갑자기 벌떡 일어나자 미애도 따라 몸을 일으켰다.

"좋은 생각."

“그게 뭔데?”

“내일 얘기할게.”

내일까지 비밀에 부칠만큼 대단한 생각도 아니었다. 흑석동만 해도 노량진(鷺梁津)에서 가깝고 한강만 건너면 용산(龍山)에 닿는데다 마을 가운데 대학이 있으니 방세가 비싼 편이고 방을 구하겠다는 사람들이 줄을 서 있다. 우리도 아직은 촌놈 냄새가 풀풀 나지만 그래도 서울 지리는 대충 알았다. 흑석동에서 좀 더 변두리로 나가면 우리 푼수에 맞는 값싼 방을 구할 수 있을지도 모르지 않겠는가, 하는 것이 자다가 내 머리를 치고 지나간 ‘좋은 생각’이었다.

“어디 가는지 다 알아.”

아침에 나가는데 미애가 픽 웃었다.

“내가 어딜 가는데?”

“여기서 조금 변두리 쪽으로 가겠지. 사당동(舍堂洞)이나 남현동(南峴洞)? 그 너머는 경기도 과천(果川) 땅이라 농사짓는 시골이고.”

“귀신이네.”

미애의 육감은 귀신처럼 잘 맞았다.

“사당동에 예술인 마을이 있다는데 들어 봤어?”

처음 듣는 말이었다. 예술인들이 집단으로 모여 사는 마을이라, 집이 귀하던 시절이라 주머니에 먼지가 풀풀 날리는 예술인들을 억지로 모아 집단으로 주거 공간을 만들어 준 모양인데 아마 어느 건설 업체가 기발한 아이디어라고 무릎을 치며 추진했을 것이다.

나는 버스로 사당동에 가서 내렸다. 관악산이 뒤에 버티고 섰고,

과천으로 넘어가는 남태령(南泰嶺) 고개는 먼지가 풀풀 나는 고불고 불한 산길이라 배에 붉은 띠를 두른 시외버스가 힘들게 넘어 다니고 있었다. 복덕방이란 은퇴한 영감들이 손자들에게 용돈 줄 돈을 벌기 위해 소일거리로 하던 일이었다. 내가 찾아간 복덕방에도 영감이 아 침부터 꾸벅거리며 졸고 있었다.

"월세? 많이 있어. 비싼 거? 싼 거?"

"제일 싼 방으로 알아봐 주세요."

"식구는?"

"둘이요. 나랑 집사람이랑."

"어, 신혼이구나. 좋을 때다. 지붕도 벽도 없는 한데서 자도 좋을 때지."

"지붕과 벽은 있어야 합니다."

"물론, 있지. 딱 어울리는 집이 생각났어. 가볼텐가?"

"갑시다."

사당동은 고개 하나를 사이에 두고 경기도와 경계에 있는 마을 답 게 큰길에서 한 발 뒤로 들어가니 옛날 시골 마을에다 급히 도시의 옷을 입히느라 미처 가릴만한 곳을 다 가리지 못한 채로 벌거벗은 모습 그대로였다. 길은 좁고 구불거렸다. 집은 더러웠다. 찌그러진 대 문에서 아낙이 구정물을 들고 나와 길바닥에 쏟았다. 그런 구정물이 고인 웅덩이마다 파리가 바글거렸다.

"이 집이야."

영감이 먼저 낡은 대문을 삐익 열고 들어갔다. 마당에서 땟국이 흐르는 아이들 몇이 흙장난을 하고 놀다가 낯선 사람들을 쳐다보았다.

"복 영감님 오셨어요?"

안방 방문을 열고 주인 여자가 나왔다. 검정 무명 치마에 삼베 적삼, 그리고 쪽진 머리, 시골에서도 사라지고 없는 여인의 입성을 서울 변두리에서 보게 될 줄은 상상도 못했던 일이었다.

"인사하게. 주인 아주머니야. 이 세상에서 제일 마음씨 좋은 여자들이 다 죽고 저분 하나 남았어."

"에이, 그 무슨 소개가 그랴? 올라오슈."

마루를 가리켰으나 복덕방 영감은 걸터앉을 생각이 아니었다. 마루가 꾀죄죄하니 더러웠고 삐걱거리는 것이 불안했기 때문이었다.

"방 아직 비어있지요?"

"그럼요, 어제 나갔는데."

둘러보니 낡은 기와집으로 가운데 안채가 있고 행랑채가 □자로 빙 둘러싸고 있었다. 마당 가운데 무쇠로 된 펌프가 있고 펌프 둘레로 시멘트로 턱을 만들어 놓았다. 공동 우물이었다. 전에는 마구간이었을 성싶은 집은 공동 화장실인 모양이었다. 행랑채는 벌집처럼 여러 개의 방으로 쪼개져 있었다, 주인 아주머니가 그 중 하나의 문을 벌컥 열었다.

"불 잘 들여 방 따숩고 낮에는 햇볕이 방안으로 쏟아져 들어오니 복을 뒤집어쓰는 맛이우."

방에 맛이 있다는 얘기는 처음 듣는 소리였다. 나는 그 방에 살고 싶다고 고백하고 말았다. 지체하지 않고 복덕방 영감하고 주인 아주머니는 복덕방으로 자리를 옮겨 계약서를 작성했다. 그 집이 예술인 마을에 들어간다는 얘기는 계약서를 쓰고 나서 커피를 마시면서 복덕방 영감이 한 말이었다.

"예술인요? 원래 예술하는 사람들은 혼자 살지 않나요?"

"옛날에는 그랬지."

요즘 예술가들은 좀 다르다는 투로 말했다.

"저쪽 산 밑에 멋지게 지은 집 있지? 그게 미당 서정주(未堂 徐廷柱) 선생 집이고 그 옆이 소설가 황순원(黃順元) 선생 집이랴. 서정주가 누군지 알아? 교과서에도 나온다며. 국화(菊花)가 어쩌구 누님이 어쩌구 하는 시래. 길을 경계로 이쪽 동네는 영화 배우들이 많이 살았지. 지금은 다 떠나고 없지만 한 때는 대낮에도 배우들이 설치고 다녔지. 주증녀(朱曾女) 알지? 그 여자도 이 동네 살았어. 이 동네가 그런 동네야."

비록 찌그러진 집이지만 만만하게 보지 마라, 그런 뜻이었다.

미애는 새로 이사갈 집에 대해서 불평하는 법이 없었다. 내가 방을 얻어놓으면 군소리 한 마디 없이 따라왔다. 옛날 어릴 때 살던 도평 마을의 여관집과 견주어 후지다 어떻다 비교하는 일도 없었다. 우리는 그 예술인이 다 떠나버린 예술인 마을의 시골티 나는 집의 행랑채 벌집 방으로 이사 갔다. 그 집안에만 우리처럼 세(貰)를 사는 집이 모두 아홉 집이었다. 그런 사실도 이사를 간 후에야 알았다.

이사 간 첫날 저녁, 미애가 우물가(정확하게 말하면 펌프가)에서 셋

방살이하는 여자들에게 듣고 온 정보를 이리저리 퍼즐처럼 꿰맞춰 본 결과 이 집 주인의 내력과 현재의 처지와 세 들어 살고 있는 집집의 형편과 가족 구성까지 대충 알 수 있었다. 아주 잠깐 동안 쌀 씻고 고등어 한 마리 다듬고, 밥 먹은 후에는 설거지 하느라 잠깐 참여한 것뿐인데 그 사이에 그 많은 정보를 수집하다니 정말 대단한 우물가였다.

우선 집 주인 이성대(李成大) 영감과 그의 마누라 무명치마. 도시 개발 때문에 집안이 풍비박산(風飛雹散) 난 전형적인 모델이었다. 영감의 나이 어중간한 쉰일곱, 부인은 쉰다섯이었으나 일흔이 넘은 할멈 같은 행색(行色)이었다. 사당동에 개발의 바람이 불어왔다. 조상으로부터 물려받은 농토(農土)에다 자신이 지게 지고 똥거름 내며 땀 흘린 대가로 얻은 땅이 자그마치 수만 평이었다. 그대로 살았으면 그저 남의 집 넘겨다 보지 않고 풍족하게 먹고 살 수 있는 중농(中農)이었다. 그랬는데 개발 바람이 불면서 땅이 아파트 부지로 들어갔다. 건너편 산 밑에 을씨년스럽게 서 있는 예술인 아파트도 이성대 영감의 땅이었다. 땅이 개발되면서 용지 보상 대금이 나오는데 그 규모가 몇 억이었다. 평생 듣도 보도 못한 거금(巨金)을 만지게 된 영감의 간이 배 밖으로 튀어나왔다. 아랫도리가 먼저 춤을 추었다.

건설회사에서 땅값이 나올 무렵 마을 어귀에 빈대떡, 파전을 구워 막걸리를 파는 간이 술집이 하나 들어섰다. 술집 주인 윤점례(尹點禮)는 마흔일곱 살의 중년인데 과부(寡婦)라고도 하고 남편이 있다고도 하고 헛갈리게 하는 여자였다. 그녀가 문을 열어 장사를 한 지 한 달만에 이 마을 노인들은 모두 그녀를 자기 여자라고 생각하게 되었다. 어떤 남자들은 중국집에서 함께 짜장면을 먹다가 윤점례(尹点禮)의 소유권을 두고 서로 강하게 주장한 나머지 주먹이 오가고 짜장면 그릇으로 얼굴을 덮어버리는 굉장한 사고가 나기도 했다. 바로 그 짜장면 사건의 당사자 중 한 사람이 이성대였다.

이성대 영감은 비가 오나 눈이 오나 날마다 취해 있었다. 그가 취했다고 하는 것은 종일 윤점례의 술집을 지키고 있었다는 증거였다. 윤점례는 도무지 가늠하기 어려운 여자였다. 목청이 좋고 신바람이 있는데다 춤을 잘 추어 트롯에서 지르박, 차차차, 고고에 이르기까지 막히는 것이 없었다. 노래도 남도창(南道唱)을 구성지게 뽑는가 하더니 어느새 '산장의 여인'이나 '동백 아가씨'로 옮겨갔다. 헤퍼 보이다가도 야무지고 차가운 데가 있어 도대체 어느 필드에서 공격을 해야 할지 영감들은 감을 잡지 못했다. 이성대 영감도 마찬가지였다. 영감은 자다가 꿈에도 윤점례를 부르며 소동을 피우다가 무명치마 부인이 자리끼로 떠다놓은 물그릇을 뒤집어씌우고 나서야 겨우 정신을 차리는 때가 잦았다. 세든 사람들은 한밤중에 전쟁이라도 난 줄 알고 뛰쳐나갔다가 주인 내외의 어처구니없는 소동을 몇 번씩 참관(參觀)할 기회가 있었다고 했다. 그런 다음날이면 이성대 영감이 저녁 무렵 빈대떡이나 파전을 한 장씩 돌린다고도 했다. 미애는 우리도 오래 살다 보면 이성대 영감의 파전을 얻어먹을 날이 올 것이라고 기대하는 눈치였다. 나는 당장 내일 그 윤점례의 술집으로 가서 파전 한 장 사다가 미애에게 주기로 했다.

그러나 그 다음날도 또 그 다음날도 나는 파전을 사오지 못했다. 이성대 영감과 무명치마 부인이 사생결단의 전쟁을 벌였기 때문이었다.

새벽에 일어난 부인은 영감이 이불 속에서 사라진 것을 발견했다. 그럴 수도 있는 일이었다. 개발이라는 악마가 이 마을을 덮치기 전에는 새벽에 일어나 똥거름을 내어 수박 구덩이에 갖다 붓고, 고추밭에 김을 메고, 그러고도 고구마 순을 따서 소쿠리 가득 담아온 온 후에야 아침밥을 먹었다. 그토록 부지런했던 농부였다, 이성대라는 사람이.

그러나 오늘은 어째 예감이 좋지 않았다. 부인은 영감이 자기를 여자 취급하지 않고 돌아누워 자는 것쯤은 당연히 그럴 수 있는 일이라고 생각했다. 나이가 나이인지라 옛날 같으면 이 나이 되도록 살아 있는 사람이 드물었다. 요즘은 어쩌자고 늙은 것들이 젊은 년의 엉덩이를 보고 침을 질질 흘리며 살게 되었는가, 한심한 세월이었다. 윤점례라는 년이 있는 한 이 동네 영감들이 모조리 귀신에게 잡혀갈 것이라는 데에 생각이 미치자 그녀는 우선 윤점례라는 년부터 손봐 주기로 작심했다. 그 와중에 내 영감이든 남의 영감이든 걸리면 일망타진(一網打盡), 한꺼번에 패대기를 쳐 주리라. 그 계획이었다.

영감네 집에서 윤점례의 술집 벽계수(碧溪水, 이게 그 술집 이름이었다)까지의 거리는 직선거리로 1백 미터 남짓했지만 워낙 길이 고불고불하고 좁은 길이라 아득하게 멀게 느껴졌다. 부인은 뒷짐을 지고 발소리를 죽이고 공터 옆에 있는 벽계수의 유리문 안을 들여다 보았다. 영감이 거기 있었다. 혼자가 아니라 짜장면 사건을 일으킨 같은 동네의 동갑내기 박 영감도 와 있었다. 두 인간은 이른 아침부터 막걸리 주전자를 앞에 놓고 파전을 쩝쩝거리고 있었다. 윤점례 년은 보이지 않았다. 두 영감의 술상을 차려주고 방에 들어가 버린 것일까. 그런 그년의 태도가 더 기분 나빴다. 영감들을 가지고 논다는 느낌이 들었기 때문이었다.

부인은 일단 집으로 돌아왔다. 오면서 여러 가지로 생각해 보았다. 오늘 결판(決判)을 내야 한다는 결심(決心)은 흔들리지 않았다. 문제는 방법이었다. 깡패 출신 어떤 국회의원(國會議員)이 생각났다. 국회의원들의 질문에 장관들이 뻔한 거짓말을 늘어놓자 그 의원은 깡통에 똥을 퍼담아 가서 의사당에 뿌렸다. 그 냄새, 그 기분 나쁜 물건을 누가 어떻게 청소했는지 그런 얘기를 해 주는 신문도 방송도 없었다. 기자들은 진짜 재미있는 일은 놔두고 왜 엉뚱한 곳에서 남의 다리나 긁고 있는지 알 수 없었다.

부인은 집에 돌아와서 공동화장실로 쓰는 헛간에 갔다. 얼마 전까지 밭에 뿌리기 위해 사용하던 장군이도 있었고 지게도 있었다. 목이 긴 바가지도 있었다. 다른 것은 놔두고 목이 긴 바가지를 들고 화장실 뒤로 돌아갔다. 나무 판자를 들어올리면 세(貰)들어 사는 사람들이 싸놓은 물건들이 가득 들어 있었다. 부인은 그것을 휘휘 저어 한 바가지 퍼올렸다. 그대로 들고 집을 나섰다. 무명치마 부인이 똥바가지에 똥을 퍼담아 들고 어딘가로 갔다. 아마 목표는 벽계수인 것 같다는 소식이 삽시간에 세든 집으로 날아들었다. 전쟁이다, 나는 아침밥을 먹다가 말고 일어났다. 전쟁 구경, 불 구경만한 구경은 세상에 또 없는 것이다.

그날 부인의 행동은 아주 단순하고 그 뜻이 분명했다. 그녀는 세든 사람들이 구경삼아 뒤를 줄줄 따라가고 있다는 것을 아는지 모르는지 그저 긴 막대기 끝에 달린 바가지(군인들이 철모 안에 받쳐 쓰는 화이버로 만든)에 질척거리는 물건을 가득 담아 들고 뒤도 안 돌아보고 걸어 벽계수라는 간판 아래 섰다. 잠시 안을 엿보던 그녀는 이내 문을 옆으로 드르륵 열고 손에 든 막대기를 크게 휘둘러 바가지에 담긴 물건을 술집 전체에 고루 퍼지게 뿌렸다. 그 동작이 아주 우아했다.

술집 안에서 불 맞은 멧돼지 두 마리가 튀어나오는 기세로 이성대 영감과 박 영감이 달려 나왔다. 사람 사는 세상에 재앙은 곳곳에 널려 있다. 호텔에서 비싼 계집 끼고 자다가 불이 나서 속옷 바람으로 온 세상이 다 보는 가운데 밧줄에 매달려 구출 당하는 수도 있고, 지나가던 자동차에 들이받쳐 갈비뼈 몇 대가 부러지는 수도 있다. 그러나 여자 엉덩이를 흘끔거리며 술을 마시다가 똥바가지를 덮어쓰는 재앙은 누구나 겪는 일은 아니다. 이성대 영감의 표정은 언설로 표현이 안 되는 기묘한 것이었다. 그는 바가지를 버리고 망연(茫然)히 서 있는 마누라를 보더니 그제야 할 일이 생각난 것처럼 갑자기 마누라에게 덤벼 그녀의 삼베적삼 옷깃을 잡고 끌었다. 우리는 구경거리가 이동했으므로 그들을 따라 집으로 돌아왔다. 마당에서 두 늙은 영감과 마누라가 엉겨 있었다. 처음에는 맨손이었다. 그러나 곧 이성대 영감이 마룻장 밑에서 낫을 찾아들고 나왔다.

"이년, 오늘 너 죽고 나 죽자."

"자알 됐네. 신물 나서 살기 싫던 차에 같이 죽어보자고."

부인도 펌프장 옆에 누가 생선을 장만하다가 놔 둔 식칼을 쥐었다. 부인이 먼저 영감의 가슴팍으로 달겨들었다. 칼로 어째 보려는 것이 아니라 맨손으로 영감의 가슴팍을 쥐어박으려는 동작이었다. 그러나 영감은 부인이 달려들자 별 생각 없이 방어하느라고 낫을 휘둘렀다. 낫의 끝날이 부인의 어깨를 찔렀다. 한 손으로 어깨를 감싸쥔 부인이 들고 있던 식칼을 영감을 향해 던져버렸다. 앞으로 다가오던 영감은 날아오는 식칼에 가슴팍을 찔렸다. 그대로 앞으로 고꾸라졌다. 그제야 구경하던 무리가 두 사람 사이에 들어가 낫과 식칼을 거두고 쓰러진 두 사람을 일으켰다.

경찰은 어디서 싸움 나기를 기다리고 있었던 것처럼 금방 달려왔다. 두 사람 다 가까운 종합병원 응급실로 후송되어 치료를 받았다. 응급치료가 끝나고 두 사람 다 중환자실로 옮겨졌다는 전갈(傳喝)을 듣고 세든 사람 몇 사람이 문병(問病)을 갔다. 나도 끼어 있었다. 영감은 칼이 심장을 건드린 바람에 앞일을 알 수 없을 정도로 중태(重態)였다. 부인은 어깨를 조금 다쳤을 뿐으로 며칠 치료하면 퇴원(退院)할 수 있을 거라고 했다. 영감은 중태였으나 입은 살아 있었다.

"이봐, 내 옷에서 냄새 나지? 목욕을 좀 해야 염라대왕 앞에 나가도 당당하지. 이래서야 되겠어?"

"미안해요."

침대 하나 정도의 간격으로 떨어져 누워 있던 부인이 말했다.

"미안해 할 것 없어."

영감은 기분이 좋아보였다.

"영감에게 미안한 거 아니고,"

부인이 말했다.

"여기 있는 의사 선생님하고 간호사님들에게 미안하다 이거지, 냄새 때문에 코가 썩겠수."

"괜찮아요."

젊은 의사가 말했다.

"응급실에서는 이 정도의 냄새는 아무것도 아닙니다."

"이보다 더한 냄새는 어떤 냄새지?"

영감이 물었으나 의사는 대답하지 않았다.

낮에는 이렇게 영감이 말이 많았다. 그런 모습을 보고 안심하고 돌아왔는데 저녁 무렵 영감에게 패혈증(敗血症)이 왔다고 했다. 생사(生死)의 고비가 왔다는 뜻이었다. 그 고비에서 영감은 끝내 이기지 못하고 먼 길을 떠났다. 부인은 며칠 후 퇴원했으나 경찰에 불려 다녀야 했다. 사건을 인계 받은 검찰은 부인을 불기소 처리했다. 먼저 낫을 잡은 것도 영감이었고 낫을 휘두른 사람도 영감이었다. 부인이 칼을 던졌으나 살의(殺意)가 없었다는 것은 현장에 있었던 구경꾼들의 증언(證言)으로 입증됐다. 법적(法的)으로는 그렇게 해결됐으나 인생에서는 해결이나 매듭이 원래 없는 것이어서 무명치마 부인은 날마다 영감의 위패(位牌) 앞에서 울었다. 우리가 그 집에서 반 년을 살고 떠날 무렵 부인은 영양실조로 쓰러지더니 간암(肝癌) 판정(判定)을 받고 석 달 뒤 영감을 따라 나섰다. 영감과 부인이 저승에서 만났을까. 만나면 무슨 이야기를 할까. 냄새는 저승까지 묻어갈까. 미애와 나는 부인이 떠났다는 소식을 듣고 쓸모없는 생각에 잠시 묻혔다가 깨어났다.

11

수정 보살

내 어머니 이야기를 하자니 가슴이 미어진다. 그래서 결론부터 빨리 말하고 싶은 충동을 느낀다.

대개 위선(僞善)보다 위악(僞惡)이 어렵다는 것은 해 본 사람은 안다. 어머니는 아버지에 대해 철저하게 위악으로 일관(一貫)했다. 어릴 때 불지사 경내에서 함께 살 때 어머니와 아버지는 귀신이 부러워할 만치 다정한 부부였다. 스님이 저렇게 살아도 괜찮을까 의구심을 자아낼 정도로 두 사람은 정으로 하나였다. 그러던 부부가 하루아침에 변했다. 대처승들이 승적(僧籍)을 유지하기 위하여 집단으로 이혼(離婚)을 하는 무리에 아버지가 끼면서 어머니는 사람이 어쩌면 저렇게 변할 수 있을까 할 정도로 표변(豹變)했다. 아버지 얼굴만 봐도 구역질을 할 정도로 혐오했고, 마침내 다른 남자와 결혼을 하더니 그 시동생과 눈이 맞아 인간으로서 넘어서는 안 되는 경계를 넘고 말았다.

그랬던 어머니가 또 한 번 변했다. 의붓아버지가 죽고 나자 어머니는 기다렸다는 듯이 가산(家産)을 깨끗이 정리한 후 태백산(太白山)

깊이 묻힌 암자(庵子)에서 홀로 수행 중인 고경(古鏡) 스님에게 찾아가 공양주 보살의 소임(所任)을 자청(自請)했다. 내가 미애와 우리 사이에 태어나 이미 훌쩍 커버린 아들 준을 데리고 태백산 속으로 찾아가자 고경 노스님이 나를 따로 불러 물었다.

"자네가 저 수정(修淨) 보살의 아들인가?"

"그렇습니다."

"그럼 묻겠네. 보살님은 대체 어떤 사람인가?"

"어떤 뜻에서 묻는지요."

"보살님은 내가 이 암자에서 홀로 수행 중이라는 것을 다 알고 오셨어. 와서 시봉(侍奉)하겠노라고 자청하기에 내가 거절했지. 나는 시봉이 필요 없는 사람이라 기왕 여기까지 왔으니 공부하고 수행이나 열심히 하시라고. 내게는 제자나 상좌(上座)는 없고 오직 도반(道伴)이 있을 뿐이니 서로 가르치고 배우자고 말했네. 솔직하게 말해야겠어. 나는 법랍(法臘) 45년이고 품계(品階)가 승려들 중에 가장 높은 지위(地位)에 있어. 그러나 저 보살님에게서 날마다 엄청난 도리(道理)를 배우고 있어. 저 분은 내 도반이자 스승이네. 대체 어디서 저런 도인(道人)이 났을까, 그게 궁금해서 물었네."

나는 아버지 스님 얘기를 하지 않을 수 없었다. 듣고 있던 고경 스님이 머리를 끄덕이며 말했다.

"위악(僞惡)이었구만."

"예?"

"모르겠나? 자네 모친은 위악을 가장한 거지. 사랑하는 사람이 떠날 수 있도록, 떠나서 수행에 전력을 다하도록, 속세(俗世)의 하찮은 인연(因緣)을 돌아보다가 헛되이 발이 구덩이에 빠지지 않도록 단단히 줄을 죄고 또 죈 거지. 그 덕택에 자네 아버지는 수행으로 한 소식하여 떠날 수 있었던 것이고. 그것이 위악이라는 것이네. 보살행(菩薩行)이지."

그 말을 듣고 나서야 내 눈이 조금 밝아오는 느낌이었다. 그랬구나. 어릴 때는 학교 친구들이 '중 새끼'라고 놀려도 조금도 노엽지 않았고 '사람 새끼'인 그들이 부럽지도 않았다. 아버지와 어머니가 사랑하고 있었기에 나도 덩달아 행복했었다. 그러나 두 사람이 헤어진 뒤로는 내 행복도 끝이었다. 나는 '사람 새끼'들이 부러웠고 그 가정들이 한없이 그리웠다. 그것이 아버지로 하여금 수행의 길로 가도록 하는 자기희생이었고 위악이었다고 고경 스님은 간단하게 짚어 주었다. 그제야 어머니의 모든 일을 제대로 이해할 수 있었다.

그날 밤 나는 암자의 요사채에서 잠든 미애와 아들 준(俊)의 얼굴을 들여다 보았다. 내가 지금이라도 장부(丈夫) 일대사(一大事)를 위해 수행의 길로 나선다면 평생 나를 위해 살아온 미애를 버리고 떠날 수 있을까? 가난하지만 자랑스러운 아버지를 한없이 사랑하는 내 아들 준을 버리고 떠날 수 있겠는가? 아니었다. 그러나 어머니는 아버지가 자기를 버리고 떠날 수 있도록 일부러 매정하고 넌덜머리 나도록 대했고 그것도 모자라 엉뚱한 남자와 결혼까지 했다. 그랬구나, 어머니는 그런 여자였구나. 미애와는 정반대였다. 한데 그런 사실을 아버지는 알았을까? 위악이 제 구실을 다하려면 상대가 위악인 줄 몰라야 하는 법이다. 그래서 아버지는 그것도 모르고 여자에 대한 환멸(幻滅)을 수행의 채찍 삼아 산으로 동굴 속으로 들어간 후 큰 깨달음을 얻었을까? 아버지가 피나게 고행하다가 열반에 든 그 석굴에 갔을 때의 스산한 느낌이 다시 온몸을 휘감았다. 아버지는 어머니의 속뜻을 알았고, 그 때문에 끝내 확철대오(廓徹大悟)의 경지에 이르지 못했던 것이다. 차라리 어머니의 위악적인 생에 마침표를 찍어주기 위하여 열반(涅槃)을 앞당긴 것이 아니었을까? 두 사람 다 정말이지 바보 같이 살았다는 생각뿐이었다. 나는 바보들의 자식이었고 나 자신도 바보였다. 그 바보 중의 한 사람이 다음날 암자를 떠나려는 우리에게 다가와 말했다. 어머니는 나에 대해서는 일부러 멀리하고 며느리인 미애와 손자 준의 손을 잡고 다독였다.

"너였구나."

어머니가 미애에게 말했다.

"저 아이를 사람 만들어 땅에 발붙이고 살게 만든 것이 너였어. 하지만 아직도 안심하면 안 된다. 저놈의 유전자(遺傳子)에는 이상한 피가 흐르고 있거든. 어느날 밤에 자다가 벌떡 일어나 어딘가로 떠나 버릴지도 모른다. 그때는 아가. 그냥 내버려 두어라. 고칠 수 없는 병을 고치려고 애쓸 필요가 없다는 말이다."

"알겠습니다, 어머니."

다시 손자의 손을 잡고 말했다.

"니 애비가 학교 선생이지?"

"예, 할머니."

"돈은 풍족하게 벌어 오니?"

"아니에요. 항상 가난했어요."

"너는 그러지 마라. 네 아내와 자식을 풍족하게 먹이고 입혀라."

"꼭 그렇게 하겠습니다, 할머니."

"자, 가세요."

고경 스님이 보다 못해 끼어들었다.

"자네들은 어머니의 지금 모습을 잘 기억해 두게. 그리고 손자 준이. 너는 할머니하고 약속했으니 반드시 지켜야 한다."

고경 스님의 그 말이 무슨 뜻인지 그때는 몰랐다. 그로부터 반 년이 지나고 가을이 문턱을 넘어 와 천지가 누렇게 퇴색할 무렵 태백산에서 전화가 왔다. 고경 스님의 떨리는 목소리였다.

"자네가 좀 와 주게."

"어머니는, 잘 계십니까?"

"그 소식을 전하려고 전화한 걸세. 내 도반이자 스승인 수정 보살님께서 어제 열반하셨네. 다비해 드리려고 하는데 혼자서는 안 되겠네. 자네가 와서 도와줄 수 없겠나?"

나는 미애와 준을 데리고 태백산으로 들어갔다. 어머니는 평소 거처로 삼았던 요사의 윗목에 자리를 깔고 누워 있었다. 그 표정이 얼마나 편안한지 그렇게 아름다운 어머니를 생전에 본 기억이 없었다.

"보살님이나 나나 세상 행습(行習)이나 문자(文字)에 끄달려 살지 않았어. 그래서 열반송(涅槃頌) 같은 개뿔도 남기지 않았고 좌탈입망(坐脫立忘) 따위 행습을 따르지도 않았네. 다만 내게 부탁이 있었어.

내 아들과 며느리, 손자가 오거든 절대로 울지 못하도록 가르쳐 달라고. 그러니 자네들은 이 암자에서 울음소리를 내서는 안 되네."

우리는 어머니의 마지막 말을 따르려고 무진 애를 썼다. 가까운 암자에서 스님 두 분이 달려와 암자 뒤편 너럭바위 근처에 다비장(茶毘場)을 쌓았다. 어머니를 그 위에 뉘이고 불을 넣으면서 스님들이 외쳤다.

"보살님, 불 들어갑니다."

그때 미애가 땅바닥에 앉아 어깨를 심하게 들썩였다. 대학생인 준이도 터지려는 울음을 삼키느라 손으로 입을 막고 있었다. 다음날 아침녘이 되어서야 다비장의 불이 완전히 사그라졌다. 고경 스님이 말렸는데도 이웃 절에서 온 스님 둘이 타다 남은 잿더미 속에서 뭔가를 찾고 있었다. 이윽고 스님들이 한지(韓紙)를 몇 겹이나 접어 곱게 싼 물건을 가지고 와서 펼쳤다. 영롱(玲瓏)한 구슬이 가득 쏟아졌다.

"이렇게 빛나고 이렇게 많은 사리(舍利)를 본 적이 없습니다. 원(願)을 세워 이 암자 마당에 사리탑을 세우는 것이 어떻겠습니까?"

"그래?"

고경 스님은 머리를 끄덕이고 사리를 들여다보았다. 그리고 한지를 다시 접어 그 사리들을 싸서 들고 일어났다.

"스님."

이웃 암자에서 온 스님들이 놀라서 따라갔으나 고경 스님은 그들을 뿌리치고 암자 앞 절벽 위에 서서 사리들을 벼랑 아래쪽으로 던져버렸다. 반짝거리는 구슬 같은 것들이 흙과 바위와 나무뿌리들 사이로 흩어져 사라졌다. 그뿐이었다. 고경 스님은 설명이 없었고, 누구도 묻지 않았다. 어머니 수정보살은 그렇게 회향(廻向)했다.

12

고경 스님

고경 스님을 찾아오는 스님들이나 신도들은 그를 '종정(宗正) 스님'이라고 불렀다. 그러나 당사자인 스님 자신은 그 호칭을 가장 싫어했다. 한때 종정이었다는 사실이 개 목걸이처럼 평생 따라다니는 것이 혹을 달고 사는 것처럼 불편했던 탓이었다.

어머니 수정 보살의 다비를 끝낸 후 서울로 돌아온 나는 자주 태백산(太白山)으로 가서 고경 스님을 만났다. 동서울터미널에서 태백시(太白市)까지 버스를 타고 가서 다시 택시를 바꿔 타고 반 시간이나 산길을 달린 후 택시에서 내려 또 한참을 걸어야 스님이 있는 암자에 닿을 수 있었다. 그러니 서울에서 아침에 나서도 점심 때가 지나고 거의 저녁이 될 무렵에야 암자에 닿을 수 있었다. 내가 갈 때마다 스님은 암자 앞 높은 벼랑에 서 있었다. 언제부터 그 자리에 나와 서 있었는지 그 자리에 서서 누구를 기다리고 있었는지 물어보지 않았다.

"보살님은 밥을 참 맛있게 지었지."

내가 쌀을 씻어 전기밥솥에 안치는 것을 지켜보고 있던 스님이 말했다.

"밥이라는 것이 사실 별것 아니거든. 적당한 양으로 물을 붓고 불을 때면 저절로 되는 것이 밥 아닌가? 군대에서 주는 밥 먹어봤지? 취사병이 누가 되든 어쩌면 그렇게 맛이 한결같은가? 기계로 찍어놓은 맛이었어."

스님은 6·25 때 인민군으로 참전하여 거제도(巨濟島) 포로수용소에서 반공포로 석방 때 남쪽을 택한 사람이었다. 그러니 그가 말하는 군대의 밥맛이란 인민군의 밥맛을 두고 하는 말이었다. 아니면 거제도 포로수용소의 밥맛이거나.

"그런데도 보살 님이 지은 밥은 유난하게 맛이 있었어. 가끔 별식(別食)을 해 먹었는데 국수 말이야. 국수란 놈도 하는 솜씨에 따라 하늘과 땅의 차이가 나네."

그러니까 이 영감아, 하고 나는 속으로 말했다. 그 사리들을 왜 몽땅 버렸나? 그 중 가장 영롱하고 큰 놈으로 한두 개 슬쩍 주머니에 넣어둘 것이지. 객기(客氣)를 부려 다 버려놓고 지금 와서 밥이 맛있었느니, 국수가 예술이었느니 무슨 헛소린가.

"보살 님은 주변 사람들을 발심하게 하는 특별한 능력을 타고난 사람이었어."

"없는 보살 애기 이제 그만합시다."

내가 짜증을 내면 스님은 한참 가만있다가 이윽고 물었다.

"자네는 그럼 여기 왜 왔나? 뭐 잊고 간 물건이 있어 찾으러 왔나?"

 나는 입을 다물었다. 말로는 영감을 감당하기 어려웠다. 그날 스님
은 내가 지은 밥을 두어 숟가락 뜨다가 말았다. 물을 좀 많이 부어
질척하기는 했으나 아주 못 먹을 정도는 아닌데도 스님은 까다로운
사춘기 아이처럼 숟가락을 놓고 일어섰다.

 "밥솥마다 성질이 있거든요. 거기에 맞춰서 밥을 지으려면 적어도
몇 번은 밥을 해 봐야 알게 됩니다. 내일 아침은 맛있는 밥을 짓게
될 겁니다."

 그래도 스님은 웃거나 격려해 주지 않았다. 수정 보살이 지은 밥의
맛을 되찾기는 영영 글렀는데도 노스님은 쓸데없이 집착하고 있었
다.

 밥 때문에 마음이 상했던 것일까, 나는 한동안 태백산에 가지 못
했다. 태백산 속의 그 암자와 노스님을 잊으려고 애를 썼다. 나야말
로 그렇게 쓸데없이 집착하고 있는데 전화가 왔다. 전에 어머니 수정
보살의 다비식 때 도와줬던 이웃 암자의 스님이었다. 대전에 있는 한
대학병원이라고 했다. 큰스님이 뇌졸중으로 쓰러져 응급 치료를 받
고 중환자실에 있다고 했다. 노인들은 잊을만하면 이런 식으로 사람
을 부르는구나, 투덜거리며 대전으로 내려갔다.

 스님이 누워 있는 방에는 가습기에서 뿜어내는 수증기가 자욱했
다. 스님의 코에도 링거줄에 연결된 무슨 장치가 꽂혀 있었고 팔뚝과
다리에도 주사 바늘이 꽂혀 있었다. 스님은 의식이 없었다. 전 같았
으면 벌떡 일어나 팔뚝에 꽂혀 있는 주사 바늘을 뜯어내고 활갯짓으

로 병원 문을 걸어 나갔을 것이다. 그러나 지금 그는 자신의 의지대로 할 수 있는 일이 아무것도 없었다, 심지어 죽는 일까지도.

　"아랫마을 노인들이 법문(法門)을 요청하니 거기 가셔서 말씀을 하시다가 쓰러진 겁니다. 아시는 바와 같이 큰스님께서는 큰 도시에서 거창한 법회를 열고 초청하면 모조리 거절하셨지만 시골 노인네들이 요청하면 한 번도 거절하지 않고 달려가 법담을 나누고 오셨지요. 이번에도 그랬습니다. 아랫마을에 큰스님을 모시고 말씀을 듣기 위해 모이는 단체가 만들어졌습니다. '고경법회(古鏡法會)'라고. 거기 가셔서 법문하시다가 쓰러진 겁니다. 최근에 혈압이 높아서 위험하니 법문은 그만두시는 게 좋겠다고 했는데 워낙 고집이 세셔서."

　스님을 병원으로 옮겨 온 이웃 암자의 스님 설명이었다. 그 스님이 부연(敷衍)했다.

　"혹시 짐작을 하셨습니까? 우리 두 사람은 큰스님이 태백산 속에 조립식으로 가건물 암자를 지어 들어올 때부터 큰스님이 허락하지 않으시니 모시고 시봉하지는 못하지만 지척(咫尺)에서 지키고 돌보기로 결의(決意)하고 가까운 곳에다 조립식 부재로 가건물(假建物)을 지으려고 했습니다. 한데 마침 가까운 암자가 비어 있어 거기 들어가 살면서 큰스님을 지켜보았지요. 우리는 둘 다 큰스님이 종정하시던 무렵 마군(魔軍)이의 손바닥에서 놀고 있다가 큰스님 만나 인간으로 회생(回生)하여 출가하는 은덕(恩德)을 입었습니다. 우리 목숨은 큰스님의 것입니다. 앞으로 큰스님을 우리가 암자에 모시고 간병(看病)토록 할 테니 처사님께서도 가끔 내려와서 살펴봐 주십시오."

복도의 긴 의자에 앉아 이야기를 하고 있는데 병실 안에서 의사가
나왔다.

"환자가 의식을 회복하고 누군가를 찾는 눈치입니다. 말은 아직 못
합니다. 다만 들을 수는 있습니다. 길고 무거운 화제는 삼가 주시고
가볍게 인사 정도 나누십시오."

우리는 들어갔다. 스님은 병실 안을 눈으로 둘러보고 있었다. 자신
이 처해 있는 형편을 대충 짐작한 스님은 희미하게 웃음을 흘렸다.
내가 침대 옆으로 다가가자 시트 속에서 손이 나왔다. 그 손이 내
손을 잡았다. 땀이 베어 끈적거리는 손이었다. 그래도 따뜻한 온기가
있었다. 살아 있는 손이었다. 살아 있는 스님의 손이 오래 내 손을
꼭 잡고 놓지 않았다. 손으로 많은 이야기를 하고 있구나, 그렇게 느
꼈으나 스님이 손바닥으로 하는 이야기를 듣고 이해하려면 한 꺼풀
벗어야 하는데 나는 아직 두텁고 질긴 껍질 속에 갇혀 있었다.

"스님을 우리집으로 모셔요."

미애가 말했다.

"서울에 있는 큰 병원으로 와서 통원치료를 하게 되면 우리집에서
다니면 되잖아요."

그렇게 하기로 했다. 마침 우리가 살고 있는 집이 잠실에 있는 아
파트였기 때문에 현대그룹이 지어 운영하는 아산병원과 삼성그룹이
지어 운영하는 삼성병원이 모두 가까운 거리에 있었다. 그러나 이 계
획은 고경 스님 본인에게 거부당하였다. 무슨 까닭인지 스님은 우리
가족에게 자신의 병든 모습을 보이는 것을 싫어했다. 어디 우리 가

족뿐이었겠는가. 자기를 알고 있는 모든 사람의 기억에서 자신의 병든 모습을 지워버리고 싶어 했다. 병원에 통원 치료하기 위해 두 주일 동안 우리 집에 머물렀으나 그때도 미애의 간병(看病)과 수발을 거부하고 젊은 상좌의 수발만 받아들였다. 그리고 통원 치료가 끝나자 스님은 상좌를 재촉하여 바로 그날 회문산에 있는 암자로 내려가 버렸다. 스님에게 있어 사람이 늙고 병들어 다른 사람의 수발을 받는다는 것은 치욕(恥辱)이었다. 다른 질환도 다 어렵고 고통스럽기는 마찬가지이지만 그 중에서도 뇌졸중(腦卒中), 흔히 중풍(中風)이라는 병은 살고 죽는 중대한 결정을 스스로 결정하여 실행할 수 없도록 사람을 우습게 만들어버린다는 점 때문에 못 견뎌 했다.

어느 날 스님은 주변에 나 혼자 있는 것을 확인하고 필기도구를 부탁했다. 종이와 볼펜을 가져다주자 스님은 비뚤비뚤 글씨로 이렇게 적었다.

'無'

나는 스님이 내게 주고 싶은 말이 있음을 알았다.

"조주(趙州)의 무자(無字) 기연(機緣)은 아니지요?"

스님은 고개를 끄덕였다.

"깨달음이 없다는 뜻입니까?"

스님 얼굴에 엷은 웃음이 지나갔다. 그리고 또 고개를 끄덕였다. 내가 자신의 심중(心中)을 잘 헤아리니 대견하다는 표정이었다.

"깨달음도 없고 부처도 없다. 그런데도 깨달았다고 자처하는 스님들은 사기꾼이다, 도둑이다, 그런 뜻입니까?"

스님은 또 웃었다. 속이 시원하고 후련하다는 표정이었다.

"그럼 스님이 사기꾼, 도둑입니까?"

"맞아."

입이 비뚤어져 잘 되지 않는 발음으로 분명하게 말했다.

"사기꾼님, 도둑님, 이제 좀 주무시지요."

그러나 스님은 그날 늦게까지 잠들지 않았다. 입은 비뚤어지고 사지는 뒤틀렸으나 정신은 말짱했다. 뇌졸중이라는 병의 가장 치명적인 증상이 바로 그런 것이었다. 몸과 마음이 따로 가는 것.

고경 스님은 두 번 다시 우리집에 오지 않았다. 그리고 서울에 있는 큰 병원 신세도 지지 않았다. 그로부터 약 1년쯤 뒤에 나는 신문에서 고경 스님의 입적(入寂) 소식을 읽었다. 다비식(茶毘式)은 전 종정에 대한 예우로 종단장(宗團葬)으로 결정됐다. 스님이 오래 주석하던 남쪽의 큰 절에서 행하기로 결정되어 있었다. 스님 본인에게 물었다면 아마 태백산 속의 그 조립식 암자에서 거행해 주기를 바랐을 것이었다. 그러나 죽은 사람은 자신의 장례식에 대해 이러쿵 저러쿵 간섭할 입이 없어지는 것이다.

다비식이 거행되던 날 나는 아침 일찍 서울을 떠나 한시간쯤 전에 다비식장에 도착했다. 수백 개의 만장(輓章)이 대나무숲처럼 식장 한 옆에 들어차 있었다. 국화꽃으로 장식한 영정판에 실물보다 몇 배나 큰 스님의 웃는 사진이 붙어 있었다. 그 사진을 들여다보고 있노라니 사진 속에서 나온 스님이 "뭘 보나? 내가 좀 잘 생겼지?"하고 찡긋 윙크를 던지는 것이었다. 이윽고 식(式)이 거행되었다. 무슨 무슨 감투를 쓴 거창한 이름의 큰스님들이 고경 스님과의 남다른 인연을 이야기하고 스님의 법력(法力)이 당대 최고의 경지에 이르렀음을 중언(重言)하였다.

"저거 다 거짓말이다."

사진이 말했다.

"오늘은 그런 말씀 마시고 가만 계셔야 합니다."

사진 속의 스님은 좀 풀이 죽어 입을 다물었다.

식이 끝나고 스님의 몸뚱이는 다비식장으로 옮겨졌다. 불을 붙이고 태우는 동안 염불(念佛)을 하며 주변을 끊임없이 도는 신도들이 있었다. 큰스님의 다비식장에서 염불하면서 돌면 좋은 일이 생긴다는 속설(俗說)이 있는가 보았다.

오전 10시에 시작된 다비는 오후 4시쯤에 다 끝이 났다. 불타고 남은 재를 수습하여 사리를 찾는 작업이 남아 있었다. 그러나 다비를 주관한 사찰의 관계자들은 사리 수습을 하지 않았다. 생전에 스님이 "내 죽거든 사리 따위는 절대로 줍지 마라"고 엄명(嚴命)을 내렸기 때문이라 했다. 그러나 신도들 사이에는 이상한 소문이 돌았다. "큰스님 다비를 해놓고 보니 사리가 한 톨도 나오지 않았다"는 소리였다. 나는 다비장의 불이 꺼질 무렵 자리를 떴기 때문에 사리를 두고 떠도는 소문(所聞)의 진위(眞僞)를 가릴 처지가 아니었다. 그러나 이것 하나만은 확실히 안다. 스님이 마지막까지 중생(衆生)들에게 사기를 치지는 않았다는 것이었다.

13
미애

하나 둘씩 사라져 갔다. 준이 대학에 들어갈 무렵 나는 쉰둘이었고 미애는 쉰 살이었다. 미애는 그 나이 되도록 나를 "오빠"라고 불렀다. 이제 아들도 대학생이고 조만간 군인이 될 텐데 그 호칭(呼稱)이 어울리지 않을 뿐 아니라 남이 들으면 혐오감이 생길 수도 있겠다, 하여 호칭을 바꾸기로 작정했으나 마땅히 부를만한 호칭을 찾기가 어려웠다. 흔하게는 "여보" "당신"이 있겠는데 그렇게 불러놓고 보니 온몸에 소름이 돋았다. 우리 몸이 거부반응을 일으키니 일단 제외시켰다. 나는 지금까지 하던대로 "미애야" 하고 부르면 그만인데 문제는 미애가 나를 부르는 호칭에서 걸려버린 것이다. 새벽 2시까지 궁리를 했으나 좋은 수가 나오지 않아 결국 포기하고 말았다. 남이야 혐오감으로 구토(嘔吐)를 하든 말든 지금까지 해 오던대로 "오빠"로 가기로 했다. 대신 남이 들을 때는 2인칭으로 부르지 말고 불러도 작은 목소리로 부른다, 그 정도로 양해가 이루어졌다.

아주 오랜만에 미애가 친정 나들이를 하게 됐다. 친정아버지가 당뇨병 합병증으로 오늘내일 한다는 소식에 잠 못 이루다가 미애가 먼저 내려가고 며칠 후 내가 따라 내려가기로 했다. 좋은 일이 아니라 궂은 일로 가는데도 하도 오랜 세월만에 가는 고향인지라 미애도 조금 들뜨고 나도 조금은 흥분하고 있는 자신을 보았다.

사태는 우리가 생각했던 것보다 더 바쁘게 진행됐다. 미애가 부산에 도착하여 가톨릭에서 운영하는 종합병원에 도착하더니 나에게 전화부터 했다.

"오빠, 나 부산인데, 당장 내려 와. 준이도 데리고."

"그렇게 급해?"

"응. 오늘 저녁 넘기기 힘들 거라고 해."

"알았어. 준이 들어 오는대로 데리고 서울역으로 달릴게."

따져 보니 가장 빨리 부산에 도착하는 방법이 야간열차(列車)를 타는 것이었다. 고속버스는 야간 우등고속버스가 있었으나 그것도 밤 11시가 막차였다. 우리는 서울역으로 가서 자정 무렵에 출발하는 열차를 탔다. 부산역에 도착하니 새벽 이른 시각이었다. 곧장 택시를 타고 병원에 도착했으나 미애의 아버지, 그러니까 내 장인 영감은 이미 영안실에 가 있었다.

준이와 나는 검은 테를 두른 완장(腕章)을 팔에 두르고 문상객(問喪客)이 오면 국밥 한 그릇에다 반찬 몇 가지, 그리고 요청하는 사람에게는 소주를 가져다주는 역할을 맡았다. 미애는 상주(喪主)였으므로 빈소(殯所)에서 손님을 맞았다. 점심시간은 일반 식당처럼 빈소도 바빴다. 점심시간을 이용하여 잠깐 들렀다 가는 문상객이 많은 탓이었다. 점심시간이 지나가고 찾아오는 문상객이 뜸해지자 미애가 내 옆으로 와서 앉았다. 물 한 잔을 마시고 나더니 그녀가 말했다.

"왜 눈물이 안 나지?"

"아버지랑 너무 오래 떨어져 살아서 그렇겠지."

미애는 고개를 저었다.

"시어머니랑 고경 스님 가셨을 때는 얼마나 눈물이 나던지, 사람 몸에 도대체 눈물이 몇 리터나 들었을까, 그 생각이 들더라니까. 그런데 지금은 이게 뭐야? 맹숭맹숭하잖아."

"미애야."

상주 차림의 미애가 귀여워 보였다.

"이제 삼우제(三虞祭) 지내고 나면 퉁퉁 붓도록 울게 될 거다. 눈물 몇 리터는 쏟게 될 걸?"

"아버지 임종(臨終)하면서 내가 무슨 생각을 했게?"

"다음은 내 차례다, 그랬겠지."

"어떻게 알았어?"

"나도 그 생각을 했거든. 아무리 둘러봐도 내 차례가 분명하더라구. 우리도 준비를 하자."

"어떻게?"

"글세. 잘은 모르지만, 누구에게 물어 볼 데도 없지만, 하여튼 준비는 해야지?"

"그래야지."

호오, 하고 그녀는 한숨을 쉬었다.

"너희들 무슨 얘기 하고 있냐?"

장모가 끼었다.

"다음은 누구 차례일까, 그 얘기였습니다."

"혹시, 나냐?"

"아니오. 다음은 우리 차례라고."

"그럼 나는, 이미 죽은 목숨이냐?"

"그런 게 아니고."

"아니긴."

노인이 좀 삐쳐서 저쪽으로 갔지만 우리는 내버려 두었다. 장모님의 짐은 장모님이 지고 갈 수밖에 없었다.

부산 시립 장제소(葬祭所)는 아미동에서 당감동(堂甘洞)으로 옮기면서 현대적인 프로세스를 가미하여 잘 짓는다고 지었으나 그 무렵에는 이미 포화상태여서 부산에서 하루 죽어 나오는 시신을 태우기도 역부족인 상태였다. 시신을 태우는 속도를 더 빨리 해야 하고 발생하는 분진과 냄새를 거의 백 퍼센트 잡아먹는 특별한 기술이 필요했다. 그런 기술을 도입하여 팔송정 넘어 기장 쪽에 새 장제소, 즉 화장장(火葬場)을 건립할 계획이라 하나 그건 그때의 일이고 당장에는 당감동의 낡은 시설에서 태울 수밖에 없었다. 나는 장인을 태우는 모든 과정(過程)을 작은 투명 유리를 통해 들여다보았다. 시신의 아래쪽에서는 고온의 전기열이 뿜어 나오고 위쪽에서는 화염방사기 같은 원리의 기름불이 뿜어 나와 시신은 5분 안에 살이 모두 타버리고 뼈만 앙상하게 남았다. 그 뼈도 곧 타들어가 아주 딱딱하고 굳은 뼈만 마지막까지 남아 있을 뿐 대부분의 뼈는 뜨거운 열기에 흔적도 없이 사라지고 없었다. 그렇게 타버린 재를 꺼내어 화부(火夫)가 빗자루로 쓸어담더니 절구통 같은 그릇에 담아 남은 뼈조각을 잘게 빻았다. 빻은 가루를 종이에 싸고 다시 네모난 용기(容器)에 담아 유족들에게 건네는 것이었다. 그렇게 하여 며칠 전까지 숨 쉬고 사랑의 감정을 지니고 있던 한 인간의 몸이 허공(虛空)으로 돌아갔다.

장인을 빻은 가루는 도평으로 안고 가서 불지사 입구 계곡에 뿌렸다. 말없이 거무레한 가루를 뿌리고 있던 장모님이 마지막 주먹 속에 담긴 것을 허공에 던지면서 한 마디 했다.

"잘 가소. 비가 오거든 꼭 한 번만 다녀가소."

왜 하필이면 비오는 날일까, 아무도 그 이유를 묻지는 않았으나 우리는 각자 나름대로 추측하며 속으로 웃었다.

장인 영감을 태운 가루를 계곡에 뿌린 그날 저녁, 미애와 나는 오랜만에 하늘을 가리고 서 있는 소나무들 사이로 난 길을 걸었다. 그 길은 불지사 일주문으로 이어지는 길이었다. 어릴 때 아버지가 이혼을 결심하기 전까지 아침저녁으로 장난치며 걷던 그 길이었다. 그러다가 아버지가 이혼을 결심하고 어머니가 그런 아버지를 모질게 대하면서 내 인생은 낯선 바다에 떠도는 배와 같았다.

"미애야."

나는 아내를 불렀다. 자칫했으면 "건강하게 오래 살아라." 그럴 번했다. 내가 아무 말도 못하고 있자 미애가 검은빛을 띠고 어둠에 잠겨가는 국망산 (菊望山) 정상 부근을 가리키며 말했다.

"저기 암자에 경허(鏡虛) 스님이 살다 갔다고 했지? 경허 스님은 지금 어디 있을까?"

"어디 있긴."

내가 말했다.

"아까 화장장에서 태우는 과정을 자세히 들여다보았는데, 그렇게 지독한 고온(高溫)에서는 영혼(靈魂)까지 몽땅 타겠더라. 남는 것은 없어. 어디로 갈 것도 남지 않는다니까."

"그럼 우리는 묻힐까?"

나는 웃었다.

"불에 타거나 물에 썩거나 분해되어 자연으로 돌아가기는 마찬가지야. 물이나 흙이 사물을 침식(浸蝕)하고 풍화(風化)시키는 독침(毒針)이 얼마나 날카로운지 모르지?"

"오빠는 알아?"

"그냥 해 본 소리야. 그럴 것 같아서."

"내가 오빠를 좋아한 이유를 이제는 말할까?"

"이유 같은 것이 있었어?"

"있었지. 그런 게 없었다면 중 새끼는 좋아할 상대가 아니었거든."

하긴 그랬었지. 그랬어. 그렇다면 미애가 나를 좋아하게 된 데는 이유가 있어야 했다. 그것도 아주 야무진 이유가.

"아주 간단한 이유였어. 그게 내게는 아주 중요한 것이었는데 살다가 보니 다른 여자들은 중요하게 생각지 않더라. 그래서 혼자 삭여 왔지 뭐."

"그게 뭐냐니까?"

"그게, 오빠의 생각하는 방식이 옳다는 거야. 어린아이 적에도 늘 근본을 생각하고, 당당하고, 자신감 넘치고, 뭐랄까 우주에 덤벼보겠다는 자세, 지금 생각해 보면 우습지만 삶과 죽음의 경계를 넘어 보겠다는 오만한 성격, 삶에 대한 오빠의 태도가 좋아 보였다, 그거지 뭐. 그런 매력에 이끌리면 안 되나? 내가 바본가?"

"바보, 맞다. 나는 너의 바보 같은 모습이 좋았던 것 같고. 그런데 너도 어김없이 사하촌(寺下村)에서 태어나 자란 아이였구나."

"그럼, 그게 우리의 조건(條件) 아닌가? 인간의 조건. 저기, 가게가 섰네?"

가게가 있었다. 밥도 팔고 술도 팔고 차도 팔았다. 우리는 그 집 평상에 앉아 차를 마셨다.

"멀리 걸어온 기분이다."

정말이지 멀리 걸어 왔다. 걷다 보니 떠났던 그 자리였다. 책보자기 끼고 산문을 나서 학교로 가던 꼬마는 이제 환갑을 바라고 가는 늙은이였다. 그리고, 다시 그 자리에 돌아와 앉았다. 몸은 그 자리에 돌아와 앉았으나 그때의 그 아이는 없었다. 그 사이에 뭐가 흘러간 것일까? 무슨 강물이 깊은 도랑을 내며 흘러갔을까?

다시 노곤한 일상에 묻혀 장인 영감이 이 세상에 존재하지 않는다는 사실을 잊어갈 무렵 A 씨가 전화로 "점심 같이 먹을 시간 좀 내 줄 수 없겠느냐?"고 했다. 육군 소장(少將)으로 예편(豫編)하고 국무총리를 지낸 영감이었다. 나는 어릴 때부터 동년배나 손아래 동생들보다 나이 많은 청년들이나 어른들하고 이야기하거나 함께 어울리는 것이 편했다. 그 바람에 나도 너무 일찍 어른이 돼버리기는 했지만 어쨌든 서울 와서 살면서도 여전히 영감들이 친구였다. A 씨도 그 중의 한 사람이었다.

우리가 만날 때는 으레 밥값을 A 씨가 냈다. 그 이유를 A 씨는 우선 자기가 나이가 훨씬 많은 연장자이기 때문이라 했다. 거기다 국무총리, 국회의원, 장관도 지냈고 군에서는 별 두 개를 달고 나왔기 때문에 연금도 나오는데다 자기 소유의 변두리 빌딩에서 일정액의 수입도 있으니 별 인기도 없는 소설가보다는 형편이 나은 편이라 자기가 사는 것이 당연하다고 우겼다. 맞는 말이었지만 호텔 식당에서 점심 한 끼를 먹기 위해서는 제법 준비가 필요했을 것이다. 자주 만나는 것은 아니었지만 그래도 잊을만하면 그는 "밥 먹자"고 전화를 걸어 왔다. 이번에도 그랬다. 우리는 주로 강남의 P 호텔 일식당(日食堂)에서 만났는데 이날도 그 집이었다.

"내 귀가, 왼쪽 귀가 좀 덜 들리는 것 같으니 미안하지만 평소보다 조금 크게 이야기해 줬으면 좋겠다"고 그는 입을 열었다. 음식을 시키고 나서 그는 오늘의 주제를 꺼냈다. 우리가 만나 비싼 점심을 먹을 때는 으레 그날의 주제, 즉 이야기의 중심이 한두 가지 있었다.

"지난번에 이 선생이 내게 준비를 하시라, 먼 길 떠날 사람이 차표도 여권도 준비하지 않고 그리 태평하냐 하고 질책하셨는데 집에 가서 곰곰 생각해 보고 마침내 결정(決定)을 했소이다."

"어떻게 결정하셨습니까?"

"부처님의 가르침을 따르기로 했습니다."

"실례지만, 부처님의 가르침이 무엇입니까?"

"하도 많은 가르침을 주신 분이라 딱히 뭐라 말은 못하지만,"

"안 됩니다."

나는 거칠게 반대했다. A 씨가 놀란 눈으로 나를 바라봤다.

"부처님의 가르침은 머리로도 이해할 수 없고, 가슴으로도 받을 수 없으니, 스스로 수행을 통해 온몸으로 깨달아야 합니다. 총리님의 현재 체력이나 가지고 계신 시간으로 그 엄청난 고행(苦行)을 감당할 수 있겠습니까? 그래서 안 된다고 한 것입니다. 믿음의 종교를 택하십시오. 믿음 하나로 거듭나고 믿음 하나로 구원(救援) 받아 천국(天國)에 이른다고 하는 종교가 있습니다."

"예수의 가르침을 말하는 거요?"

"아무거나요."

"유감(遺憾)이군."

원래 그 말은 정치적인 표현법이었다. '유감' 말이다. 유감이거나 말거나 나는 그의 주변에서 누가 그에게 '귀의(歸依)'를 강권(强勸)했으리라 짐작하고 반대를 계속했다. 내가 추측했던대로였다. 그는 그 결심을 하기까지 도움을 준 사람이 있음을 실토(實吐)했다.

"전에 총무원장을 지낸 스님이 내게 많은 불법(佛法) 책을 가지고 와서 권했어요."

유명한 큰스님이 여러 권의 책을 들고와서 권했는데 내가 어찌 다른 길로 가겠느냐, 그 말이었다.

“정치나 행정에 대해서, 또는 경제나 통일 방안에 대해서 전에 국무총리를 지내신 분이 옆에 있으면 뭐든지 그분의 말씀만 따르면 됩니까?”

“그렇지는 않지요.”

“총무원장 아니라 종정을 지낸 분의 말씀이라도 내게 진리가 아닌 것은 아닌 것입니다.”

“허어, 이거 참.”

노인은 당황했다. 그러나 고집(固執)을 부렸다.

“하여튼 나는 결정을 했소이다. 결정을 하고나서도 마음이 시원치 않은 것은 좀 불만스러우나 어쨌든 차표도 준비하고 여권(旅券)도 발급 받았소.”

과연 그럴까? 나는 노인을 더 추궁하지 않았다.

다음 “밥 먹자”는 예상보다 빨랐다.

A 씨와 점심 먹으러 간다고 하자 미애가 말했다.

“이번에는 기독교(基督敎)일 거예요.”

“어떻게 알아?”

“느낌이 있거든요. 며칠 전이 크리스마스였잖아요.”

흠, 흠, 그녀는 웃고 말을 아꼈다.

늘 만나는 그 일식당에서 회(膾)를 몇 점 입으로 가져가다가 A 씨가 말했다.

“바꿨어요.”

“압니다. 기독교지요?”

"어떻게 알았어요?"

"누가 말해 줬습니다. 어떻게 차표를 바꿨습니까?"

"그날 이 선생 만나고 나서 뒤숭숭하고 속이 거북하더니, 문득 B 목사 생각이 납디다. 내가 총리 때 두어 번 조찬기도회를 열어 서로 알고 있거든요. 그때 그 양반 하는 말이 언젠가 총리님께서 나를 찾게 될 겁니다. 그랬어요. 크리스마스였지, 아마 그 날이. 낮에 피곤하여 소파에서 잠이 들었는데 꿈에 B 목사가 나타나 내게 세례(洗禮)를 주려고 합디다. 내가 피하면서 나무랬어요. 그는 웃습디다. 다음 날 똑 같은 꿈을 꿨어요. 그 다음 날도 잠이 드니 B 목사가 나타나요. 잠에서 깨니 영 이상해요. 기분도 안 좋고. B 목사에게 전화했지. 당신 남의 꿈에 들락거리며 함부로 하면 못 쓴다 하고요. 그랬더니 한 시간도 안 돼 B 목사가 자기 교회 장로 여남은 명을 거느리고 집에 들이닥쳐요. 내 꿈이 하나님의 계시라더군. 어쨌거나 찬송가(讚頌歌) 몇 개 부르고 여럿이 둘러 선 가운데 B 목사가 내게 세례를 주는 거라. 어, 어 하는 사이에 나는 세례를 받고 거듭나는 몸이 됐습니다. 그 뒤에 마음이 편안하고 살고 죽는 것이 모두 섭리라 생각하니 두려움도 없어져요. 그렇게 됐습니다."

A 씨는 새 차표와 여권을 들고 즐거워하는 여행객과 같았다.

한 달도 지나지 않아 A 씨가 새로 구입한 차표를 들고 먼 여행을 떠났다는 소식이 왔다. 미애와 함께 가보니 하얀 국화꽃에 쌓인 영정(影幀)이 밝게 웃고 있었다. 영정 아래에는 '성도 A'라는 글귀가 선명했다. 빈소에는 마침 B 목사가 시무하는 교회의 성가대가 와서 찬송가를 부르고 있었다.

A 씨의 장례식장에서 집으로 돌아온 나는 책꽂이에서 내가 쓴 책을 골라냈다. 그 사이에 열여섯 권의 책이 쌓였다. 작가가 되어 너절한 언어(言語)를 꿰맞추어 책으로 찍어낸 물건들이었는데 내 이름으로 된 책들이라 출판 될 때마다 한두 권씩 책꽂이 한 구석에 꽂아두었던 것들이었다. 그걸 모두 책꽂이에서 빼내어 보자기에 싸니 한 짐이었다. 미애가 뒤에서 지켜보고 서 있었다.

다비를 하듯 태우고 싶었으나 대도시 비싼 땅에 집들이 포개어 사는 아파트라 그런 호사스런 공간은 없었다. 나는 보자기에 싼 물건들을 쓰레기 분리수거하는 통에 집어넣었다. 집으로 돌아와 손에 묻은 먼지를 씻었다.

"갈 거야?"

미애가 물었다. 나는 고개를 끄덕였다.

"어딘가에 도착하면 편지(便紙)도 하고 전화(電話)도 할 거지?"

"그래."

미애가 내 가슴에 얼굴을 묻었다. 내려다 보니 머리가 희끗했다.

"오빠를 사랑했어."

"나도."

"나는 위악(僞惡)할 줄 몰라. 그럼 위선(僞善)인가?"

"아직도 산수 공부 중이구나? 넌 산수를 못했잖아."

"뭐든지 단순한 게 좋더라. 모 아니면 도라는 식으로. 이분법(二分法), 그거 틀린 거야?"

"그래, 틀렸어. 모 아니면 도가 아니라 개도 있고 걸도 있고 윷도
있거든."

"개나 걸은 너무 흔해서 싫어. 잘 가."

"그래."

나는 아파트 마당에서 내가 떠나온 그 성냥곽 같은 공간을 뒤돌
아보지 않았다. 돌아보면 소금 기둥으로 변해버릴지도 모르기 때문
에.

14

겨울 궁전

우선 연습(練習)이었다. 목표는 히말라야나 사하라였다. 지구상에서 내가 알고 있는 가장 거대한 자연이 그 두 곳뿐이었기 때문에 그 이름부터 떠올린 것이었다. 그 전에 내가 파묻히고 싶은 바다가 하나 있었다. 지리산(智異山)이었다. 통일(統一)이 된 후였다면 개마고원의 준봉과 협곡 사이에 묻히고 싶었을 것이다. 그러나 수박 겉핥기식으로 잠깐 외곽을 밟아 본 금강산(金剛山)과 백두산(白頭山, 장백산長白山)의 중국 쪽 한 부분을 생각해도 산이 구호가 돼버린 그 이상한 대자연을 내 몸이 거부하는 것이 명백했으므로 북한쪽 산야(山野)는 잊어버리기로 했다. 더 정확하게 말하자면 아버지의 행적을 찾아 지리산 벽송사를 찾았을 때 지리산이 압도하던 기억이 자꾸 내 발길을 끌어당겼던 것이다.

몇 가지 들어서 아는 상식이 있었다. 먼저 '토굴(土窟)'에 대해서다. "그 이름을 남용(濫用)하지도 말고 애용(愛用)하지도 마라", 하는 것이 수행 납자(衲子)들의 충고였다. 토굴이라는 이름을 남용하는 사람들은 많았다. 주로 스님들이었다. 무슨 인연으로 절이나 암자에서 나와 홀로 수행처(修行處)를 잡아 은거(隱居)하는 것은 좋은데 그 수행처라는 것이 보통 여염(閭閻)집을 능가할 정도로 문명(文明)의 이기(利器)들을 고루 갖추고 계에서 금하고 있는 '높은 평상' 즉 안락한 침대를 들여놓고 사는 스님들이 많았다.

고경 스님이 총무원장을 지내던 시절 서울의 총무원 풍경을 이야기해 준 일이 있었다.

"부임(赴任)해서 첫날을 지내는데 저녁 늦은 시각인데도 방마다 불이 밝은지라, 아하, 감탄했지. 종단의 수부(首府) 사찰답게 이곳 스님들은 저녁 늦게까지 좌선(坐禪)에 몰입하는구나. 하지만 너무 심하면 다음날 중요한 종단 업무에 지장이 있을 터라 일찍 자라고 충고를 하기 위해 방문을 열어봤지. 중은 곡차 한 잔 걸쳤는지 불쾌해서 자빠져 누웠는데 텔레비전에서 벌거벗은 여자들이 춤을 추고 있는 거라, 다른 방을 들여다보니 거기도 마찬가지이고 또 다음 방도 그 지경이더라. 이튿날 내가 방마다 비치된 텔레비전을 몽땅 거두어 달동네로 보내버렸지. 중들 보는 앞에서 도끼로 탕탕 부숴버리고 싶었어. 울고 싶더라."

토굴이라고 이름을 붙이고 사실은 여염집을 지어놓고 들어가 살면서 혼자 수행을 하기는 하늘의 별을 따는 만큼이나 어렵다는 것이 해 본 사람들의 말이었다. 그 바보상자가 집안에 있으면 오락에 젖기 마련이고 오락에 젖으면 속절없이 아까운 세월만 흐르기 마련이다. 전화가 있으면 누군가를 기다리게 되고 누군가를 기다리면 시간과 대상에 얽매이는 노예가 된다. 수행자라면 그래서는 안 되는 것이니 세상의 토굴이라는 것이 대개는 그런 망조(亡兆)의 집이었다. 그래서 그 이름을 남용하지도 말고 애용하지도 말라는 것이었다.

나는 토굴에서 나 자신을 시험해 보기로 했다. 우선 '토굴'이 필요했다. 짚이는 사람이 있었다. 아는 사람 중에 지기(地氣)를 체득했다고 큰소리치는 영감이 한 사람 있었다. 지리산 자락 전남 구례군 마산면 화엄사(華嚴寺) 사하촌에서 태어난 사람이었다. 그가 전국(全國)을 돌며 생기가 용솟음치는 명당을 찾아 자신의 신후지(身後地)로 삼고자 하는데 무슨 인연(因緣)인지 하필이면 태어난 고향 부근에서 그런 천하 명당(明堂)을 찾게 되었다. 마산면에서 이웃한 토지면 문수리 밤재마을이 그곳이었다.

그가 찾아낸 생기처(生氣處)에는 집이 한 채 있었고, 집 뒤로 지리산국립공원과의 경계에 4백 평 정도의 비탈진 밭이 있었다. 그가 보기에 신후지로서의 명당(明堂)은 집 뒤에 있는 비탈진 밭이었고, 앞에 있는 집도 살아서 생기를 받을 수 있는 좋은 터에 자리잡고 있었다. 그래서 그 집과 터를 매입했다. 마침 집은 비어 있었다. 작년까지 살던 젊은 부부 중 여자가 췌장암(膵臟癌)에 걸려 이 집에서 투병(鬪病)하다가 죽자 남편이 헐값에 집을 내놓은 것이었다. 생기처에 선 집과 묘터를 동시에 잡은 영감은 집 뒤의 비탈밭에 있는 생기처 명당에 가묘(假墓)를 만들었다. 자신이 유명(幽明)을 달리하면 누울 자리였다. 그러나 마을 사람들이 이의(異議)를 제기했다. 혐오시설이라는 이유였다. 현행 민법(民法)도 먼저 살고 있던 마을 사람들의 편이었다. 민법 몇 조에는 마을의 집에서 300미터 안쪽으로는 무덤을 만들지 못한다는 규정이 있다고 한다. 마을 사람들이 들고 일어나자 그는 가묘를 헐어 원상복구시키고 가까운 피아골 연곡사(燕谷寺) 건너편 자락에서 먼저 것보다 더 좋은 길지(吉地)를 찾아 자신의 가묘를 만들어 놓았다. 그러고 보니 밤재 마을에 사 둔 집과 밭은 쓸모가 없어졌다. 영감이 언젠가 말했다.

"이 선생 같은 분이 가서 살면서 글을 쓰든 수행을 하든 사용하겠다면 얼마든지 제공할 용의가 있소만."

그 생각이 나서 연락해 보니 "당장이라도 들어가 사시라"고 했다. 그 당장 나는 용산역에서 전라선 열차를 탔다. 옷가지 몇 개 든 가방 하나 들고 구례구역에서 택시로 들어오니 해발 800미터, 노고단(老姑壇) 아래 문수골 꼭대기 부근, 밤재마을은 3월 초순인데도 아직 겨울이었다.

나는 이 집을 히말라야로 가는 중간역으로 삼았다. 집의 크기는 20여 평 정도로 방이 2개이고 거실과 부엌이 제법 넓었다. 화장실도 넓은 편이었고 창고가 별도로 딸려 있었다. 난방은 석유 보일러, 취사(炊事)는 전기밥솥에 프로판 가스를 쓰는 2구짜리 렌지가 있었다. 밥그릇, 숟가락, 젓가락, 찻잔까지 모두 갖추어져 있어 살림을 새로 장만할 것이 없었다. 10킬로그램짜리 쌀도 한 포대가 있었고 뜯지도 않은 두루마리 화장지도 새것 그대로였다. 남쪽으로 창이 난 작은 방 하나만 쓰기로 했다. 작은방에 가방을 내려놓으니 그때부터 나는 지리산 사람이 되었다.

스스로 규칙을 정했다.

1. 매일 최소 2시간 이상 좌선할 것(단 간화선은 用은 있으되 體가 없으니 헛방이다, 위빠사나 명상법에서 번잡한 것은 버리고 간편하고 명료하게 잘 닦아서 사용할 것)

2. 밥 먹는 일은 처음 한동안은 하루 2회로 하고 익숙해지면 하루 1회로 줄인다.

3. 저녁에는 일찍 자고 새벽이나 밤중에 일어나 맑은 정신으로 좌선도 하고 글도 쓴다.

규칙이 많으면 지키지 않겠다는 뜻이니 위 세 가지 규칙만으로 살아보려고 했다. (고조선시대에는 8조금법八條禁法으로 나라를 다스렸으나 오늘날 비구계는 250개 항목에 이르니 너무 번잡하다. 비구들이 대개 계를 지키지 않고 우습게 아는 것도 계가 번잡하여 다 외우기가 불가능한 데에 원인이 있지 않을까.)

위의 세 가지 규칙 모두 지키기 어려웠다. 우선 첫째 규칙 - 하루 2시간 이상씩 입선(入選)한다고 했으나 좌선(坐禪)이든 행선(行禪)이든 선에 관해 본격적인 지도를 받아본 일이 없는 내가 과연 해낼 수 있을까. 스스로 의문이었다. 게다가 간화선(看話禪)을 버리고 위빠사나 명상법(冥想法)을 택하기로 하였으니 더욱 난감(難堪)할 밖에. 이는 늙은 몸이 지팡이를 버리고 산에 오르는 것과 같았다. 그러나 어렵다고 포기하는 것은 옳지 않다. 불가에서는 '독각(獨覺)'을 경계하고 우습게 아는 경향이 있으나 따지고 보면 고타마 싯다르타 자신이 독각이었고, 슈타니파타에는 "무소의 뿔처럼 혼자서 가라"고 절절이

외치고 있으니 '나홀로 수행'에 대한 교단(敎團)과 선인(先人)들의 거
듭되는 경고(警告)는 울타리가 허물어질지도 모른다는 위기의식에서
나온 말일 터이니 구애받을 일은 아니라고 보았다.

'하루 2시간 이상'이라고 설정한 것은 아침, 저녁으로 최소 각각 1
시간 이상씩 입선(入禪)해야 한다는 소박한 생각에서 나온 수치일
뿐 별다른 근거가 있는 얘기는 아니었다. 이는 조계종에서 발간한
『간화선 입문』에 처음에는 하루 10여 분씩 규칙적으로 행하다가 조
금씩 시간을 늘려 가라고 권한 것을 참조한 것이다. 거기다 나 자신
이 마곡사(麻谷寺)에서 시행(施行)한 〈참선 입문반(10기)〉에 참여하여
경험한 바를 가미(加味)했다. 그때는 하루 8시간의 참선을 강행하였
는데 얻은 것은 그저 참선 수행에 참여(參與)했었다는 기분과 육체적
인 고통을 참고 한계를 넘어 보았다는 자부심 말고는 얻은 것이 거
의 없었다. 그런 것을 얻으려고 참선한다는 것은 말이 안 된다. 그 정
도의 결과를 얻기 위해서는 등산(登山)을 한다거나 마라톤에 도전하
는 등 다른 방법이 얼마든지 있을 것으로 보았다.

위빠사나는 '마음 챙김'으로 번역된다. 간화선이 마음을 버리고, 버
린 자리에 화두(話頭)를 심어놓아 단단히 고삐를 죄는 말뚝의 역할
을 하는 것이라면 위빠사나는 한 가지도 버리지 아니하고 마음이 일
어나고 스러지는 그대로 놔두고 챙기고 관조하는 명상법이다. 말하
자면 마음 자체를 대상화하여 그 실체를 '보는(觀)' 것이다. 이렇게
보는 것만으로도 매우 빠른 속도로 마음이 정화(淨化)되는 것을 느
껴 알 수 있었다. 처음에는 1시간이 아득하게 길었으나 차츰 그 길이

가 줄어들고 오히려 1시간이 부족한 느낌에 이르렀다. 마침내 ‘마음 챙김’의 도리를 즐기게 된 것이다. 지리산에 들어와 거둔 최대의 수확이었다.

두 번째 규칙 – 먹는 문제였다. 이것이 또 어려웠다. 밥을 짓는 도구는 전기압력 밥솥이 있었다. 쌀을 한 컵만 덜어 씻은 후 밥솥에 넣고 ‘백미(白米) 취사’라는 버튼을 누르기만 하면 기계가 알아서 밥을 짓고 뜸을 들인 후 다 마쳤으니 이제 먹어도 된다고 ‘찌익’하는 신호음까지 낸다. 사람이 하는 일은 그저 기다리는 일이다. 그게 약 반 시간 이상 소요됐다. 매일 이 짓을 세 번이나 반복하는 것은 어리석은 일이다. 그렇다고 미리 밥을 많이 지어놓고 ‘보온(保溫)’ 상태로 두었다가 배고프면 챙겨 먹는 것도 좋은 방법은 아니었다. 나는 나름으로 세부적인 규칙을 하나 더 첨가했다. 밥은 언제나 즉시 지어먹어야지 한꺼번에 많이 지어놓고 보온 상태로 둔 밥은 먹지 않는다는 규칙이었다. 이 규칙 때문에 하루 세 끼에서 두 끼로 줄이는 데는 일단 성공을 거두었다. 아침밥은 오전 11시쯤에 해 먹고 저녁밥은 오후 4시쯤에 해 먹으니 위에서 받아들이는 부담도 적고 기분이 좋았다. 반찬은 구례 읍내(邑內)의 마트(터미널 바로 옆에 있는 구례 이마트)에서 김치 한 봉지(5000원) 사다놓고 먹으니 1주일 먹을 수 있었다. 여기에 마른 멸치와 김 등 밑반찬을 곁들이니 훌륭한 식사를 할 수 있었다. 어쩌다가 읍내로 나가는 날에는 오전 11시 10분 발 버스를 타기 위해 집에서 10시 30분 이전에 나가는데 물론 식전(食前)이었다. 읍내에서 들어오는 버스는 3시에 있으니 문수리 종점 도착하면 3시 30분

정도, 거기서 밤재까지 약 30분 걸어서 오면 그럭저럭 오후 4시다. 그때 밥을 지어먹는데 이런 날은 하루 한 끼 식사로 만족해야 한다.

어느 날 이마트에서 몇 가지 생필품을 사서 계산대 앞에 섰는데 바로 옆에 빵을 진열해 놓은 것을 보고 내 시선이 빵에서 떠날 줄을 몰랐다. 기어코 빵 2개를 집어 계산하고 터미널 대합실에 나와 앉아 있으니 자꾸만 빵 생각이 나는지라. 결국 그 빵을 물 한 병과 함께 금방 다 먹어치우고 말았다. 집에 돌아와 생각하니 이미 밥을 먹은 것과 같은지라 그날은 밥을 짓지 않았다.

지리산에는 크게 15개의 골짜기가 형성돼 있다. 그 중 남원시(南原市)에 속한 것으로 뱀사골이 있고, 구례군에 속한 것으로 피아골이 유명하다. 피아골은 언필칭(言必稱) 80리(里)라 하나 들어가 보니 과연 그 끝을 짐작하기 어려웠다.

산이 높으면 골짜기가 깊다. 높은 봉우리와 봉우리를 잇는 능선에는 귀신이 산다. 그리고 골짜기마다 귀신과 인간이 만나는 동굴이 있다. 문수골에도 그런 동굴이 있었다.

나는 처음 한 동안은 자동차가 다니도록 뚫어놓은 길로만 다녔다. 그러다가 키보다 높고 튼튼한 대나무 작대기를 얻은 후부터는 그 작대기를 믿고 조금 담대(膽大)해져서 숲 사이로 난 오솔길로 들어가기 시작했다.

노고단으로 향해 나 있는 등산길로 오르다가 위에서 내려오는 남자 한 사람과 마주쳤다. 남자는 나이가 환갑(還甲)을 넘겼을 것으로 추정되나 턱에 난 수염과 짐승처럼 번들거리는 눈동자 때문에 정확한 나이를 짐작하기 어렵게 하는 사람이었다. 아무튼 입고 있는 옷이나 몰골로 보아 사람이 분명했으므로 사람끼리 사용하는 말로 인사를 건넸다.

"건강해 보입니다. 이 산에 사십니까?"

남자는 터벅터벅 내려가던 걸음을 멈추었다. 그리고 나를 가만히 들여다 보았다.

"산에, 살고 싶소?"

단어가 잘 생각나지 않는 것처럼 더듬더듬 그가 말했다.

"이미 산속에 들어와 살고 있습니다. 요 아래 마을에요."

"아,"

그가 어깨를 들먹이며 웃었다.

"그 젊은 여자가 죽은 집 말이오? 그 집에는 귀신(鬼神)이 붙어 놔주지 않을 텐데?"

"어떻게 하면 그 귀신을 만날 수 있습니까?"

남자는 다시 내 얼굴을 찬찬히 뜯어 봤다. 그런 다음 입을 열었다.

"정말 귀신을 만나고 싶소?"

"만나고 싶습니다. 할 얘기가 좀 있거든요."

"무슨 얘기요?"

"글세, 귀신에게 할 얘기라서."

"지금 하세요."

"그러지요 뭐. 우리 집, 그러니까 작년까지 그 귀신 내외가 살던 집 말입니다. 그 집 화장실 변기에 앉으면 맞은편 벽에 검정색 매직펜으

로 뭐라고 써붙였느냐 하면 지금 내 모습이 과연 나냐? 앞으로 변모
(變貌)할 내 모습을 생각하면서 오늘을 참고 이기자, 뭐 대충 이런
내용의 글을 써붙여 놨는데 여자 글씨 같애요. 내용도 말기암 환자
의 심경(心境)을 표현한 것이고. 한데 말입니다. 그 글 중에 무려 세
군데나 철자법(綴字法)이 틀린 데가 있어요. 내용이나 표현법은 말
안 하겠습니다. 한국어로 뭘 쓰려면 최소한 철자법에 맞게 써야지,
귀신 세계에서도 그건 알아라, 그 얘기를 하고 싶었거든요. 이제 누
구에게 말했으니 귀신도 어디선가 들었겠지요? 들었다치고 오늘부터
화장실에 걸린 그 글을 떼내어 버릴 겁니다.”

“귀신은 귀가 천지사방(天地四方)으로 열려 있으니 분명 들었을 겁
니다. 여기서 이러지 말고 우리 집, 내 토굴 말이오. 거기 가서 차나
한 잔 하는 게 어떻겠소?”

남자가 먼저 제의했으므로 나는 궁금했던 마음을 누르고 마지못
한 듯 따라갔다. 남자는 자기 이름을 ‘대안(大安) 스님’이라 했다. 머
리도, 수염도 안 깎고 복장도 어느 종단이 정해놓은 옷을 입지는 않
았으나 석가의 수행법을 따르고 석가의 가르침을 추종하여 평생을
살았으니 내가 스님이 아니면 누구를 스님이라 하겠느냐고 반문(反
問)했다.

내가 알은 척을 했다.

“대안 스님은 신라시대 스님으로 춘원(春園, 李光洙)이 원효(元曉)
와 비교하여 소설에 등장시킨 인물인데 지리산의 대안 스님은 도대
체 어느 세상을 평안케 하려고 이 산 속 토굴에서 아까운 세월을 다

보내고 있습니까?"

"그렇지요? 좀 그렇지요? 중생이 왜 중생인고 하니 바로 지척에 부처님이 와 있어도 알아보지 못하니 중생이라 그 말입니다."

"부처님이 지척에 와 있는 것이 아니라 본래 중생이 모두 부처라 하지 않았습니까?"

앞서 가던 대안 스님이 돌아섰다.

"그 거짓말에 속지 마세요."

"그건 부처님 스스로 하신 말씀 아닙니까?"

"천만에."

대안스님은 고개를 저었다.

"일체만물(一切萬物)이 실유불성(悉有佛性)이라 이건 니가르쥬나 이후에 유식(唯識)학자들이 논리상 체계 세워 설명하자니 궁즉통(窮則通)으로 내세운 말에 지나지 않아요. 불성(佛性)이 있기는 뭐가 있어요. 개뿔이지."

개의 뿔이라, 불성은 개의 뿔이라 했다. 불성이 뭐냐? 개의 뿔인데 그게 유정(有情) 무정(無情) 이 세상 만물에 모두 본래(本來) 있다고 하는 거짓말 가지고 석가의 단순하고 유니크한 가르침을 복잡한 종교로 만들어 팔아먹어 온 사람들이 중이요, 그 본거지가 절이라 했다.

개뿔 스님은 오던 길을 한참 되짚어 올라가더니 오른쪽으로 작은 골짜기가 나오자 그쪽으로 비탈을 미끄러져 내려갔다. 나도 따라 비탈에서 미끄럼을 탔더니 비탈이 끝난 지점에 널고 평퍼짐한 바위가 나오고 바위 밑으로 사람 키만한 동굴이 입을 벌리고 있었다. 그 속으로 개뿔 스님이 들어가며 손짓으로 따라 들어오라고 했다.

동굴 속으로 들어가자 촛불 그을음 냄새가 굴속에 남아 있었다. 조금 전 동굴의 주인이 나가면서 촛불을 끌 때 타고 남은 냄새였다.

동굴 안은 생각했던 것보다 밝았다. 머리 위쪽에서 바위가 쭉 찢어진 듯 틈이 벌어져 있었고 그 틈으로 햇빛이 송곳처럼 헤집고 들어와 동굴 안에 가득 퍼져 있었다.

"비가 와서 온 세상이 다 떠내려가도 여기는 안전해요. 이 바위가 구르지 않는 한."

집 자랑이었다.

"하지만 계곡의 물이 넘치게 굴러오면 이 굴속에도 물이 차오릅니다. 그때는 우장(雨裝)을 입고 바위 꼭대기에 올라가 물이 어느 정도 빠질 때까지 기다립니다. 작년에 장마 끝난 후에 비가 엄청 와서 지리산 전체에서 하루에 일곱 명이나 죽었잖아요. 그때 내 집도 잠겼어요. 구조대가 와서 나를 구조하려고 합디다. 너희들 자신이나 구조해라, 이 어리석은 중생들아, 하니 나를 버려두고 가버립디다. 아마 정신이 돈 놈이라고 보고 올렸겠지요."

동굴 속의 살림살이가 참 단출하고 소박했다. 작은 바위를 책상 삼아 그 위에 촛불을 밝히면 책도 읽고 글도 쓸 수 있다고 했다. 그 옆에 돗자리를 깔면 그게 방이었다. 뭘 먹고 사느냐? 음식 먹은 흔적을 찾아보려고 애를 썼으나 그럴만한 증거물이 나오지 않았다.

"뭘 먹습니까?"

내가 물었다.

"아직 안 먹었어요."

그가 말했다.

"저 산에 들어가면 먹을 것이 지천(至賤)입니다. 재수 좋으면 산삼(山蔘)도 캐고 복령(茯笭)도 캡니다."

산에 들어가 캐낸 것으로 먹을 것은 충분하다고 했다. 지리산이 얼마나 깊고 풍요로운 산인지 아직 모를 걸? 이 산속에서 먹을 것 걱정을 하다니, 그게 말이 되는 소리냐? 그런 표정이었다.

"겨울에는 어떻게 합니까?"

"좋은 질문입니다."

그는 손뼉을 딱 하고 쳤다.

"여기는 봄부터 가을까지 저의 여름 별장(別莊)입니다. 러시아의 짜르들에게 동궁(冬宮)과 하궁(夏宮)이 있었듯이 내게도 여름집과 겨울집이 따로 있습니다."

그의 겨울 궁전(宮殿)은 옛날 남부군이 쓰던 비밀 아지트이기 때문에 아무리 친한 사람이라 해도 공개할 수 없다고 했다. 그 남부군 빨치산들이 쓰던 모포를 비롯한 귀중한 가재도구들을 주인들에게 허락도 받지 않고 쓰고 있지만 지금 정부나 군에서 알면 압수해 갈지도 모르니 이 비밀은 발설(發說)하지 않겠다고 맹세하라고 했다. 나는 맹세(盟誓)를 했다. 어차피 그 겨울 궁전이 어디 있는지 모르니까.

"왜 이렇게 살아요?"

내가 물었다. 이제 궁전을 두 개 씩이나 소유한 사람이 내 의문에 답변해야할 차례였다.

"불편해 보입니까?"

그가 반문했다.

"불편해 보입니다. 이 여름 궁전에는 화장실도 없고 세탁기도 없고, 먹을 것도 없군요."

"하아, 화장실,"

그는 화장실이라는 말을 몇 번이나 반추(反芻)했다. 생전(生前)에 처음 듣는 말처럼.

"베르사이유 궁전에 화장실이 없었다는 얘기는 들었지요? 그 우아한 프랑스 귀족들이 밤새 먹고 마시다가 용변(用便)이 마려우면 드넓은 궁전 여기저기에 실례(失禮)를 했다고 합니다. 귀부인(貴婦人)들이 엉덩이를 까고 응아하는 모습을 상상해 보세요. 멋지지 않습니까? 그 무렵 파리 시내에는 여차하면 물컹하는 것을 밟았다고 해요. 굽 높은 신발이 그래서 나왔다는 설도 있고. 여기는 보다시피 완전 수세식(水洗式)입니다. 수세식의 원조, 수세식의 결정판(決定版)이랄까. 흐르는 물의 자정(自淨)능력은 고인 물의 수백 배라고 합니다. 내가 실례한 것을 가지고 백 미터 아래 계곡에서 누가 그 물로 밥을 지어 먹어도 아무 탈이 나지 않는다 이겁니다. 물론 학문적으로 연구가 완성된 얘기는 아닙니다만. 다만, 새까만 밤중에 일이 급하면 좀 문제지요. 저기 계곡물에 가서 일을 보고 있으면 뭐가 와서 내 등을 밀어요. 멧돼지나 여우같은 놈들이지요. 놈들은 사람이 자기네 식수(食水)를 더럽히는 것을 싫어하거든요. 조금만 더 위에 가서 마시면 서로 좋을 텐데 꼭 이 자리에 와서 물을 마셔야겠다고 작정한 놈들이 있습니다. 이제 그놈들이 누군지 내가 알고 그놈들도 내가 누군지 압니다. 화장실에 관한 설명은 이 정도로 됐지요? 다음에 뭐더라? 세탁기(洗濯機)가 없다고 불만스러우십니까? 세탁기의 원리가 가만있는 물을 억지로 돌려 와류(渦流)를 만드는 겁니다. 그래야 때가 빠지거든. 저렇게 잘 흐르는 물에는 담가놓기만 해도 땟국이 싸악 가십니다. 그럼 세탁기는 필요 없겠지요? 먹는 것에 대해서는 같이 한 번 저 산속으로 가 보면 다시는 불만(不滿)을 내놓지 않을 겁니다. 지금 같이 가보시겠습니까?”

나는 사양(辭讓)했다. “양초와 성냥, 비누, 칫솔, 간장, 소금, 이런 물건을 구입할 돈은 어디서 납니까?”

“아, 돈.”

그는 말을 되씹는 버릇이 있었다. 그는 동굴 밖으로 나를 끌어냈다. 동굴 입구에서 조금 떨어진 곳에 암벽(巖壁)이 있었다. 암벽 틈새로 물이 흘러내려 바닥은 습기로 눅눅했다. 눅눅한 암벽 바닥에 촛농이 석순처럼 뭉쳐 있었다. 아직도 불이 붙어 있는 양초도 한 자루 있었다. 그 양초 안쪽으로 과일 접시가 있었고 접시 위에 햇사과 한 개, 그리고 시루떡 한 접시가 있었다. 시루떡 위에 만 원짜리 지폐 석장이 놓여 있었다.

“가끔 떡도 먹고 과일도 먹습니다. 어떤 때는 육포(肉脯)와 술도 있습니다. 저 돈이면 한 달 동안 필요한 것 다 살 수 있습니다. 이 사람들은 뭘 비느냐, 대개는 가족의 건강을 기원하고 상급학교 합격(合格)을 비는 사람도 있어요. 여기 빌러 오는 사람들은 자기들이 진설

(陳設)해 놓은 떡과 과일을 어떤 귀신이 먹는지 다 알아요. 알기 때문에 더 열심히, 영양가 있는 음식을 차려놓고 가는 고마운 분도 있고요. 자, 귀신이 어디서 어떻게 사는지 잘 보셨지요?"

귀신들의 살림살이가 풍족하다는 것을 실컷 자랑하고 난 대안 스님 개뿔은 햇볕이 잘 드는 바위를 찾아 엉덩이를 내려놓았다.

"여러 해 동안 이렇게 살다 보니 습관이 돼서 이게 좋아져요. 누가 도시에 집을 줘서 살아라 해도 거절할 겁니다. 물론 아무도 그런 말을 안 하겠지만. 산중도사(山中道士)가 되는 것은 다 그렇게 되는 겁니다. 너무 고통스러우면 이렇게 못 살지요."

"처음에 왜 이런 곳을 택하게 됐습니까?"

"뭐 별 거 없습니다."

주저하지 않고 말했다.

"출가(出家)해서 선방에서 몇 철을 나다가 어느 큰 전통사찰(傳統寺刹)에 주지로 부임하는 사형(師兄)이 함께 가자고 권하길래 따라나섰어요. 서울 근교에 있는 절이어서 신도도 많고 잘 돌아갔습니다. 나는 원주(院主) 소임을 맡았습니다. 돈을 만졌어요. 시장 상인(商人)들이 나에게 돈을 잘라먹는 방법을 알려주더라고. 돈이 생기니 자연스럽게 여자가 생깁디다. 참 희한한 일이지요. 나는 그게 사랑인 줄 알았습니다. 내 삶이 여기서 끝나도 좋다, 다시 말해 죽어도 좋다 하고 그 여자에게 몰입했어요. 그러다가 어느 날 내가 진짜로 옷을 벗고 결혼하여 살자고 하니까 다음부터 여자가 없어졌어요. 온 천지를 다 찾아봤지만 찾을 수가 없었습니다. 나는 이미 소문이 나서 중노릇도 못할 처지가 되고 말았습니다. 사형은 울면서 나를 내쫓았어요. 치탈도첩(褫奪度牒:승려가 삼보에 대하여 불경죄를 저지를 때에 그의 도첩을 빼앗는 일) 당한 거지요. 그런데 여자가 왜 나를 버렸는지 그 이유를 치탈도첩 당하고 세상에 나와 보니 그제야 알겠습디다. 내가 할 수 있는 일이 없어요. 절에서 조금 모아가지고 나온 돈은 금방 연기처럼 사라지데요. 그 다음부터 벌어먹을 자신이 없는 거라. 나는 신도(信徒)들이 뼈 빠지게 벌어서 시주(施主)한 돈을 물 쓰듯이 썼지만 그 돈들이 얼마나 힘들게 번 돈이었는지는 까마득하게 몰랐거든요. 몇 번 시도하고 실패(失敗)하는 곡절(曲折)을 거치고 나서야 나는 알았습니다. 중노릇 밖에 내가 할 수 있는 일이 세상에 없다는 것을요. 다시 출가했으나 내 눈에 비친 불교와 절집은 어제의 불교가 아닌 전혀 새로운 모습이라, 예전처럼 적당히 세월(歲月)을 이기고 안거의 경력을 쌓아 중질하며 살 수는 없었습니다. 어느 도반이 지리산 암자에 들어가 지독하게 수행하는 것을 보고 나도 지리산에 들어왔어요. 지금까지 그렇게 살고 있는 겁니다. 후우,"

그는 긴 이야기를 짧게 요약하고 나서 나머지는 한숨으로 매웠다.

"그 집을 알아요."

내가 살고 있는 집을 안다고 했다.

"아직 살 날이 많은 여자였는데, 남자도 착한 사람이었고. 여자가 가끔 혼자서 빌려고 저기 암벽에 와서 촛불을 켰어요. 그렇게 애절하게, 처절하게 목숨을 비는 사람을 일찍이 보지 못했습니다. 그 여자는 오랜 시간이 아니라도 좋다, 조금만 더, 몇 년만 더 살게 해 달라고 빌었습니다. 하지만 소용이 없었지요."

내가 대꾸를 하지 않자 그는 단호한 목소리로 말했다.

"그 집에서 떠나세요."

"안 떠날 겁니다."

내가 말했다.

"이봐요. 나는 생기처(生氣處)를 모르고 지기를 알지 못해요. 절집에서도 주역(周易)이나 명리학(命理學)을 만지작거리면 저기 여항(閭巷)에서 밥 먹고 삽니다. 그러나 나는 지금까지도 운명(運命)이 미리 정해져 있다는 것을 인정할 수 없습니다. 그러나, 좋은 것은 좋은 것이고 나쁜 것은 나쁜 것입니다. 결과를 두고 하는 얘깁니다. 그 집은 이미 나쁜 일이 일어났습니다. 생기처가 있다고 그 집을 산 사람도 이거냐 저거냐 시험해 보고 싶었을 겁니다. 말하자면 선생을 시험삼아 그 집에 보낸 것입니다. 아주 나쁜 의도지요. 그러니 나오시라 이 말입니다."

"떠나지 않겠습니다."

나도 단호하게 말했다.

"세상의 모든 집에서는 누군가 죽어서 나갑니다. 그러므로 이 세상의 모든 집은 흉가(凶家)입니다. 스님의 말씀대로 하자면 나쁜 결과를 빚은 집들이지요. 그러므로 내가 그 집을 피해 어디로 가겠습니까? 스님이 살던 이 토굴도 스님이 입적하고 나면 흉가가 되겠지요. 그러니 내가 갈 곳은 없습니다."

"듣고 보니 그렇네."

개뿔은 시인(是認)했다.

"우리 이렇게 합시다."

내가 제안했다.

"스님 보기에 내가 흉가에 사는 것이 틀림이 없다면 나는 조만간 비명횡사(非命橫死)할 것입니다. 그러므로 가끔 스님이 지나가는 길에 내가 살아 있나 죽었나 확인해 보세요, 됐지요?"

"됐어요."

억지 대답이었지만 개뿔은 며칠에 한 번씩 내가 사는 집 앞을 지나다가 문안(問安)을 했다.

"아직 살아 있습니다."

내가 말하자 그는 조금 멋쩍게 웃었다.

"그래서 온 게 아닌데,"

"어딜 가세요?"

"산 아래 면소재지에 슈퍼마켓이 있거든요."

"뭘 사시게?"

"삼겹살하고 소주 두 병."

"파티 하세요?"

"올라 오슈. 오늘이 그 여자 제삿날입니다."

"삼겹살 좋아할까?"

"살았을 때 남편하고 마당에서 삼겹살 구워놓고 지나가는 나를 불러 먹으라고 장난스럽게 권했어요. 이제 누가 그 여자에게 삼겹살 구워놓고 권하겠어요?"

나는 이쯤에서 하고 싶은 말을 해버리기로 했다.

"이 집에서 살다가 간 여자, 혹시 스님 버리고 간 그 여자랑 닮았어요?"

"아주 조금만, 웃을 때는 제법 많이 닮기는 했지요."

"그래서, 아파 죽어가고 있는 여자를 마음에 두고 지켜보고 있었던 겁니까?"

"있다가 삼겹살 먹으러 올거요, 말거요?"

"가겠습니다. 가야지요."

미애는 전화하지 않았다. 이별 연습도 이별이니 제대로 해 보자는 결심이 선 것 같았다. 그렇게 하여 우리는 조금씩 잊어갔고 조금씩 멀어져 갔다. 어딘가에 살아 있는데도 공간의 거리와 시간의 흐름이 상승작용하여 기억을 부패시키고 있었다. 죽으면 그 속도에 가속도가 붙을 것이다. 연습하기를 잘했다, 하고 나는 생각했다.

지리산 중턱에는 가을이 일찍 찾아왔다. 계곡에 수박통 짊어지고, 아이들 데리고 물놀이하러 찾아오는 자동차 행렬이 뜸하다 싶더니 곧장 가을이었다. 숲을 흔들고 지나가는 바람에 독이 들어 있었다.

"어, 어, 하다가 눈에 갇혀요. 모파상 '산막' 알지요? 그 꼴 납니다. 나는 며칠 안에 동궁(冬宮)으로 이사갑니다. 그때까지 살아 있으면 내년 봄에 봅시다."

개뿔이 지나던 길에 이런 인사를 던지고 갔다. 나도 서둘렀다. 숨겨놓은 겨울 궁전은 없었으나 눈벼락을 맞아 이 골짜기에 갇히기는 싫었다. 짐을 싸서 택시에 실어 읍내 우체국에 가서 택배로 부쳤다.

택배로 부칠 주소를 쓰다가 문득 이 주소지에서 누가 나를 기억하고 있을까 하는 생각이 들었다. 내가 가서 내 짐을 받아야지. 저승에서 온 소식처럼 기묘한 기분일 테지.

짐을 부쳐놓고 돌아와 이 집에 살다가 간 사람들을 불렀다. 그들은 쉽게 내 부름에 따라주었다. 남자는 서울 어딘가에 살고 있다고 하니 멀고도 먼 지리산을 잊고 싶었을 것이다. 그러므로 부를 수가 없었다. 공간 이동이 자유로운 귀신만 얼른 달려왔다.

"이제 이 집을 돌려드리겠소."

나는 목이 조금 메어 왔으나 할 말을 다 했다.

"아무것도 바꾸지 않았소. 특히 마당가의 화단(花壇)에는 손도 데지 않았소. 당신이 심어놓은 국화꽃이 한창일 거요. 당신들이 쓰던 노란 우의(雨衣)도 그 자리에 걸려 있을 거요. 여름에 쓰는 밀짚모자를 둘이서 같은 모양으로 샀더만. 그걸 쓰고 나가면 아름다웠을 거요. 하지만 나는 챙이 더 크고 볕을 더 잘 가리는 실용적인 모자가 필요해서 당신네들이 쓰던 모자에는 관심이 없었소. 그러니 이제 아무것도 없애거나 변모시키지 않고 고스란히 돌려 드리는 거요. 사람이 얼마간 살다가 가면 흔적이 남는 법이오. 하지만 나는 흔적(痕跡)을 남기지 않소. 왜냐하면 나는 그림자, 허공(虛空)이기 때문이오. 이 집에 남고 싶으면 남아도 좋소."

귀신은 나에게 곱게 인사를 하고 떠났다. 이렇게 할만한 일은 모두 해놓고 나는 지리산 문수골을 떠났다. 내가 떠났으나 그 골짜기에는 여전히 눈이 와서 쌓일 것이다. 이듬해 봄이 또 올때까지.

15
나의 사하라

이제 정리를 해야겠다. 이 이야기를 시작할 무렵의 내 나이는 열 살 안팎이었고 마칠 무렵인 지금은 환갑을 눈앞에 두고 있다. 60진법을 처음 창안(創案)한 사람을 존경(尊敬)한다. 인생은 60에서 끝나야 한다고 나는 믿는 탓이다. 더 살 수도 있을 것이다. 그 후에도 살아온만큼이나 더 사는 사람도 없지는 않을 것이다. 수명(壽命)이 늘어나고 노인 인구가 많아져 장차 젊은이들이 노인 부양하느라 나라 세금이 줄줄이 셀 거라는 말을 들을 때마다 가슴이 미어진다. 마라톤에도 끝나는 지점이 있는데 왜 사람의 평생(平生)에는 마침 표지(標識)가 없는가. 밍기적거리는 것을 못 봐주는 내 성격 탓에 나는 60에서 회향하기로 했다. 회향(廻向)이라는 말은 참으로 아름답다. 그 말의 아름다움이 나를 사로잡더니 놔주지 않는다.

나는 사계절이 선명하게 바뀌는 대한민국의 남쪽땅에서 태어났다. 뻐꾸기가 봄을 물고 와서 흩뿌리면 산마다 들마다 붉고 푸른 꽃잎과 풀잎이 돋아나는 신비한 땅에서 태어나고 자랐다. 이윽고 가을이 와서 그 꽃잎도 풀잎도 시들어 천지에 조락(凋落)의 기운이 감돌면 기우는 달을 보며 인생(人生)도 저와 같다고 배웠다.

내가 아직 젊었을 때, 내 앞에 긴 시간이 남아 있을 때, 그때 생각해 둔 일이 하나 있었다. 내가 이 세상에 올 때는 내 마음대로 온 것이 아니고 그때도 내가 고른 것이 아니었지만 갈 때는 반드시 내가 때와 장소를 선택하고 가는 방식도 내가 선택하겠다는 것이 그것이었다. 나뭇잎은 가지에 매달린 채로 노랗게 물들어가고 이윽고 찬바람 건듯 불어 땅바닥에 떨어져 바스라진다. 그러나 가지를 붙들고 있던 손을 언제 놔버릴 것인가 그 정도 권리가 없다는 말인가, 그 여름 광풍(狂風)에도 지지 않고 여태 살아온 나에게.

서울로 돌아오기 전에 나는 몇 가지 조사(調査)를 해 둔 것이 있었다. 죽음의 방식에 대하여, 그리고 내가 원하던 그 자리, 사하라와 히말라야에 대하여.

첫째는 방식이다. 크게 자연사(自然死)가 있고 그 반대가 있다. 일반적으로 자연에 반대 되는 개념은 인위(人爲)적인 것을 들지만 죽음에는 그런 구분법이 통하지 않는다. 인위적인 죽음이라는 개념은 없기 때문이다. 전사(戰死)나 피살(被殺), 자살(自殺), 그리고 대부분의 사고사(事故死)가 모두 자연사의 대척점에 있는 비자연사의 일종이기는 하지만 그게 모두 '인위적'인 것은 아니다. 인간의 의도와는 상관없이 홍수(洪水)나 쓰나미, 지진(地震)과 화산(火山) 폭발 등의 재해로 죽는 경우도 많기 때문이다.

옛날에는 약국(藥局)에 가면 한자로 약초(藥草)의 이름을 적어 놓은 작은 약상자가 촘촘하게 꽂혀 있고, 그 맨 위쪽 가운데나 한쪽 귀퉁이에 독(毒) 극(極)이라는 글자가 적힌 함이 따로 있었다. 그 함은 아무나 열 수 없도록 열쇠가 채워져 있었다. 독은 독약, 극은 극약이 들었다는 뜻이었다. 독약이나 극약도 경우에 따라서는 약재(藥材)로 사용될 수 있다는 뜻인데 사실은 독극약이 아니더라도 다른 화합물과 혼합되어 독극물과 같은 효과를 내거나 과다(過多) 사용했을 때는 역시 인체에 치명(致命)적인 위해를 가하는 약은 얼마든지 있었다. 독약은 무엇이고 극약은 무엇인가. 아주 비근(卑近)한 예를 들어 감기약에 들어 있는 어떤 성분은 과다 사용 시 죽음으로 몰고 가는 경우가 있다는 것은 정설(定說)이다. 1970년대까지 우리나라에서 약물로 자살을 시도하는 사람들이 가장 애호한 약물은 '수면제' 와 '키니네'였다. 수면제는 불면증증(不眠症)에 시달리는 환자(患者)들에게 투여하는 약품으로 많이 복용하면 잠에서 영영 깨어나지 못하는 극약이었다. 키니네는 말라리야(학질瘧疾) 치료제로 일명 '금계랍'이라 불리는 약제였다. 이것 역시 많이 복용하면 목숨을 잃게 되므로 자살하는 사람들이 애용했다. 수면제와 키니네 모두 약방에서 요구하는 양을 판매하는 것이 아니라 일정 수량 이상 판매하지 못하게 하고 또 매입자의 신원(伸寃)을 확인하고 장부에 적은 후에야 약을 주기 때문에 자살에 필요한 양을 확보하려면 여러 약방을 순회하며 적당한 거짓말로 사 모으는 수고가 따랐다. 그래도 무슨 약을 얼마나 먹어야 저승길로 곧장 갈 수 있는지 확실하게 알 수 없기 때문에 '이 정도면' 하고 먹었는데 죽지는 않고 고생만 실컷 하다가 병원에서 깨어나는 사람도 많았다, 1970년대까지 우리나라에서 교통사고로 사망(死亡)하는 숫자보다 많아 사망자수 부동의 1위를 지켜온 것은 '연탄(煉炭)가스 중독사'였다. 연탄, 즉 구멍이 19개라서 이름이 19공탄인 이 물건은 해방 후 대한민국 최고의 발명품이라고 할 정도로 그 공로(功勞)가 컸다. 연탄이 없었다면 우리나라 산림이 오늘처럼 푸르지 못했을 것이고 땔감으로 나무를 베어 북한의 산들처럼 모두 민둥산이 되고 말았을 것이다. 연탄은 아궁이에 넣어 난방을 했고 동시에 취사용으로 사용됐으니 일석이조(一石二鳥)의 편리한 연료였다. 달동네 가난한 사람들에게 연탄 몇 백 장 가져다주면 최고의 선물이었다. 연탄은 그렇게 편리한 문명의 이기(利器)였지만 그것이 타는 동안 배출되는 일산화탄소는 사람이 일정 수준 마시면 곧 사망(死亡)에 이를 정도로 위험한 물질이었다. 연탄가스가 방 안으로 침입하는 것을 막기 위해서는 구들을 손질하고 방문의 틈을 없애는 등 세심한 주의가 필요했다. 그래도 사람이 자는 동안 문틈이나 방구들 틈으로 몰래 숨어 들어온 가스 때문에 잠자다가 단체로 일가족 모두 황천(黃泉)으로 가버리는 경우가 잦았다. 조간(朝刊)신문에 '연탄가스로 ○○명 사망' 기사는 하도 다반사(茶飯事)라 관심(關心)의 대상도 아니었다.

연탄가스처럼 알면서 당하는 경우가 농약으로 인한 사망이었다. 역시 1970년대 이전까지 우리나라 농가에서는 벼멸구와 같은 해충이나 도열병 같은 병이 돌 때는 '파라치온'이나 '마라치온' 같은 무시무시한 농약을 사용했다. 이 약제들은 2차 세계대전 때 독일군에서 인명살상용으로 개발한 것인데 해충 구제의 효과가 크다는 장점 때문에 이것을 그대로 농약으로 사용했던 것이다. 당시 농부들은 무더운 여름에 맨살을 드러내고 삐거덕거리는 분무기로 이 약을 뿌렸는데 약이 피부를 통해 온몸에 스며들어 살포(撒布) 도중에 사망에 이르는 경우도 더러 있었다. 그 후 이들 인체에 치명적인 독극물은 농약으로 사용이 금지되고 잔류기한 등 엄격한 통제가 실시되어 요즘의 농약들은 비교적 순한 편이다. 그래도 극약은 극약이다. 특히 베트남 전쟁 때 미군이 사용한 고엽제(枯葉劑)와 성분이 같거나 비슷한 제초제(除草劑)는 지금도 치명적인 농약의 대명사다. 짙은 녹색인 이 농약은 잡초에 뿌릴 경우 웬만한 풀들은 모두 시들어져 죽어버릴 정도로 독성(毒性)이 강하다. 사람이 조금만 마셔도 죽거나 내장이 타들어가 병신이 된다. 즉사하지 않는 경우에도 오래지 않아 결국 죽고 말 정도로 위험한 약이다. 때문에 농촌에서 자살(自殺)사건이 발생하면 대부분 이 제초제가 원흉(元兇)으로 등장한다.

약물은 아니지만 독극약에 못지않게 위험한 생화학물질도 많다. 복어 알, 독사의 독, 말벌과 같은 대형 벌에 쏘일 때, 독거미나 지네, 전갈 같은 놈에게 물리거나 쏘였을 때도 처치를 잘못하면 생명(生命)을 잃는다.

복어의 알 속에는 청산가리보다 독성이 강한 맹독(猛毒)이 있다고 알려져 있다. 대개의 생선 알이 다 그렇듯이 복어 알도 복어 내장 중에서 가장 탐스럽고 먹음직스럽다. 그러나 바닷가 주민들이나 식당 종업원들처럼 복어에 대한 경험과 상식(常識)을 갖춘 사람들은 아무리 먹음직스러워도 복어알은 쓰레기통에 버린다. 버려놓은 복어알을 주워다가 가족에게 맛있는 생선 알국을 먹이겠다고 가져가는 사람들이 있다. 시장 지게꾼들이다. 이들도 쓰레기통 속에 든 생선 내장은 먹을 것이 못 된다는 상식 정도는 있다. 그러나 날씨는 춥지, 가난하여 생선도 사 먹이지 못하여 영양실조가 된 가족들 얼굴은 떠오르지, 쓰레기통이지만 싱싱해 보이는 복어 알의 유혹(誘惑)에 넘어가 결국 그것을 몰래 들고 집으로 간다. 그것을 넣고 국을 끓여 먹은 일가족이 모두 사망했다는 소식이 겨울이면 가끔 등장했다. 그 시절에는 무슨 사고가 나도 병원에 가서 치료한다는 것이 어려웠기 때문에 민간 처방으로 자가(自家)치료하는 경우가 많았다. 복어알을 먹고 중독되었을 경우에는 김칫국을 퍼먹이고 환자가 잠들지 못하도록 마당 이쪽 끝에서 저쪽 끝까지 끌고다니며 강제로 걸음마를 시키는 처방(處方)이 있었다. 물론 김칫국이 어떤 작용을 하는지 입증(立證)된 것은 없으나 독성이 퍼져 온몸이 굳어지는 것을 예방하기 위하여 걸음마를 시키는 것은 어느 정도 효과를 얻는 수도 있었다.

이 외에도 독성을 지닌 물질은 우리 주변에 널려 있다. 가장 손쉽게 구할 수 있는 것은 버섯이다. 버섯은 보기에 아름다워 보이는 놈은 거의 다 독버섯이다. 두 해 전 강원도 산골의 할머니 두 사람이 산에서 나물을 캐다가 먹고 사망한 사고가 있었다. 평생 산나물을 뜯어 먹고 살았을 산골 할머니들도 이런 실수를 하는 것이니 어떤 풀이나 나무가 독성이 강한지 아닌지 판단하는 것은 매우 어렵다. 죽을 작정이 아니라면 산이나 들, 그리고 바다에서 모르는 것을 함부로 먹는 것은 삼갈 일이다.

청산가리, 이놈은 제법 아름다운 이름을 지녔다. 시안화칼륨(KCN)이 본명인데 칼륨(K) 또는 칼리의 일본식 발음이 가리이다. 그래서 청산가리로 알려져 있다. 철물점이나 대장간에서 쇠를 녹여 산화철로 만드는 데 쓰였던 화학물질로 극약의 대명사로 알려져 있었다. 철물점이나 대장간에서 사용하는 것이기 때문에 구하기도 아주 어렵지 않아서 시골에서는 겨울이 되면 꿩을 잡는 중요한 수단이었다. 새들은 겨울이 되면 먹을 것이 없어 사람이 경작하던 논이나 밭 언저리를 기웃거린다. 그때 콩 속에 청산가리를 아주 조금 집어넣어 야산이나 밭둑에 뿌려놓으면 배고픈 꿩이 와서 주워 먹고 즉사(卽死)한다. 이런 꿩은 내장을 살펴보면 내장(內臟)이 타버린 듯 거의 소멸(消滅)되는데 내장만 잘 들어내고 먹으면 해롭지 않다. 근육이나 뼈에 독성이 전파(傳播)되기 전에 꿩이 죽어버리기 때문이다. 그러나 자살하는 사람들도 웬만하면 청산가리를 피하는 것 같다. 이유는 너무 고통스러울까 걱정이기 때문일 것 같다. 먹어보지 않아서 잘은 모르지만 고통이 오더라도 아주 짧은 시간에 끝내주는 것이 이 극약의 장점인 모양이다.

그 외에도 자연에서 독극물을 찾기는 어렵지 않다. 대표적인 것으로 부자(浮子)라는 약초가 있다. 사실은 열매이다. 옛날 임금님이 귀양 가 있는 죄인(罪人)에게 굳이 사약을 내려 죽게 하는 일이 더러 있었던 모양인데 이때 금부도사(禁府都事)가 가지고 간 사약의 원료가 부자이다.

역사 드라마를 통하여 사약을 받아먹는 장면이 선명하게 남아 있는 인물은 역시 장희빈(張禧嬪)이다. 성종(成宗)의 총애 받는 빈이었던 옥정(玉貞)은 출신 계급의 한계와 궁중을 둘러싼 외척(外戚) 간의 갈등을 헤쳐나가고 임금의 사랑을 붙들어 놓기 위하여 여러 무리한 방법을 쓰다가 결국 사약(賜藥)을 받게 되는데 금부도사(禁府都事)가 주는 약사발을 내동댕이치고 악을 쓴다.

"이게 임금이 내린 사약 맞느냐? 어제까지 나를 사랑하던 그 분이 이런 걸 내렸을 까닭이 없다. 임금보고 직접 오라고 해라. 와서 날더러 죽으라면 군소리 않고 약을 마시겠다. 그 전에는 못 죽겠다, 이놈들아."

결국 약을 마시고 엄청 피를 토하는 바람에 치마폭과 적삼이 피로 물든다. 그 피묻은 치마와 적삼을 간직하고 있던 옥정의 친정어머니가 옥정의 아들(연산군)이 즉위하자 그 증거물을 내놓고 연산(燕山)의 분노를 자극하는 바람에 조정은 피바람이 불었다는 이야기다.

희빈 장옥정은 사약 사발을 일단 집어던져 죽기를 거부했지만 그 반대의 경우도 있었다. 정암(靜庵) 조광조(趙光祖)의 얘기다. 도학정치(道學政治), 요즘 정치적인 용어로 하자면 급진적인 정치 개혁(改革)을 하려다가 훈구대신(勳舊大臣)들의 공적(公敵)이 되고 중종(中宗)의 개혁 피로감을 불러 능주(綾州: 지금의 전남 화순)로 귀양 가 있는 조광조를 죽여야 한다고 끊임없이 강요하는 남곤(南袞), 홍경주(洪景舟) 등 훈구세력을 당하지 못하고 중종은 끝내 한 동안 신뢰했던 유능한 신하에게 사약(賜藥)을 내리고 만다.

의금부도사가 졸개들을 데리고 사약을 받들어 유배지(流配地)에 도착, 왕명(王命)을 알렸다. 이때 정암의 나이 겨우 서른여덟, 한창 일할 나이였다. 그는 임금이 비록 훈구세력의 간언(諫言)을 듣고 자신을 유배지로 보내기는 하였으나 자신의 개혁정치가 사심(私心)이 없었으므로 조만간 석방(釋放)하여 다시 복귀시킬지도 모른다는 기대(期待)를 지니고 있었다. 그랬는데 의금부도사가 약사발을 들고 나타났으니 실망(失亡)이 이만저만 아니었다. 마음속으로 실망은 컸으나 겉으로는 태연자약(泰然自若)한 것이 이 땅 선비들의 풍모(風貌)였다. 금부도사가 사약을 내린다는 왕명(王命)을 고하는데도 그는 태연하게 물었다.

"죽음을 내린다는 명령(命令)뿐이냐. 그 밖에 교지(教旨) 문서(文書)는 없느냐."

금부도사는 종이에 쓴 작은 쪽지 한 장(張)을 내밀었다.

"이것뿐입니다."

"나는 일찍이 대부(大夫)의 자리에 있던 사람이다. 죽음을 내리면서 어찌 종이 쪽지 한 장을 내려보내 죽게 한단 말이냐. 도사(都事)의 말이니 믿기는 한다만은 나라에서 대신(大臣)에 대한 대접이 어찌 이렇게 소홀(疏忽)하단 말이냐. 이러면 간사한 무리들이 사람을 함부로 죽일 수 있을 뿐만 아니라 급한 일을 당한 사람이 한 마디 변명(辨明)도 할 수 없으니 잘못된 처사(處事)이다."

도사의 말을 믿고 따르기는 하겠다. 그러나 절차상 문제가 있다고 지적해 준 것이었다. 그리고 선생은 임금의 안부(安否)를 묻고 요즘

정승(政丞)은 누구냐, 특히 심정(沈貞)의 벼슬이 뭐냐는 등을 물었다. 금부도사가 대답해 주자,

"그래? 나를 죽음으로 밀어 넣은 까닭을 알겠다." 하고 다시 물었다.

"지금 조정(朝廷)에서는 나와 나의 동지들에 대하여 어떻게 말하고 있는가?"

"예. 한(漢)나라 대의 왕평(王平)이와 비교하고 있습니다."

선생은 크게 웃었다.

"왕평이는 사사로운 욕심을 취한 사람이 아니더냐."

어찌 그런 인간에게 비교하느냐 하는 말이었다. 이어 선생은 잠시 시간을 얻어 몸을 씻고 새옷으로 갈아입었다. 집에 보낼 편지(便紙)를 써놓고 옆에서 시중드는 사람에게 일렀다.

"내가 죽거든 관(棺)을 얇게 하여 먼길에 옮기기에 불편하지 않도록 하라."고 이르고 시 한 수를 읊었다.

愛君如愛父 憂國如憂家
白日臨下土 昭昭照丹衷
임금을 어버이처럼 사랑하고
나라 일을 내 집 일같이 걱정했도다.
밝고 밝은 햇빛이 세상을 굽어보니
거짓 없는 이 마음을 환하게 비춰주리.

시를 쓰고 나서 약사발을 받았다. 약을 쭉 들이켜 다 마셨는데도 쓰러지기만 하고 죽지 않자 병졸(兵卒)이 달려들어 끈으로 목을 조으려 했다. 그러자 선생이 말했다.

"상감께서 나의 목을 보전하기 위해 약사발을 내렸는데 너희들이 어찌 감히 목을 매려 하느냐"

목을 매지 말고 약을 더 달라고 하여 한 사발을 더 마시고 마침내 조용히 최후(最後)를 맞았다(姜周鎭 著『趙靜庵의 生涯와 思想』).

개인 차(差)가 있어서 사약 한 사발로 죽지 않는 사람도 있었다. 그런 경우를 대비(對備)하여 의금부에서는 약의 분량을 예비로 더 가져갔던 모양이다.

죄가 곧 죽음을 불러왔다고 믿는 기독교(基督敎)에서는 죽음을 대하는 태도도 다른 종교에 비하여 엄격(嚴格)하다. 내 목숨이라고 내 마음대로 버릴 수 없다. 그것은 나를 창조한 신(神)에 대한 모독(冒瀆)이고 도전(挑戰)이기 때문이다. 중세 때 장례식은 거의 교회(가톨릭) 신부(神父)가 집전해 왔는데 신부들은 자살(自殺)한 사람의 장례는 거부할 권리가 있었다. 지금도 신부든 목사(牧師)든 자살한 신도의 장례식은 꺼린다. 건방지게 "내 목숨 내가 거둔다"고 하면 "무슨 소리냐. 네 목숨을 창조한 분은 따로 계신다"는 응답이다. 일단 생명을 받아, 창조된 피조물(被造物)은 창조주의 마음에 들도록 살려고 애써야 한다. 그에 어긋나는 짓은 죄악이다.

불교에서는 조금 다르다. 경전에서 자살에 관해 언급한 사례를 찾기는 어려우나 현실에서 삶과 죽음에 임하는 자세에서 모범이 되어야 할 승려들의 자살 사례(事例)가 많기 때문이다. 베트남전쟁이 한창 진행 중일 때 사이공을 수도로 한 남베트남 정부의 부패(腐敗)가 심하자, 베트남 스님들이 공공장소에서 자신의 몸에 기름을 끼얹고 자살로 항거하는 사례가 심심치 않게 일어났다. 그 승려들에게 종교적이거나 철학적인 이유를 들어 자살의 부당성을 주장하는 사람은 없었다. 오늘날, 강대한 제국 중국이 티벳을 병합하자 티벳 승려들이 '자살'로 항거하는 숫자가 2013년 초까지 100명에 이르렀다. 아마 티벳 라마승들의 자살 행렬은 티벳이 완전한 독립을 쟁취하는 날까지 이어질지도 모르는 일이다. 그들의 죽음을 놓고 종교적인 교리를 내세워 선악을 따질 마음이 일어나지 않는다.

나는 지금 생의 마지막을 어떻게 마무리할까, 고심하는 중이고 스스로 '자유(自由)'의 경지에 들되 어떤 방법이 좋을까, 장소는 사하라와 히말라야 중에 어디가 좋을까 하는 등의 모색(摸索)을 하고 있는 중이다. 죽음이야말로 완전한 자유이며 해탈이라고 생각하는 까닭이다. 인간이 목숨을 유지하는 한 자유니 해탈이니 하는 소리들은 다 공허(空虛)한 헛소리에 지나지 않기 때문이다. 이 소설의 전반부(前半部), 내가 살아온 이야기는 이 후반(後半)의 자유를 얻기 위한 준비단계의 하나로 밑그림을 그려본 것이다.

계속해서 죽음에 대한 인간들의 생각과 행동, 그리고 죽음 이후의 사후세계에 대한 사람들의 상상력을 점검해 보자. 그러다 보면 좋은 길이 열릴지도 모른다고 기대하면서. 뭐 이런 소설(小說)이 다 있어, 하고 밀쳐버리고 싶은 사람에게도 '준비'에 아주 작은 도움이 되리라는 기대 혹은 희망도 지니고 있다. 그쯤 되면 독자들은 나와 함께 이 소설을 써 온 셈이니, 앞으로도 함께 쓰게 될 것이다. 그러므로 '이따위 소설'은 '독자와 작가가 함께 쓰는 소설'로 바꿔 불렀으면 좋겠다. 일 없는 누가 나서서 "이건 소설이 아니다"고 해도 나는 상관(相關)하지 않겠다. 까짓거 소설이면 어떻고 소설이 아니면 또 어떠냐.

이야기를 경험의 세계로 좁힐 필요가 있겠다. 아니면 그야말로 죽음(자살) 안내서 비슷한 이상한 책이 되고 말 테니까. 내 본래(本來)의 뜻은 그게 아니었으니까.

인도(印度)를 세 번 여행했다. 한국인들이 인도를 여행하는 지역은 그 광활한 땅덩어리 중에서 주로 북부 인도가 관심의 대상이다. '인도 문화'가 꽃을 피운 곳도 이 지역이고 고다마 싯다르타가 탄생하여 수행하고 설법(說法)한 유적지도 이 지역에 몰려 있기 때문이다. 하여 나의 세 번에 걸친 인도 여행도 북부 인도에서 벗어나지 못했다. 지금도 그렇지만 인도 남쪽 지역에 가서 시간과 돈을 낭비할 생각은 없다.

외국인들이 인도 여행에서 가장 오래 기억에 남는 문화 충격은 아마 갠지스강변의 힌두식(式) 장례식일 것이다. 특히 중북부의 바라나시를 한가운데에서 관통하고 흐르는 갠지스강변에 가면 인도인들의 삶과 죽음을 한꺼번에 볼 수 있다. 어쩌면 죽음까지도 관광자원으로 팔아먹는 것 아닌가 하는 의구심이 들 정도로 전 세계에서 몰려든 여행자들은 그 독특한 죽음 처리에 넋을 잃는다.

갠지스강변의 시내 구간에는 일정한 간격을 두고 가트라는 이름의 화장대(火葬臺)가 있다. 강변 전체에 시멘트 구조물로 축구 경기장 같은 계단을 만들어 놨는데 그 계단의 군데군데에 강을 향해 돌출(突出)한 누대를 쌓아놓았다. 여기서 죽은 자들을 구워(태워) 강에 내버리는 것이 이들의 장례이다.

우리의 관심은 인도인들이 어떻게 죽는가? 하는 것이다. 그러나 이 풍경 속에서는 그 과정은 생략된다. 일단 죽은 시신(屍身)을 운반(運搬)해 와서 태우고 버리는 장면만 되풀이 되는 것이다. 그들이 죽는 과정을 보지 못했다고 해서 짐작마저 하지 못할 이유는 없다. 그들은 대개 멀리서 온다. 사람이 죽으면 일단 거적에 싸서 손수레(우리나라 리어카 비슷한 운반도구)에 실려 갠지스강을 향하여 생애(?) 마지막 여행을 한다. 이때 신체가 튼실한 남자가 수레를 미는데 아마 가족이나 친인척 중에서 누군가 자원(自願)하거나 위촉(委囑)해서 수레 미는 일을 맡게 될 것이다. 마누라나 남편 정도 가까운 가족이 따라오는데 그 수가 대개는 단출했다. 천리(千里) 혹은 그보다 더 먼 길을 왔다면 그토록 먼 죽음의 여행에 동반할 가족이 많지 않을 것이다. 때문에 이들 운구(運柩) 행렬이 집을 떠날 때 작별(作別) 의식을 치렀을 터인데 그 의식은 보지 못했다.

시신을 실은 리어카가 강변에 도착하면 화장(火葬) 절차가 진행된다. 미리 예약이 된 것도 아니어서 오는 순서대로 집행한다. 강변에 나와 있는 관리에게 죽은 자의 간단한 인적사항을 보고하면 행정절차는 끝이다. 바라나시와 같은 대도시의 경우 강변에 있는 가트의 수는 20개 정도나 되기 때문에 한꺼번에 20구의 시체를 태울 수 있다. 그 때문에 어디서 지진(地震)과 같은 대형 재난(災難)과 참사(慘事)로 떼죽음을 하지 않는 한 가트는 언제나 여유가 있는 편이다.

홍정이 시작된다. 화장에 필요한 땔감, 즉 화목(火木)의 종류와 양이 결정된다. 돈이 많은 부자는 잘 타고 화력이 좋은 나무를 필요한 만큼 충분하게 매입하지만 가난한 사람은 건축공사장의 폐기물(廢棄物) 비슷한 찌꺼기이거나 앞선 사람을 태우고 남은 나무를 그나마 충분하지도 않은 양을 구입하여 화장에 사용한다. 그럴 경우 나무는 다 타고 없는데 시신은 아직 다 타지 않고 형체가 일부 남아 있는 경우가 있다. 이럴 때는 화장장의 전문 일꾼이 시신을 대충 끌어 모아 그대로 강에 던져버린다. 가트 바로 아래쪽에는 굶주린 개도 기다리고 있고 아이들과 남자들이 시신이 입고 온 옷을 건져 올리려고 잠방이를 걷어붙이고 물에 들어가 기다리고 있다. 시신이 던져지면 그것은 삽시간에 분해(分解)되고 그래도 쓸모없는 뼈다귀(살점이 제법 붙은 것을 포함하여)는 강물에 떠내려가다가 사라진다(가라앉는다). 바로 그 강물에 목욕하는 사람, 세수(洗手)하는 사람들이 많다. 물을 마시는 사람은 보지 못했다. 갠지스강물이 아무리 신성한 물이라 해도 차마 입에 넣지는 않았다. 수많은 시신을 받아들인 채 큰 바다처럼 유유히 흐르는 갠지스강은 지금까지 세균 중독으로 보건상의 문제를 일으킨 일은 없었다고 한다.

논산 훈련소(訓練所)에 여름에 입소한 훈련병들은 훈련 스케줄에 따라 어떤 날은 행군 대형으로 논벌을 지나간다. 목이 말라 심한 갈증(渴症)을 느끼던 훈련병들 중 일부는 논바닥에 고여 있는 물을 손으로 떠 마신다. 보통 때 같았으면 식중독(食中毒)으로 죽었을지도 모를 위험한 짓을 한 건데 아무렇지도 않다. 사람의 몸이 외부의 침입자들을 물리친 것이다. 인도인들도 갠지스강 물에 있는 오염물질을 이겨내는 면역체(免疫體)가 있지 않을까, 짐작했다.

방금 시신 한 구(柩)가 도착했다. 멀리서 온 듯 비쩍 마른 사내(인도의 대부분 사내들은 비쩍 말랐다)가 리어카를 한옆에 세워놓고 강변 가트의 업자와 흥정을 벌인다. 값이 생각보다 비싸다는 뜻으로 저항을 해보다가 결국 건축폐기물 나뭇단을 사기로 결정하고 화장 준비에 들어간다. 그나마 좀 땟국이 덜 흐르는 사내 하나가 오더니 종이에 적은 것을 펼쳐들고 낭랑한 목소리로, 듣기에 따라서는 약간 슬퍼 보이는 목소리로 낭송을 한다. 신(神)에게 무엇을 고(告)하고 비는 것인지, 망자(亡者)의 생전(生前) 행적을 나열하는 것인지 알아들을 수가 없다. 낭송이 끝나고 사내가 종이를 시신이 누워 있는 나뭇단 위에 던지자 소년이 불을 붙인다. 검은 연기와 함께 간간이 노란 불꽃이 멀리서 보인다. 소년은 불꽃 주위를 빙빙 돌면서 시신이 고루 타도록 긴 막대기로 뒤적여 준다.

반 시간쯤 지난 뒤에 사내들은 불꽃이 사그라진 것을 확인하고 재 속을 뒤적인다. 화목이 조금 부족하여 타다 남은 뼈가 몇 개 드러났다. 사내들은 그것을 손으로 잡고 재를 털어낸 뒤 강으로 걸어 들어가더니 손에 들고 있던 뼈다귀를 멀리 던져버렸다. 누런빛으로 흐르던 갠지스가 그것을 낼름 삼키고는 아무 일도 없었다는 듯이 흘러갔다. 그것으로 며칠 전까지 살아서 기쁨과 슬픔, 분노(憤怒)와 회한

(悔恨)을 간직하고 있던 그 육체는 완벽하게 분해되어 자연으로 돌아갔다.

후우, 한숨 한 번 길게 내뱉고 가트에서 일어나 몇 발만 뒤로 돌아들어가면 지구상에서 가장 번잡하고 정신없는 인도의 시장과 맞닥뜨린다. 사람인지 그림자인지 분간이 안 되는 물체들이 바쁘게 오고 가는데 무엇 때문에 저리 바쁜지 도무지 알 수가 없다. 그 경황(驚惶) 속에도 성스러운 동물치고는 너무 덩치가 큰 소들이 어슬렁거리며 시장의 찌꺼기를 뒤져 먹을 것을 찾고 있다. 초식동물인 소들이 시장에서 인간들이 내버린 온갖 찌꺼기를 먹고 사는 형편이니 그런 소를 잡아 식용(食用)으로 하기는 께름칙하다. 즉 줘도 못 먹을 소들이다. 한국에서는 소가 매우 중요한 영양소이고 먹거리인데 여기서 소는 이미 소가 아니고 사람들 또한 사람이 아니었다. 그저 인도인들이 거기 그렇게 우굴거리고 있었는데 죽으면 갠지스에 타다 남은 뼈다귀로 버려질 몸이라 대충 사는 것 같기도 하다.

리비아. 이 낯선 나라에 두 번이나 갈 수 있었던 것은 전적으로 행운이었으나 굳이 밝히자면 동아건설의 최원석(崔元碩) 회장 덕분이었다. 그 사람이 리비아의 독재자 가다피와 무슨 죽이 맞았는지 녹색혁명(綠色革命)의 상징인 대수로공사(GMR)라는 거대 토목공사를 시공하는 바람에 나도 두 번이나 그 현장에 가는 길에 사하라를 만나게 되었다.

사하라는 북아프리카 지중해 연안 턱 밑까지 밀고 올라와 있었다. 이른바 사막화 현상으로 사막이 사막 아닌 지역까지 사막으로 만들면서 점점 그 영역을 확대해 나가는 현상을 말함이다. 사막에 잇대어 있는 접경에 사는 사람에게는 재앙이겠는데 내가 보기에 리비아의 경우 지중해 연안 폭 4킬로미터 정도의 땅에서 남쪽으로 한 발만 들어가면 사막의 시작이었다. 무슨 경계나 표지도 없이 귤이나 대추야자나무의 숲이 끝나고 시야(視野)가 광활(廣闊)해지면서 쓸모없는 돌멩이들이 나뒹굴고 있다 싶으면 거기부터가 사막이었다. 우리 속요(俗謠)에 "저승길이 멀다더니 대문 앞이 저승일세" 하더니 여기서는 "대문 앞이 사막"이었다.

인간이라는 동물들은 바닷가의 좁은 녹색지대에서 농사도 짓고 도시도 만들고 학교도 만들어 그럭저럭 살고 있었다. 생산(生産)되는 것은 거의 없고 다만 저주받은 사막 밑에서 석유가 솟아나 그 돈으로 가다피가 무기를 만들거나 사들이고 국민들에게 빵을 무상(無償)으로 공급하고도 돈이 남아 지하수를 파내어 대형 파이프로 지중해 연안 도시까지 끌어온다는 황당한 계획을 마련하고 천문학적인 비용을 들이고 있었던 것이다. 한국의 동아건설이 시공(施工)한 대수로(大水路)공사가 그것이다.

사막을 보기 전에는 하얀 모래가 산을 이루고 있는 가없는 지평선을 연상했었다. 하지만 천의 얼굴을 가진 사막은 대부분 붉은 황토빛이었고, 모래보다는 돌이 많았고, 보통의 땅처럼 굴곡과 융기, 그리고 험한 봉우리와 계곡도 있었다. 그림이나 사진에 나오는 모래 언덕은 사구(砂丘)라는 것으로 돌과 자갈더미 속에 있던 모래가 바람에 날리어 모인 것으로 어쩌다 행운(幸運)이 따라야 구경할 수가 있을 정도로 귀한 풍경이었다.

리비아에서 사막을 가로질러 남쪽으로 내려가면 수단과의 국경에 닿는다. 서쪽에 있는 수도(首都) 트리폴리(Trípoli)에서 수단까지, 그리고 동쪽에 있는 옛 왕도 벵가지(benghazi)에서 수단까지 두 개의 도로가 사막 한가운데를 꿰뚫고 달리고 있었는데 그 길을 따라 자동차의 엑셀레이터를 원(願)없이 밟아 달리다 보면 가끔 이상한 물건들을 만난다. 사막을 횡단하는 도로변에 자주 눈에 띄는 물건이 있었다. 폐타이어다. 어떤 타이어는 갈가리 찢긴 모양이고 어떤 타이어는 외관은 멀쩡한데 심하게 마모되어 사용 불가능한 것들이다. 누가 버렸을까. 사막 한가운데를 포장된 도로를 달리다가 타이어 펑크가 나서 예비 타이어로 갈아 끼우고 버리고 간 경우를 상상해 볼 수 있다. 그러나 종일(終日) 그 길을 달려도 간간이 찢어진 타이어의 시체만 보일 뿐 길옆에 자동차를 세우고 타이어를 교체하는 사람은 본 일이 없었다. 첫째 경우가 아니라면 누가 일부러 폐타이어를 싣고 와서 사막에 내버린 경우다. 쓰레기를 함부로 버리는 놈들은 어느 세상에나 있기 마련인데 깨끗한 사막이 그놈의 폐타이어 때문에 부스럼이 난 것처럼 흉물(凶物)스러웠다.

폐타이어 때문에 짜증이 나고 화가 치밀 즈음 내 눈에 이상한 물체가 들어왔다. 낙타의 시체였다. 그 낙타가 어디서 와서 어쩌다가 길옆에 누워 있게 되었는지는 알 길이 없었다. 긴 다리와 잔등에 솟은 육봉의 크기로 보아 어른이 된 낙타였다. 병이 들어 비실거리다가 버림을 받았는지 늙어 쓸모없게 되어 폐타이어 같은 신세가 되었는지는 모르지만 어쨌든 그 낙타는 작열(灼熱)하는 사막의 태양 아래 길게 누워 있었다. 얼른 보아 행색(行色)이 죽은 지 며칠 된 것으로 보이는데 파리도 없었고 구더기도 없었다. 낙타(駱駝)의 시신은 썩는 것이 아니라 말라가고 있었다. 미이라였다. 미이라에 대한 의문 때문에 몇 년 뒤 이집트로 가서 기자의 피라미드(pyramid)를 지키는 스핑크스 옆에 있는 장제소를 살펴 보고 테베(Thebae, 현재의 룩소르 Luxor)의 '왕들의 계곡'을 돌아보면서 미이라는 어떻게 만드는지 살펴 보았다. 우선 사람이 죽으면 내장을 꺼내고 약품처리를 한 후에 햇볕에 말리는 작업이 진행되는데 신분이 높을수록 긴 시간이 필요했다. 미이라를 만드는데 필요한 약품이나 섬세한 공정(工程)을 오늘 일일이 다 배울 필요는 없을 것이다. 다만 내가 확인한 것은 사막의 햇볕과 바람, 그것이 미이라를 만드는 절대적인 요건(要件)이라는 것이었다. 섬나라 일본과 대만은 공기 중에 습도(濕度)가 높아 목욕하는 문화가 발달했다. 그런 기후 풍토(風土) 속에서라면 미이라를 만들기가 불가능할 것이다. 우리나라에서도 사람이 죽으면 사후 경직상태를 거쳐 곧장 썩기 시작한다. 세균들이 잔치판을 벌이고, 생명이 떠난 육신은 부패하고 분해되어 삽시간에 자연으로 돌아간다.

낙타의 시신을 보면서 나는 영감(靈感)을 얻었다. 끝이 보이면 사막에 와서 신세를 져야겠다, 그 생각이었다. 그 영감에 구체성을 부여한 것은 동아건설 C 부장 사건이었다. 벵가지(benghazi)에서 가까운 공장에서 근무하던 C 부장은 어느 날 도요다 픽업 트럭을 몰고 벵가지 시내로 나갔다가 네거리에서 신호 대기 중에 리비아 현지인 남자가 다가오는 것을 보았다. 남자는 트럭 옆으로 와서 아랍어(語)로 열심히 떠들었다. 한 마디도 알아들을 수가 없었다. 동작으로 보아 트럭 운전석의 문을 열라는 것 같아 문을 열어주었다. 그러자 남자는 풀쩍 뛰어 운전석 옆에 올라타더니 품에서 칼을 꺼내어 C 부장의 옆구리에 갖다 댔다. 그리고 방향을 가리켰다. C 부장은 그 남자가 가리키는 방향으로 차를 몰았다. 곧 사막이 나왔으나 남자는 계속 달릴 것을 요구했다. 길도 없는 사막 한가운데로 자동차는 달렸다. 그렇게 달리기를 8시간이 지나자 리비아 남자는 자동차를 세우게 했다. 자동차가 서자 남자는 C 부장을 내리게 하고 뜨거운 사막의 돌덩어리들 위에 세운 후 신발을 벗기고 옷도 벗겼다. 팬티 한 장만 걸치게 한 후 남자는 C 부장을 사막 가운데 세워놓고 트럭을 자신이 운전하여 돌아가버렸다.

C 부장이 벵가지로 돌아온 것은 순전히 행운이었다. 그는 꼬박 이틀 걸려 걸어서 인간 세상으로 돌아왔는데 입에는 거품을 물고 있었고, 피부는 말라가고 있었다. 조금만 더 그런 상태로 걸었으면 그는 이 세상 사람이 아니었을 것이라고 모두들 입을 모았다. 나는 그 참담(慘澹)한 이야기를 들으면서 또 영감을 얻었다. 사막에서 걷는다는 것은 돌아올 수 없는 길을 간다는 것이구나, 그 생각이었다. 세상에 사막이 있어서 다행(多幸)이다, 그런 생각도 있었다. 그때부터 사하라는 내게 돌아갈 고향 같은 곳이 되었다.

16

그리운 히말라야

내게 돌아갈 고향 같은 곳이 하나 더 있었다. 히말라야가 그곳이다.

네팔의 수도 카트만두에서 서북으로 약 200킬로미터 떨어진 포카라(Pokhara)로 가는 국내선 비행기 길은 세계의 지붕인 히말라야를 오른쪽에 끼고 그 남쪽 상공을 날으는 항로이다. 비행기 창문으로 내다보면 다른 지역의 하늘처럼 여기도 첩첩(疊疊)한 운해(雲海)를 솜이불처럼 깔고 그 위를 비행기가 장난처럼 미끄러지며 날아가는데 문득 솜이불 같은 구름층을 뚫고 하얗게 솟아나 있는 봉우리들이 있다. 8천 미터, 혹은 그에 가까운 높이의 준봉(峻峰)들이 구름 밑에 깔릴 수 없어 머리를 내밀고 있는 모습이다. 그걸 보면서 나는 또 감동 받는다. "저기다" 하고.

어릴 적 친구 R 군의 안내로 안나푸르나 트래킹에 나선 길이었다. 포카라에서 다울라기리와 안나푸르나를 오른쪽에 끼고 걷는 트래킹 코스는 장날처럼 붐볐다. 포카라에서 시작한 트래킹이 이레째 접어

들던 날, 우리는 점심나절에 산중턱에 굴껍질처럼 붙어 있는 마을에 이르렀다. 네팔에서 트래킹을 하다보면 늘 만나게 되는 고만고만한 마을이다. 아침 먹고 출발하면 점심 때쯤 어김없이 나타나는 마을인데 그렇다고 관광객을 위해 급조한 마을 같지는 않았다. 네팔에서도 산악지대에는 티벳문화가 뿌리 내리고 있고, 평야지대와 도시에는 힌두문화가 주류를 이루고 있는데 이 마을에는 주민의 절반 이상이 아예 티벳 사람들이었다. 마을 가운데에 있는 허름한 식당에서 한국의 칼국수와 비슷한 뚝바(티벳 국수)로 점심 요기를 하고 식당 건너편에 있는 마니차에 가서 마니차를 돌리고 돌아와 식당 주인인 젊은 남자에게 이 마을의 분위기가 왜 이리 가라앉아 있느냐고 물었더니 젊은 식당 주인이 놀라서 되물었다. "외국인에게도 마을의 무거운 분위기가 느껴지느냐?"

"마치 장례식장에 온 것 같다"고 하자 그는 무릎을 치며 감탄했다.

"바로 맞혔습니다. 최근에 유명을 달리한 세 명의 장례식이 오늘 열린다"고 했다.

"여기서도 천장(天葬)을 하느냐?"

"물론입니다. 우리 마을에는 꼰빠가 있어서 스님들이 많고, 천장사가 있어 전통적인 천장을 할 수 있습니다."

나는 젊은 식당 주인에게 매달렸다. 천장하는 것을 꼭 보고 싶다. 그 때문에 티벳 본토에 가고 싶으나 지금은 중국 땅이라 중국 공안(公安)이 여행객을 엄격하게 제한하고 있어 가고 싶은 마음이 싹 가셔버렸다. 그런데 이곳 히말라야에서 천장을 볼 수 있다니 이 얼마나 행운인가, 꼭 참관(參觀)하게 해 달라고 졸랐다. 그러자 젊은 남자는 짐짓 난처한 표정을 짓더니 이윽고 돈을 요구했다. 천장을 참관하려는 외국인들이 많기 때문에 이를 제한하다가 이제는 아예 일정액의 참관비(費)를 받고 공개(公開)하기로 했다고 했다. 우리 일행은 네 명이었으나 그 중 한 사람에게만 참관을 허용하되 촬영과 의식 집행자에게 말을 걸거나 방해 되는 행동을 일절(一切) 하지 않겠다는 서약(誓約)을 하고 간신히 그 이상한 장례식에 참관할 자격을 얻었다.

꼰빠에서 의식은 이미 끝나가고 있었다. 큰 법당 같은 방의 한 옆에 주황색 법의(法衣)를 갖춰 입은 라마승들이 둘러앉았고 다른 한 옆에는 유가족들이 여남은 명 슬픈 얼굴로 의식을 지켜보고 있었다. 3구(柩)의 시신은 두 발과 팔을 꺾어 꽁꽁 묶어놓아 마치 고기 덩어리들 같았다. 어떤 시신은 죽은 지 오래 되었는지 썩는 냄새가 구역질이 날 정도로 역하게 났다. 그러나 스님들이나 의식의 진행자, 그리고 유족(遺族)들은 그 냄새에 익숙한 것처럼 태연했다. 사원(寺院) 안에서 행하는 의식은 죽은 자의 혼백(魂魄)에게 들려주는 바르도 퇴돌, 즉 『사자(死者)의 서(書)』였다. 죽어서 다시 몸 받아 태어나기까지 중유(中有)의 세계에 떠도는 혼백에게 저승의 길 안내를 하는 티벳 불교 특유의 가르침이었다.

바르도 퇴돌의 낭송이 끝나자 건장한 남자들이 시신을 하나씩 둘러맸다. 산으로 가기 위해서는 관(棺)에 넣어 떠메고 가거나 수레에 싣고 끄는 것보다 둘러매는 것이 가장 편리한 방법이었다. 스님들과 유가족 중 일부 몇 사람만 시신의 운구를 따르고 나머지 사람들은 여기서 생명 없는 물체와 작별(作別)하고 돌아섰다.

　산은 가파르지도 않았고, 깎아지른 절벽도 없었다. 잿빛 작은 봉우리를 넘자 비스듬한 능선이 나타나고 능선너머로 다시 아까보다 조금 높은 봉우리가 시작되고 있었다. 이런 모양의 산세(山勢)는 봉우리에서 봉우리로 끝없이 이어지는 것이 보통이다. 그것을 알고 있기나 하는 것처럼 남자들은 마을 뒤편의 첫 번째 봉우리에서 멈추었다. 멍석 같기도 하고 장례용으로 일부러 만든 흰색과 검은색의 올이 굵은 천에 감싸인 시신을 내려놓고 마을 사람들은 다시 의식을 시작했다. 티벳 사람이건 한국 사람이건 또 어느 나라 어느 부족의 사람이건 이 순간에 할 수 있는 일이란 경을 읽고 하늘에 기도하는 것 말고 달리 할 일이 뭐겠는가. 기독교 같으면 찬송가를 부를 차례였으나 그들의 종교에서는 노래 같은 것은 부르지 않고 시종 웅얼웅얼 독경(讀經)하는 소리가 전부였다.

　의식이 끝나자 시신을 매고 온 천장사들이 소나 양을 잡을 때 쓰는 시커멓고 무거운 칼을 들고 시신을 감싼 천을 잘라 헤쳤다. 안에서는 알몸의 시신들이 나왔다. 모두 남자였다. 한 사람은 늙은이였기 때문에 시신도 쭈글쭈글했으나 다른 한 명은 아직 젊은 나이에 죽었기 때문에 시신도 탱탱하고 살아 있는 것처럼 부드러웠다. 나머지 한 명은 아직 어린 아이였다. 어린 아이가 어쩌다가 죽었는지 일절 말을 걸지 않겠다고 서약한 터라 누구에게 물어볼 수도 없었다. 시신들은 모두 눈을 감고 있었으나 어쩌다가 얼굴이 하늘을 향하게 되자 마치 눈을 뜨고 이 세상의 마지막 풍경을 감상하는 듯이 보였다.

그 다음부터 아주 끔찍한 장면이 벌어졌다. 천장사들이 칼을 들고 시신들의 배를 째어 내장을 꺼내고 살점을 잘라내기 시작했다. 천장의 다른 이름은 조장(鳥葬)이다. 쓸모없어진 육신(肉身)을 마지막 보시(布施)로 새의 먹이로 주고 가는 의식이다. 오늘 보시 받을 새들은 이 날을 알고 있었다는 듯이 골짜기와 봉우리를 넘어 날아온 독수리들이었다. 마지막 청소부들이었다. 독수리들은 사람들이 시신을 분해하여 살을 발라내고 뼈를 추릴 때까지 저만치 떨어져 참을성 있게 기다리고 있었다. 이윽고 천장사들이 발라내어 토막낸 살점들을 던져주자 독수리들은 크륵크륵 기분 나쁜 소리를 내며 그것을 맛있게 뜯어먹었다. 뼈에 붙은 살점까지 뜯어먹었으나 그래도 남는 부분이 있었다. 그것을 다시 칼이나 망치, 톱 따위의 연장을 동원하여 잘게 자르고 부수어 보리 가루인 참빠(티벳인의 주식인 보리를 볶아서 가루로 만든 것)와 버무렸다. 버무린 것을 독수리들에게 던져주자 마지막 청소부인 독수리들은 그것을 맛있게, 말끔하게 먹어치웠다. 그리하여 세 남자의 몸은 독수리들의 위장 안으로 들어가 소화되기를 기다리고 있었다.

'이건 아니다.'

나는 고개를 저었다. 살고 죽는 것, 그리고 마지막이라는 절차(장례식)는 풍토(風土)가 결정한다. 티벳 고원은 습기가 없어 시체가 썩지 않기 때문에 땅에 묻을 수도 없고 땔나무가 부족하기 때문에 태워 없앨 수도 없다. 그래서 궁여지책(窮餘之策)으로 나온 것이 천장(天葬), 즉 조장(鳥葬)이었다. 불교의 보시 사상이 가미된 것은 억지에 가깝다. 호수가 있는 곳에서는 수장(水葬)도 행해졌다.

모택동의 공산당이 이런 풍습을 가만 놔둘 리 없었다. 문화대혁명(文化大革命) 기간에 공자(孔子)를 엎어치기한 기세로 이 야만적인 장례풍습도 금해버렸다. 그러나 문혁(文革)이야말로 인류 역사상 가장 야만적인 행위라는 것이 밝혀진 후로 조장 풍습도 다시 부활했다고 한다. 겨우 정신이 들어 옆을 보니 나 말고도 미국인 한 명, 독일인 한 명, 그리고 덴마크에서 온 당찬 아주머니까지 모두 3명의 외국인이 더 있었다. 그들은 엄청난 문화적 충격을 받고 혼이 나간 상태였다.

나도 천장, 또는 조장(鳥葬)이라는 이름의 시체 처리 방식을 보고 두어 가지 생각이 있었다. 아무리 풍토가 궁박해서 나온 것이지만 한 때는 인간이었던 물체(物體)를 그런 식으로 처리하는 것은 옳지 않다는 것이 첫째였다. 살아 있는 사람들에게 죽음의 의미를 가르치기 위한 종교적 장치라 해도 그렇게까지 할 필요는 없으리라는 생각이었다. 인간의 육신을 보시 받은 독수리들은 다시 그 어떤 생명체를 위해 보시를 하여 선순환의 고리를 이어가야 하는데 독수리들이 그런 보시 행위를 한다는 얘기를 들은 일이 없었다. 하필 독수리인가. 땅 속의 지렁이면 어떻고 그보다 작은 미생물(微生物)이면 또 어떤가. 아무래도 불교 진리나 시체 처리방식에서 티벳 사람들은 기회가 있으면 한국에 와서 배워 가야할 일이 산처럼 쌓였다는 생각도 들었다.

그러나 남의 장례식 하는 방식을 두고 이러쿵저러쿵하면 티벳 사람들이 자존심(自尊心) 상할 것이다. 더구나 국내에는 티벳이나 인도 사람들이 무슨 짓을 하면 그 속에서 거룩한 종교적 진리를 찾아내는 전문가들이 많이 있으므로 이런 이야기를 함부로 하기도 조심스럽다. 사물(事物)을 단순화시킬 필요가 있다. 티벳 사람들의 조장 풍습은 해적(海賊)들이 죽은 동료를 꽁꽁 묶어 바다에 던지는 것과 아무 차이가 없었다. 시체를 독수리에게 주느냐 문어나 날치 같은 물고기들에게 주느냐의 차이가 있을 뿐이다. 중유(中有)의 세계에서 길을 잘 찾아가라고 스님들이 읽어주는 바르도 퇴돌의 내용도 잘 들어보면 이승 사람들의 상상일 뿐이지 정작 죽은 뒤의 세계가 『사자(死者)의 서(書)』에 묘사된 것과 같으리라고 장담할 수는 없는 일이다. 이집트 사람들이 그리는 저승과 판관(判官)들, 그리고 한국 무당들이 묘사하는 저승 풍경도 티벳 사람들이 그려놓은 사후세계와 많이 다르기 때문이다. 어떻게 다르냐 하면 이집트와 티벳의 지리적 조건, 그리고 대한민국의 풍토적인 조건만큼이나 각각 다르다. 저승은 알고보면 이승이다.

히말라야의 산허리에 붙어 마을을 이루고 살다가 죽으면 그 육신을 하늘을 나는 새들에게 주고 가버리는 티벳 사람들에게는 배울 것이 별로 없었으나 히말라야는 천 권, 만 권의 책이 말해주지 못하는 거대한 진리(眞理)를 품고 나를 끌어당기는 것이었다. 그것은 거역(拒逆)하지 못할 힘이었다. 그 완벽한 죽음의 형식(形式) 때문이었다. 사막을 걷다가 물이 떨어지면 인간의 몸뚱이가 사막이 되듯이 히말라야의 설산(雪山)도 걷다가 멈추면 곧 눈이 되고 얼음이 되지 않겠는가. 그보다 더 완벽(完璧)한 결말(結末)을 어떤 소설(小說)에서도 읽지 못했다. 한 가지 걸림돌이 있었다. 북아프리카 튀니지(Tunisia)에서 발발(勃發)한 혁명(革命)의 불길이 이집트를 휩쓸고 리비아의 가다피를 엿먹이더니 아프리카 전체로 옮아 붙을 조짐이다. 이집트, 리비아, 튀니지, 수단 등 사하라사막을 품고 있는 어느 한 나라도 고요한 곳이 없다. 네팔도 사정은 다르나 시끄럽기는 마찬가지다. 용케도 왕이라는 사람이 잘 견딘다 싶었더니 드디어 국민(國民)들이 참지 못하고 일어났다. 그래서 정국(政局)이 불안(不安)하다. 히말라야를 둘러싸고 곳곳에 배치된 군인(軍人)들이 쓸데없는 일에 간섭(干涉)을 하고 나서면 골치 아프다.

17

불지사에 소쩍새 울면

죽기를 거부하는 사람들도 있었다. 보통 사람들처럼 죽으면 입장 (立場)이 곤란해진다는 사람도 있었다.

K 씨는 신흥종교인 Y 교의 교주(敎主)인데 죽는다는 사실을 두려워했다. 그가 알고 있는 진실(眞實)이 하나 있었다. 생명(生命)을 지니고 있는 것들은 반드시 죽는다는 사실이었다. 죽지 않는 방법이 있다거나 죽어도 영혼(靈魂)은 불멸(不滅)한다는 등의 말을 그는 믿지 않았다. 그런데도 그가 방대(尨大)하고 정교(精巧)하게 체계 세운 그의 종교 Y 교에서는 사람이 이승에서 도를 열심히 닦아 어느 수준이 되면 죽어도 사멸(死滅)하지 않고 영혼이 불사(不死)한다고 가르쳐 왔고, 신도들은 그 말을 믿고 공물(供物)을 갖다 바쳤다. Y 교는 창성(昌盛)하여 국내 각 종교단체들의 수장(首長)들이 연합체를 만들어 모일 때는 기존의 불교, 기독교, 천주교(天主敎), 유교(儒敎) 등의 지도자들과 어깨를 나란히 할 정도로 성장했다. 이 모든 것이 K 씨 덕분이었다.

그를 처음 만났을 때 나는 그의 나이가 85살인데도 젊은이처럼 피둥피둥하고 활력이 넘치는 것을 보고 놀랐다.

"요즘도 여자와 방사(房事)를 하느냐?"고 물으니 그는 "당연한 일 아니냐"고 대답했다. 그리고 덧붙였다. "100살에도 여자를 품을 것"이라고 자신감(自信感)을 보였다. 그런 다음 그는 조심스럽게 말했다.

"내가 지금 여든다섯인데 150살까지는 살고 싶어요. 그러자면 65년을 더 살아야 하는데 지난 세월을 보니 60년은 눈 깜짝할 사이거든. 내가 눈 한 번 감았다 뜨면 150살이 돼 있을 거요."

"100살 먹은 노인을 보았는데, 이미 사람이 아니었습니다."

하고, 내가 말했다.

"사람이 아니면 뭐였어요?"

"한쪽 다리는 저쪽에 딛고 한쪽 다리만 이승에 딛고 있었습니다."

"나는 그렇게는 안 살 거요."

그가 단호하게 말했다.

"내가 150살을 살면 우리 신도들이 몇 배로 늘어날 거요. 그래서 나는 죽어서는 안 됩니다."

빨리 죽어서는 안 되는 이유가 분명했다. 그는 오래 살기 위하여 온갖 좋은 약을 먹고 건강검진도 자주, 세밀하게 하는 것 같았다.

그로부터 4년 후에 우리는 다시 만났다. 그는 구순(九旬)을 코앞에 두고 있었다.

목표로 세웠던 '150살 채우기'를 꼭 성공하시라고 말하고 싶었다. 그런데 그 말이 차마 나오지 않았다. 눈앞에 있는 K 씨의 상태가 아무리 좋게 보아도 100살 채우기가 불가능할 것 같았기 때문이었다.

"봄에 독감(毒感)을 좀 앓았지만 이제 다 나았다"고 했다. 그러나 독감이 한 번 지나갔을 뿐인데 그의 얼굴과 몸 전체에서 바스러지는 낙엽(落葉)이 연상 됐다. 가고 있구나, 나는 직감(直感)했다. 그래도 그는 '150살 목표'를 거두지 않았다. 오히려 국내의 어느 누구보다 오래 살아야 한다는 집착(執着)은 더 깊고 질겼다.

그를 만난 지 두 달만인 어느 날 신문에서 "Y 교 교주 K 씨가 영면(永眠)했다"는 기사(記事)가 떴다. 제법 긴 기사였으나 K 씨가 150살까지 살기로 작정했었다는 이야기는 없었다. 그는 150살에서 정확하게 60년이 모자라는 90살에 간신히 턱걸이만 하고 유명을 달리했다. 사인은 '노환(老患)'이었다.

기업인 L 씨는 죽기를 거부하던 사람이다. 일흔다섯 살 때 그에게 고비가 왔다. 간암(肝癌)이 찾아온 것이었다. 누구나 그의 죽음을 예감했다. 아무리 의술이 발달했지만 간에 암이 생기면 젊은이도 고치기 어렵다. 하물며 7순의 노인이랴, 하는 지레짐작이었다. 그러나 그는 간암을 잡았다.

몇 가지 행운이 겹쳤다. L 씨는 B형 간염 보균자였다. B형 간염 보균자 중 약 30퍼센트가 간암으로 간다는 것이 거의 정설이었다. 이 정설이 L 씨를 괴롭혔다. 그는 1년에 3차례씩 꼬박 간에 이상이 없나 검진(檢診)을 했다. 간암이 발생할 기미(幾微)만 보여도 초전(初戰)에 박살내겠다는 각오였다.

일흔다섯 살 되던 해 봄에 검진을 했을 때 의사는 고개를 갸웃했다.

"좀 더 검사를 해 보자"고 했다. 컴퓨터 단층촬영으로 간을 잘게 쪼개어 들여다보았다. 암으로 의심되는 작은 종양(腫瘍)이 발견됐다. '초전박살'의 전법에 따라 곧 수술 날짜를 잡았다. 다행히 종양이 생긴 부위는 수술하기 좋은 위치였다. 수술해서 떼내어 보니 종양의 크기는 1.5센티미터 정도로 비교적 초기였다. 경과도 좋았다. 방사선 치료와 화학요법(항암제)도 가볍게 했다. 그러나 1년이 지나고 5년이 지나도록 재발(再發)할 기미는 보이지 않았다. 의사는 "완치(完治) 됐다"고 판정했다. 전 같았으면 술을 대판 마셨겠지만 간을 함부로 혹사시켜서는 안 되겠다고 생각한 L 씨는 그 역사적인 날을 조용하게 보냈다. 그러나 그는 이날부터 기고만장(氣高萬丈)했다. 운명이 제 편이라는 것을 확신했고, 자신이 간암이라는 치명적인 병환을 이겨낸 사람이라는 생각이 그를 붕뜨게 만들었다.

"염라대왕은 나를 잡아가지 못한다."

그는 선언했다.

"2백 살은 살겠다."고 의욕을 보였다. 그게 왜 가능한지 온갖 과학적 근거를 가져다 댔다.

그의 자신감과 의욕은 기업활동에 긍정적인 결과로 나타났다. 의류제조업으로 성공한 그는 철강산업과 유통업으로 발을 뻗어 갔다. 방법은 인수합병(M&A)이었다.

"나는 기업에 대해서는 잘 모르지만,"

내가 말했다.

"지금은 확장(擴張)보다 수성(守成)할 때입니다."

"흥."

그는 코웃음을 쳤다.

"나는 아직 청년의 힘을 가지고 있어요. 청년이 수성하면 세상은 누가 발전시키는 거요?"

"하지만 청년이 아니잖아요."

"내가 2백 살까지 산다니까. 난 안 죽을 거야. 2백 살까지 사는 사람이 아직 팔십도 안 됐으니 청년 아니오?"

그의 독특한 계산법으로 하면 그는 청년이 맞았다. 그러나 칠십대 후반에 기업을 확장한 것은 잘못이라는 것이 금방 입증(立證)됐다. 유통업에서 먼저 문제가 발생했다. 그가 인수한 백화점은 기존의 유통업 공룡기업들이 한 걸음에 깔아뭉개버렸다. 그의 백화점 옆에 대형 마트가 두 개나 들어섰다. 한 마트는 대놓고 '백화점식 마트'임을 표방하여 공격 목표를 분명히 했다. 외국의 유명 브랜드들이 슬금슬금 빠져나가더니 국내의 제조업체들도 입점(入店)을 취소하거나 기피했다. 적자(赤字)가 누적되고 살아날 구멍이 보이지 않았다. 그러는 판에 철강업이 한 방을 먹였다. 철강산업은 장치산업이어서 초기 투자가 엄청나다. 때문에 정책 당국과 금융업의 도움 없이는 되는 일이 없었다. 바로 그 정책 당국과 금융업계가 L 씨의 철강산업 진출은 잘못이라고 일찌감치 판단해놓고 있었다. 금융계의 지원을 얻어내지 못하니 그의 철강산업은 규모의 경쟁에서 오그라들었고, 경쟁력을 잃어버렸다. 부도(不渡)가 났다.

대개의 기업인들이 과욕(過慾)을 부리다가 부도(不渡)를 내면 해외로 도피하여 새 보금자리를 찾는 것이 보통이다. 그러나 그에게는 도망가서 살만한 나라가 없었다. 김우중(金宇中)처럼 "세계는 넓고 할 일은 많다"고 큰소리치며 지구촌 구석구석을 돌아다니지도 않았고, 한보철강의 정태수처럼 장차 잘못될 때를 생각하여 미리 특정 국가에 투자를 해놓지도 않았다. 그는 갈 곳이라고는 대한민국 밖에 없는 토종(土種)이었다.

기업 활동을 하다가 부도를 내면 그 자체가 죄악(罪惡)으로 취급된다. 부도를 막기 위해 몸부림을 치다가 공무원이나 정치인들 여러 사람들을 범죄의 공범자로 끌어들이기 때문이다. 그러나 그는 검찰의 조사를 받았으나 그런 하찮은 범죄의 흔적이 나오지 않았다. 겨우 외환관리법 위반을 들어 가볍게 징역 6월을 선고 받은 것이 전부였다. 그것도 집행유예여서 감옥살이할 필요는 없었다.

그는 오랜만에 고향으로 내려가 텃밭에 감자도 심고 고구마도 심었다. 그런 모습이 보기 좋아 찾아간 나에게 L 씨는 말했다.

"나는 사실 농사일이 지긋지긋해요. 옛날에도 그랬고 지금도 그래요. 내가 고향으로 온 것하고 농사짓는 것을 보고 취재하러 왔던 여성지 기자가 쓴 기사를 보세요. 귀거래사(歸去來辭), 뭐 그런 소린데 내가 무슨 도연명(陶淵明)인가? 이런 비린내 나는 여기자들에게는 차마 말 못했지만 우리끼리는 솔직해야지. 내가 감자 심고 고구마 심는 건 순전히 건강 때문이오. 의사가 그랬거든. 이참에 시골 내려가서 그렇게 살아 보시라고. 기업? 돈? 그까짓 게 다 뭐요? 난 관심 없어.

내가 관심 갖는 건 오로지 내 건강이란 말이야.”

하긴 2백 살을 살려면 아직 반환점(返還點)도 돌지 못했다. 간암 같은 것이 한 번만 찾아온다는 보장도 없었다. 조심해야 하고 긴장해야 하는 것이다. 옛날 중국 도교의 도사들은 불사약(不死藥)을 만든답시고 별 짓을 다하다가 결국 실패하고 말았지만 L 씨가 목표했던대로 2백 살을 산다면 다시 불사약(不死藥) 만들겠다고 덤비는 사람이 나오지 않을까. 중세 유럽에서는 불사약 대신 금을 만들겠다고 성당 신부들까지 팔을 걷어부치고 나섰다가 그 역시 실패로 끝을 보고 말았다. 그러나 요즘 의학이나 생화학이 발달하는 속도나 내용을 봐서는 조만간 2백 살 사는 문제는 해결되지 않을까 싶기도 하다. 그럼 L 씨는 그때까지 살아 있어야 그 의학의 혜택을 볼 텐데, 조심하고 또 조심해야할 일이다. 내 생각에는 화끈한 성격의 L 씨가 어느 날 감자 캐던 호미와 고구마밭 일구던 삽을 집어던지고 허리를 꼿꼿이 세우고 밭고랑을 걸어 나오면서 “이렇게 살 바에는 2백 살 안 살란다”하고 벗어부치고 걷어붙일 날이 조만간 오리라 여겨진다. ‘귀거래사(歸去來辭)’ 기사를 썼던 여기자가 항의하면 “그때는 농담 좀 했다. 왜?” 하겠지.

L 씨는 요즘 사업을 다시 시작했다. 전문분야인 의류산업을 위해 동대문시장에 점포(店鋪)와 작은 규모의 공장(工場)을 열었다. 그가 2백 살 살기는 틀린 것 같지만 사업은 재기(再起)할 수 있을 것 같다. 동대문 그의 사무실을 찾아가니 마침 점심시간이었다. 오랜만에 짜장면 한 그릇씩 앞에 두고 젓가락질을 하다가 말고 L 씨가 고개를

들었다.

"어디로 가지?"

"뭘 어디로 가요?"

"죽으면 말이오. 뭐가 남는 것이 있을까?"

"몰라요. 그러나 그 문제를 가지고 생각하고 또 생각한 후에 아무 것도 없다 하고 결론 내린 사람이 있어요."

"거 훌륭한 사람이구나. 내 대신 그 고민을 했다니, 고맙기도 하지. 한데 누구야, 그 사람이?"

"석가(釋迦)라는 사람이었습니다. 고타마 싯다르타라는 이름이었지, 아마."

"푸우,"

그는 한숨을 쉬었다.

"절에 가면 극락왕생(極樂往生)하시라고 빌어주던데 그건 또 뭐요?"

"그건 그 사람들 먹고 살자고 하는 소리고 극락(極樂)이고 지옥(地獄)이고 개뿔도 없어요. 석가가 그랬습니다."

"개뿔?"

"예, 개뿔."

지리산의 개뿔은 잘 살고 있을까? 그의 여름 궁전이 그리웠다.

"그래도 궁금한 게 하나 있는데……"

"개뿔 말고 또 뭐가 궁금해요?"

"천당, 지옥의 그림들이 궁금해요. 선생이 날 대신해서 알아봐 주지 않겠소?"

"나도 요즘 찾고 있던 참이니 알아보지요."

숙제였다. 며칠만에 나는 숙제를 마치고 동대문 근처 L 씨의 사무실로 갔다. 이번에는 제법 긴 시간 이야기를 하기 위해 따로 방이 있는 식당에 가서 제법 비싼 음식을 시켜놓고 마주앉았다.

"온 세상에 퍼져 사는 족속(族屬)들마다 저마다 사생관(死生觀)이 다르고 저승에 대한 그림도 다르게 그리고 있어요. 그것들을 일일이 다 알 수도 없거니와 설혹 안다 해도 다 풀어놓을 수도 없는 노릇이니 대표적인 몇 가지만 알아보기로 하겠습니다. 순서는 아무래도 우리 조상(祖上)들이 생각해 왔던 이승과 저승에 대한 이야기부터 하는 것이 좋겠지요?"

"순서는 아무래도 상관이 없습니다."

L 씨는 고분한 학생처럼 경청할 준비가 돼 있었다.

"우리 조상들이 이 땅에 정착하여 살면서 죽음 이후의 세계를 설정하여 그려놓은 것을 가장 잘 알 수 있는 것은 무당들의 굿거리입니다. 굿거리 중에도 재수굿이나 축원굿 같은 것은 제외하고 죽은 사람의 혼백을 좋은 곳으로 보내달라고 기원하는 오구굿이나 천도굿 같은 것에서 저승의 모습이 잘 묘사되고 있어요. 사람이 명(命)을 다하면 저승에서 차사(差使)가 와서 데리고 갑니다. 그런데 텔레비전의 전설 따라 삼천리 같은 프로에서 자주 나타나는 저승차사를 보면 얼굴은 창백하고 검은 도포를 입었는데 이승에 미련을 버리지 못하여 자꾸 뒤돌아보는 혼백을 완력(腕力)으로 이끌고 허공에 붕붕

떠서 가는 모습으로 묘사되는데 실제로 굿거리에 등장하는 저승길은 가시밭길이고 뱀이나 지네 같은 물것들이 많은데다 길도 험하여 여간 고생스럽지 않습니다. 혼백이란 것은 어차피 감각기관이 없는 영혼인데 가시밭길이면 어떻고 자갈길이면 어떠냐, 공간이동이 자유로울 것 아니냐, 중학생이라면 이런 질문을 하겠지만 어른은 그런 질문은 삼가는 것이 좋습니다.”

“그래도 질문을 해야겠습니다.”

L 씨는 손을 번쩍 들었다.

“질문하세요.”

“저승이 진짜로 있기는 한 겁니까?”

“어리석은 질문입니다. 앞으로는 끝까지 듣고 나서 질문하세요. 저승까지 몇 리나 되는지 거리는 나와 있지 않습니다. 아마 아무리 용한 무당이라도 그건 모를 겁니다. 거칠고 무서운 길을 지나면 헹기못이라는 큰물이 나옵니다. 망자(亡者)는 그 못에 빠졌다가 헤어 나와야 비로소 초군문에 도착하고 초군문을 지나면 이군문이 나오고 이군문을 지나면 삼사도군문, 그리고 오군문이 차례로 나옵니다. 문마다 저승을 지키는 무서운 병사(兵士)들이 있어 겁을 줍니다. 오군문을 통과하면 드디어 지옥(地獄)이 나옵니다. 여기서 생전의 행위에 대한 심판을 받고 죄를 지었으면 죄값에 해당하는 벌을 받습니다.”

“가만, 무슨 놈의 문이 그리 많아요?”

“저승이 절대로 만만한 장소가 아니라는 것을 보여주는 것이지요. 이승의 궁궐에도 임금이 정사(政事)를 보는 대전(大殿)에 당도하려면 수많은 문을 통과하지 않습니까. 명색이 저승이고 지옥인데 그 정도의 문은 통과해야지요."

"하긴, 그렇겠네. 저승이 있다면 말이오."

"저승이 있느냐 없느냐는 중요하지 않습니다. 우리는 지금 세상 여러 민족들이 만들어 둔 저승을 두루 살피러 여행길에 나선 참인데 그때마다 저승의 돌기둥을 손으로 만져봐야겠다는 여행객 때문에 앞으로 나아갈 수가 없군요. 여기서 그만두겠습니다."

L 씨는 펄쩍 뛰었다.

"아니오, 앞으로는 절대로 손으로 돌기둥을 만지지 않을 테니 앞으로 나갑시다. 여행을 계속 하자고요."

"헹기못에는 원혼(冤魂)들이 득시글거립니다. 그것들을 뿌리치고 못에서 나오면 저승의 연주문에 당도하는데 연주문을 지나면 지옥입니다. 지옥에는 시왕(十王)이 있는데 사실은 열다섯 명의 왕입니다. 제1 진광대왕(秦廣大王), 제2 초강대왕(初江大王), 제3 송제대왕(宋帝大王), 제4 오관대왕(五官大王), 제5 염라대왕(閻羅大王), 제6 변성대왕(變成大王), 제7 태산대왕(太山大王), 제8 평등대왕(平等大王), 제9 도시대왕(都市大王), 제10 오도전륜대왕(五道轉輪大王)이 차례로 벌여 앉아 생전의 죄를 다스리는데 예를 들어 제1 진광대왕은 망자가 생전에 깊은 물에 다리를 놓았느냐(월천공덕越川功德), 배고픈 사람에게 밥을 주었느냐(급식공덕給食功德) 등을 따지고 죄를 지었으면 칼날이 시퍼렇게 선 다리 위를 걸어가게 하는 벌을 줍니다. 다음 제2 초강대왕은 목마른 사람에게 물을 주었느냐(급수공덕給水功德), 벗은 사람에게 옷을 주었느냐(착복공덕着服功德) 등을 따지고 죄가 있으면 끓는 물에 담그는 화탕지옥(火蕩地獄)을 주관합니다. 요즘 많은 사람들이 줄줄이 감옥으로 끌려가는 부정선거라든가, 수표나 어음을 부도 내고 여러 사람의 피눈물을 짜내는 놈들을 처치하는 대왕도 지옥도 없습니다. 물론 학교 폭력배나 꽃뱀도 다스리고 주관하는 곳이 없어요. 제5 염라대왕은 어른말에 겉대답하는 놈의 혀를 집개로 뽑아내는 대왕입니다. 요즘 사람들이 별것 아니라고 생각하는 남의 남편이나 남의 여편네 넘겨다보고 집적거리는 죄는 제8 평등대왕이 관장(管掌)하는데 죄가 있으면 뜨거운 철판(鐵板) 위에 올려놓습니다. 남녀의 생식 기능을 모르고 자식을 낳지 못하는 죄는 제10 전륜대왕의 차지인데 죄가 있는 자들은 깜깜한 공간에 가두어 둡니다. 요즘 나이 40, 50세에도 처녀 총각인 채로 늙어가는 사람들이 조심해야 할 겁니다. 이 과정을 모두 거치고 나오면 마지막으로 열다섯 번째 동자판관(童子判官)이 최종적으로 심판을 합니다. 어른들은 편견이나 정실에 흔들리기 쉬우니 순진하고 무구한 어린아이를 최종 판관(判官)으로 앉혀놓았는데 우리나라 판사(判事)들도 모두 쫓아내고 그 자리에 유치원 아이들을 앉혀보면 어떨까 싶기도 해요. 이 동자(童子) 판관이 지금까지의 서류를 보고 지옥의 형벌 속에서 영원히 고통 받게 할지, 지네나 지렁이 따위로 다시 태어나게 할지, 혹은 인간으로 재탄생하게 하여 이승의 기회를 한 번 더 주게 될지 판단하는 겁니다. 지옥이란 일종의 통과의례(通過儀禮)지요. 별로 무섭지 않지요?"

"사후(死後) 심판이 그 정도라면 해볼만하다는 생각이 드네요."

"그렇습니다. 해볼 만해요. 죽은 사람의 혼백(魂魄)은 감각기관이 없기 때문에 뜨겁거나 아픈 통증을 느낄 수가 없다는 점을 생각하면 지옥은 별 것이 아니거든요."

"결국 그 지옥은,"

L 씨는 생각을 굴리면서 말했다.

"산 사람에게 더 효과적이겠군."

"바로 그겁니다. 지옥은 살아 있는 사람들을 겁주려고 만든 겁니다."

"옛날 사람이나 요즘 사람들이나 지옥도 염라왕도 겁내지 않는 이유가 있었구만."

우리는 사후심판이나 지옥의 형벌이 그다지 두렵지 않다는 데 쉽게 합의(合議)했다. 우리 전통 무속의 무당들 하는 짓이 그저 보존해야 할 민속의 하나로 여겨지는 까닭이 그것이었다.

"유교, 공맹(孔孟)은 사후세계의 설계도(設計圖)나 청사진(靑寫眞)을 보여줬나요? 나도 조상 제사(祭祀)를 지내지만 조상귀신이 제삿밥을 먹으러 오기는 오는 걸까요?"

"용어(用語)부터 정리해야겠습니다. 유교(儒敎)는 종교지만 공자나 맹자가 설파(說破)한 것은 유학(儒學) 또는 유도(儒道)였습니다. 이것을 종교로 만든 것은 한대(漢代)의 동중서(董仲舒)인데 구분해서 생각해야 합니다. 저는 유학이 종교로 칠갑(漆甲)하기 이전의 공맹(孔孟) 시절에 한정(限定)해서 말씀 드리는 겁니다."

"하지만 우리가 봉제사(奉祭祀)하고 충효(忠孝)에 길들여져 있는 것은 다 유교의 가르침 아닌가요?"

"맞습니다. 종교가 된 유학이지요. 그 때문에 유교에서 유학을 따로 들어 내보려는 겁니다."

"복잡하게 말고, 어쨌든 들어 봅시다."

L 씨는 다시 얌전한 학생의 자세로 돌아갔다.

"묵자(墨子)는 '공자는 귀신을 부정하면서도 제사 의례는 아주 번잡하게 만들어 권장한다'고 비판했습니다. 공자와 동시대에 살았던 묵자의 비판은 오늘날에도 유효(有效)합니다. 공자는 제자 중의 한 사람인 계로(季路)가 귀신 섬기는 일에 대해 묻자 '사람을 섬기지 못하고서야 어찌 귀신을 섬길 수 있겠느냐'고 했고, 계로가 또 사후세계에 대해 묻자 '사는 것을 다 모르는데 죽은 뒤를 어찌 알겠느냐'고 했습니다. 『논어(論語)』「선진(先進)」 편에 나오는 이야기인데 현실주의적(現實主義的)인 중국인의 세계관을 압축한 말로 이해되고 있습니다. 공자에게 있어 귀신은 실체 개념이 아니라 인간의 상상력이 빚어놓은 허상입니다. 생명이란 것은 기가 응축되어 나타나는 것이고 죽음은 그 기가 흩어지는 현상인데 흩어진 기가 다시 사후 어느 공간에서 모여 생전의 기억을 가진 동일체(同一體)로 존속할 가능성은 전혀 없다는 것입니다. 불교와 힌두교의 윤회사상도 이승과 저승을 넘나들며 동일체로 존속하는 실체가 있어야 가능한데 그런 실체는 없다는 것이 유학의 일관된 생각입니다. 그러므로 귀신도 없습니다. 제사 때 귀신이 돌아와 음복(飲福)하는 일은 절대로 없다는 얘기지요. 그럼 제사는 왜 지내느냐? 3년상(喪)이 길다고 불평하는 사람에게 공자는 "네 부모가 너를 낳아 온갖 고생을 하며 기른 해수가 3년은 되지 않겠느냐"고 반문(反問)했습니다. 비록 동일체로 이승과 저승을 넘나들며 영생(永生)하는 존재는 없다 하여도 내가 오늘 여기 존재(存在)하는 것은 부모로부터 생명을 받은 것인데 그 사실을 거듭 확인하면서 고마움을 느끼는 행사가 제사입니다. 그게 효(孝)지요. 제사에서 귀신이 와서 먹는 것이 아니라 부모 공경하는 마음을 제사 형식으로 표현하는 것입니다. 요즘 젊은 사람들 중에 어떤 이는 설이나 추석 같은 명절 연휴 때 휴양지의 호텔에서 주문한 제사 음식을 진설(陳設)해놓고 제사 지낸다 하여 비난하고 코웃음치는 사람들이 많은데 어차피 귀신이 오는 것도 아닌 바에야 주문한 음식이면 어떻고 장소가 휴양지나 미국 같은 외국이면 또 어떻겠습니까. 부모 생각하는 마음만 지극(至極)하면 그만이지요."

"그 문제라면 내 생각은 선생과 약간 다릅니다만, 그렇다치고 넘어갑시다. 불교는 어떻습니까?"

"불교가 참 문젭니다. 석가의 깨달음과 가르침을 그 제자들이 종교로 만든 것이 불교인데, 중국 사람들이 불교를 받아들이면서 자기네 노장철학(老庄哲學)과 유학을 가미하고, 다시 한국에 들어오면서 재래의 신도(神道), 즉 무속신앙이 덧입혀져서 아주 복잡하고 이율배반적인 교리를 갖게 되었어요.

먼저 석가가 오랜 수행을 거쳐 깨닫고 파악한 인간 존재는 중국 사람들의 생각과 크게 다르지 않았습니다. 석가의 사상적 요람인 힌두교에서는 브라만과 아트만의 동질성을 알고 거기에 개아(個我)를 일치시키는 범아일체(梵我一體)를 이상적인 경지로 보았습니다만 석가는 이를 부정(否定)하고 인간의 죽음은 모든 것의 종말(終末)임을 분명하게 보았습니다. 나(我)라고 믿었던 것이 오온(伍蘊: 色受想行識)의 덩어리에 지나지 않았고, 그 오온이 흩어지면서 나라고 착각했던 존재도 소멸하고 맙니다. 무상(無常)이 그겁니다. 무아(無我)요, 무상이면 족한데 다시 무엇으로 안심입명(安心立命)에 이르느냐, 그 길을 찾고 수행을 통하여 죽음(단멸斷滅)의 공포를 이기기 위한 온갖 이론을 구축하는 것, 깨달음 이후 석가의 오랜 세월에 걸친 행적은 여기에 모아지고 있습니다. 그 무슨 수행이나 깨달음을 얻더라도 단멸(斷滅)하는 존재의 법칙을 뛰어넘을 수는 없습니다. 석가 자신이 죽었거든요."

"사유(四有)라는 것이 있지 않소? 생유(生有), 본유(本有), 사유(死有), 그리고 중유(中有)지요? 죽은 후에 사십구재(齋)를 지내는 것도 중유에 있는 영혼을 극락으로 천도하기 위함이라는데?"

"존재(存在)를 네 가지 단계로 구분 짓는 것도 부자연(不自然)스럽고 불합리(不合理)합니다. 이야말로 불도가 불교로 발전하면서 덧칠된 요소들입니다. 혹시 티벳 『사자의 서』를 읽으셨습니까? 읽었으면 깨끗이 잊으세요. 사후 세계는 그 책에 기록된 모양이 아닙니다, 절대로. 석가 자신은 죽음 이후의 일에 대해 말하기를 꺼렸습니다. 마치 공자처럼요. 두 위대한 사람 모두 죽은 이후에 대한 걱정을 하기보다는 사는 것이 중요하고 어떻게 사느냐 하는 것이 더 중요하다는 것을 귀가 닳도록 말해주고 있습니다."

"그럼 윤회(輪廻)는?"

"항존(恒存)하는 나(我)가 없으니 죽음으로 일회성(一回性)의 존재
는 끝입니다. 윤회를 하자면 윤회하는 실체로서의 정신이 있어야 하
는데 이를 위해 인간의 의식을 잘게 쪼개어 업(業)이 쌓이는 창고를
따로 설정해놓고 이 업이 쌓여 윤회하는 것으로 설명하고 있습니다.
그렇다면 인간은 모두 전생의 기억을 가지고 태어나야 하는데 미안
한 일입니다만 저는 전생의 기억을 하나도 가진 것이 없어요. 윤회는
거짓입니다. 인도 사람들이 가만 보니까 죽음은 모든 것의 단멸이든
가, 영원히 사는 변화의 고리이든가, 아니면 윤회의 시작이든가 셋 중
의 하나인데 단멸은 서운하고, 영생(永生)은 근거가 없으니 차선책(次
善策)으로 윤회를 개발한 것 같습니다. 불교도 힌두교의 이런 사상
을 그대로 받아들였고요. 윤회는 영생과 부활신앙(復活信仰)의 변종
(變種)이라고 보여집니다. 이집트나 메소포타미아의 고대 신앙(信仰)
들이 대부분 부활신앙을 가지고 있는데 인도인들도 사실은 부활신
앙을 가지고 싶었던 것이라고 저는 추측합니다. 그게 마음에 들지
않으니 변종으로 윤회를 택한 거지요. 윤회를 단순 무식하게 말하자
면 죽음으로 소멸되지 않고 이승과 저승을 넘나들며 변화를 거듭하
면서 한없이 굴러가자는 것입니다. 그게 가능하겠습니까?"

"질량불변(質量不變)의 법칙이라는 물리학의 기본 명제가 불교의
윤회사상을 뒷받침하고 있는 게 맞습니까?"

"질량불변의 법칙은 물리학의 명제인데 불교의 세계관과 근본에서

같습니다. 에너지 보존의 법칙과 질량불변의 법칙은 지금까지 과학자들이 우주와 세계를 관찰하여 얻은 결론 중 가장 확실하고 불변하는 진리로 알고 있습니다. 불교 쪽에서는 이런 물리학의 진리가 불교에서는 이미 2천 수백 년 전에 발견한 것으로 새삼스러울 것도 없다는 느긋한 표정입니다만, 현대 물리학(現代物理學)은 이 법칙 밖의 현상을 찾아내는데 성공하고 있습니다. 그러므로 우리나라 일부 고승대덕(高僧大德)이 뭐 좀 안답시고 에너지 불변의 법칙을 예로 들어 현대 서양의 과학도 불교 앞에 무릎을 꿇게 될 것이라 큰소리칩니다만 이건 잘못된 것입니다. 인간이라는 물체를 이루고 있는 에너지, 즉 원소(元素)는 우주(宇宙) 공간에서 생성(生成) 변화 없이 일정한 값으로 존재할 것입니다. 그러나 우리가 인간이라고 하는 것은 그런 원소의 집합체가 아니라 기뻐하고 슬퍼하고 사랑하고 미워하며 분노(憤怒)하고 용서(容恕)하는 등의 기억(記憶)을 가진 의식(意識)입니다. 이 의식은 에너지처럼 불변하지 않고 단멸합니다. 죽음과 함께 소멸(消滅)하는 거지요. 그것이 소멸하면 이 세상에서 '나'라고 생각했던 주체가 소멸하는데 우리 몸을 구성했던 질량이나 에너지가 우주공간에 그대로 존속(存續)한다 하여 뭐 그리 반갑겠습니까? 그걸 영생(永生)이라고 우길 수 있겠습니까? 여기 한 가정의 가장이었던 사람이 죽어 그 혼백이 제삿날에 방문했다고 합시다. 그는 기억에 해당하는 의식이 없으므로 처자식의 얼굴도 알아보지 못합니다. 유족들이 애곡(哀哭) 하고 있어도 그 슬픔을 이해(理解)할 심리(心理)적 기능이 없어요. 이런 귀신에게 우리는 무엇을 기대하겠습니까? 다시 말해 사람이 죽어도 물리학적으로는 그 무엇이 남기는 남는다, 그러나 생전의 기억을 가진 존재는 남지 않는다는 겁니다.”

“다음은 뭡니까?”

“힘드십니까?”

“아니오. 좀 슬퍼져서,”

“기독교의 세계로 가기 전에 신선(神仙)이 되기를 바라는 도가(道家)를 잠시 방문해 볼까요?”

“신선? 그거 좋지요.”

L 씨의 얼굴에 화색(和色)이 돌았다. 아무래도 이 노인은 길게 사는 법, 가능하면 영원히 사는 길이 없을까, 그게 궁금한 모양이었다.

“앞서 공자와 유학의 죽음관을 얘기할 때 중국인들이 현실주의적(現實主義的)이었다고 말씀 드렸지요? 눈에 보이지 않고 손으로 만질 수 없는 것은 믿지 않았습니다. 공자가 ‘괴력난신(怪力亂神)에 대해서는 말하지 않았다’고 한 것도 그런 이유였습니다.

그런 중국인들이라고 영생에 대한 갈망(渴望)이 없었을까요? 죽음에 대한 공포(恐怖)가 없었을까요? 더 심했던 것 같습니다. 그들은 죽어서 영혼이 어디로 가는 것은 믿지 않았지만 그 대신에 육체를 가진 그대로 영원히 살거나 아주 오래 살기를 갈망하는 육체불멸(肉體不滅)의 장생불사(長生不死)를 추구하기 시작했습니다. 삼천갑자동방삭(三千甲子東方朔)의 전설이나 진시황(秦始皇)이 불로초(不老草) 불사약(不死藥)을 구하러 신하(臣下)를 동쪽 신선(神仙)이 사는 나라로 파견한 고사(故事)가 신선 좋아하는 중국인들의 사고(思考)를 말해

주는 일들입니다. 신선이 사는 나라로 간다는 것이 겨우 우리나라로 왔지만 말입니다.

처음에는 중국 사람들도 신선 생각하기를 인간과 차별되는 아득한 신적인 존재로 추앙하여 외경심(畏敬心)을 가졌던가 봅니다. 신선의 특징은 인간과는 비교도 안될 정도로 오래 살 것, 그리고 새처럼 하늘을 날아다닐 것 두 가지였습니다. 인간이 주어진 조건을 무너뜨리고 하고 싶고 되고 싶었던 소망과 꿈을 고스란히 다 이룬 존재가 즉 신선이었습니다.

그러다가 차츰 용감해져서 신선을 지상에 불러오는 방법을 고안(考案)하게 됐습니다. 신선을 부르는 술사(術士)도 생겼고요. 좀 더 세월이 흐른 후에 중국인들은 더 간이 커져서 신선이 따로 있나, 나도 도를 닦으면 신선이 될 수 있다 하고 생각하게 되었습니다. 이때부터 신선 되는 방법(方法)과 수행(修行)의 길을 가르치는 도사(道士)들이 등장합니다. 신선이 되는 방법에는 두 가지가 있습니다. 하나는 약을 먹거나 신비한 묘방(卯方)을 써서 신선이 된다는 이른바 외단법(外丹法)이고 다른 하나는 명상과 같은 수행으로 신선에 이르는 내단법(內丹法)입니다. 이쯤 되자 중국에서는 외단법으로 불사약을 만드는 방법과 내단법으로 수행을 통해 신선이 되는 방법과 길을 제시하는 각종 저서(著書)가 쏟아져 나오고 깊은 산마다 도사가 살면서 신선이 되겠다고 찾아오는 사람들을 지도(指導)했습니다. 여러 방법에 따라 여러 유파(流派)가 발생한 것은 자연스런 일이었고요. 당(唐)나라 때는 천자(황제)들 중에 무려 7명이나 신선되는 약을 먹고 죽었다고 합니다. 그 약이라는 것이 단약(丹藥), 단사(丹砂), 황화수은(黃化水銀, HgS), 그리고 금을 녹인 물에 각종 광물질(鑛物質)을 넣어 만든 것이라 독성이 강해서 사람을 죽이기에 딱 알맞은 약이었지요. 주재료인 황화수은은 원래의 색깔이 짓붉은 색깔인데 이것이 은색의 수은빛으로 변했다가 다시 황화수은으로 가면서 붉은 빛으로 환원(還元)하는 성질이 강해서 노년(老年)의 사람을 청춘(靑春)으로 되돌리는 성질이 있는 것으로 본 것입니다. 이게 발전하여 나중에는 연금술(鍊金術)이 되어 단사로 금을 만들고 그렇게 만든 금으로 그릇을 만들어 음식을 먹으면 불로불사(不老不死)한다는 주장(主張)을 편 도사(道士)들도 나옵니다. 그래도 사람이 신선됐다는 소식은 못 들었지요? 하다 안 되니까 이번에는 극단적인 내단법으로 발전합니다. 불교의 선 수행법을 받아들여 해탈(解脫)이 곧 신선이라는 경지(境地)를 개척하는 것이지요. 약을 먹고 신선되는 길은 포기(抛棄)한 겁니다. 그래도 중국인들의 신선되고 싶은 욕망(慾望), 이 육신 그대로 가지고 오래 살고 죽지 않고 살고 싶은 욕망은 끝이 없습니다. 제가 산동성(山東省)에서 공자의 고향인 곡부(曲阜)와 도교의 성지인 태산(泰山)에 가보았습니다. 태산뿐만 아니고 중국 곳곳에서 유학이나 불교보다는 인민(人民)들의 마음을 휘어잡고 있는 것은 도교의 신전(神殿)이었습니다. 태산은 산 전체가 신선들의 소굴이었고요. 그러나 진짜 신선은 만나지 못했고, 다만 신선에게 빌려고 찾아오는 나약한 인민(人民)들만 보았을 뿐입니다.”

“신선이 없구나.”

몹시 실망(失望)스럽다는 장탄식(長歎息)이었다.

"신선은 없어요, 신선되는 방법도 없습니다."

나는 몇몇 사람 신흥종교(新興宗教)의 교주들 얘기를 들려줬다. 그들도 늙고 병들고 마침내 죽어 가더라는 이야기를 솔직하게 털어놨다.

"영원히 사는 길을 알려주는 기독교, 그래서 대한민국이 기독교로 뒤덮이나? 대통령도 기독교인이잖아."

"벌써 두 사람째입니다. 먼저는 김영삼(金泳三)인데 그는 역삼동(驛三洞) 충현교회의 장로(長老)이고, 지난번 대통령 이명박(李明博)은 신사동(新沙洞) 소망교회 장로입니다."

"그 사람들은 안 죽나?"

"죽어요, 당연히. 모세, 다윗, 솔로몬, 엘리아, 예수, 바울, 어거스틴, 그리고 역대 교황(敎皇)들, 모두 죽었습니다."

"죽어서 어디로들 갔을까?"

"글쎄요. 여기서부터 부활의 신앙과 부활의 신앙 아닌 종교가 길을 달리합니다. 부활의 신앙도 초기에는 이집트에서 보듯이 사망(死亡), 심판(審判), 부활의 순환(循環)이었는데 유대인들의 종교는 좀 더 정교하게 다듬어서 죽음 이후 최후의 심판까지 유예(猶豫)기간을 두고 있습니다. 최후의 심판 때 판관은 창조주(創造主)가 직접 재판(裁判)하는 것으로 되어 있습니다. 예수는 창조주의 독자이지만 교리상 창조주 자신이기도 합니다. 그러므로 예수가 심판관이 되는 것이지요. 심판의 잣대는 믿음과 불신(不信), 그리고 죄(罪)의 유무(有無)입니다. 아무리 착한 행실(行實)을 했어도 믿음이 없으면 구원(救援) 받지 못합니다. 믿음, 즉 예수가 나를 대신하여 십자가(十字架) 고통을 짊어졌다, 그러므로 나는 예수가 그 높고 귀한 자리에서 몸소 내려와 내 죄(罪)를 대속(代贖)한 사실을 믿는다, 이겁니다. 쉽지요? 그러나 대개의 기독교인들 보면 그렇게 간단하고 쉬운 일을 믿는데 평생(平生)이 걸리는 수도 있어요. 믿기 어려운 일을 믿어야 하니 힘든 겁니다.

여기에는 서양 철학(西洋哲學)의 밑바탕인 이원론(二元論)이 깔려 있습니다. 인간은 영혼과 육체로 이루어졌다가 죽으면 육체는 소멸되나 영혼은 남아 하늘나라나 지옥으로 간다는 것입니다. 이러한 이원론은 소크라테스에서 시작한 서양 철학의 연면(連綿)한 전통(傳統)입니다. 죽는다는 것은 새로운 생명의 시작을 알리는 신호입니다. 고통은 육신에서 오는 것이기 때문에 죽은 후의 세계는 고통으로부터의 해방이기도 합니다. 이렇게 영생을 얻은 영혼은 다시는 사망에 이르지 않습니다. 즉 영원히 사는 것입니다."

"영혼이 영원히 산다는 근거가 무엇인가?"

"그게 이렇습니다. 영혼이 있어 불사한다는 것은 존재론(存在論)적인 결론이 아니라 당위론(當爲論)적인 요구(要求)입니다. 즉 사랑을 하고 큰 이상(理想)을 실현(實現)하려는 뜻을 지녔던 인간의 생명이 단회성(短回性)으로 끝난다는 것이 말이 되느냐, 그럴 수 없다는 것입니다. 다시 말하면 영원히 살고 싶다는 소망을 실재와 혼동하여 믿어버리는 것이 이 세계관의 특징(特徵)이자 본질(本質)인 것입니다."

"바보들이구만."

L 씨는 어깨를 들썩했다.

"바보 아닙니다, 절대로."

내가 반박하자 L 씨는 왜? 하고 기다렸다.

"요즘 말기암 환자들을 수용하여 돌보는 호스피스병원이 있지요? 그런 병원에서 죽어가는 사람들을 관찰하고 〈죽음학〉을 정립한 퀴블러 로스(Elisabeth Kubler Ross)라는 여자가 죽음을 받아들이는 과정을 부정(否定), 분노(憤怒), 타협(妥協), 우울(憂鬱), 순응(順應)의 다섯 단계로 나누었습니다. 암 선고를 받으면 처음에는 부정하고 내가 아닐 거야, 혹은 의사의 오진(誤診)일 거야 하고 부정하게 되고 진단(診斷)이 틀리지 않다는 것을 알고 나서는 왜 하필(何必)이면 나야? 하고 분노하게 되며, 다음에는 이 병만 낫게 해 준다면 무엇이든 다 하겠다고 절대자와 타협(妥協)하는 단계가 오고 한무숙(韓戊淑)인지 말숙(末淑)인지 자매(姉妹) 중의 한 소설가(小說家)가 지은 단편 중에 어머니가 어린 자식이 수술대에 눕자 수술실 밖에서 하느님에게 기도합니다. 저 아이만 낫게 해 주면 당신을 믿고 따르겠노라고. 그런 작품(作品)이 있는데 바로 그 타협의 단계를 그린 작품입니다. 평론가(評論家) 이어령(李御寧) 씨가 딸이 죽음 앞에 서자 기독교를 받아들여 책도 쓰고 간증(干證)하러 다니는 것도 타협의 일종입니다. 그래도 먹히지 않으면 순응합니다. 피할 수 없는 손길에 맞서거나 타협하거나 다 소용 없다는 것을 알고 나서는 비로소 순응하게 되는 것입니다. 이 마지막 순간(瞬間)에 인간들이 매달리는 것은 차디찬 이성적 판단이 아니라 간절(懇切)한 소망(所望)일 것입니다. 구원(救援)의 빛은 거기서 오는 것이고요."

"선생은,"

L 씨는 천천히 뜸을 들이며 말했다.

"나에게 시방 기독교를 믿으라고, 그들의 신을 받아들이라고 권면(勸勉)하는 거요?"

"저는 남을 권면할 정도로 아는 것이 없습니다. 다만, 사장님께서 조만간 기독교를 받아들일 것 같아서 하는 소립니다."

"에이, 그렇지 않아요. 난 유대인들을 싫어해요."

"그것하고 그것은 별개(別個)입니다."

"뭐가 별개요, 같은 거지. 예수라는 사람도 유대인 아니었소?"

"그렇긴 합니다만."

"됐어요. 예루살렘에서 한 발만 나가면 유대 광야(曠野)가 나옵니다. 그 광야에 서서 보면 이 유목민(遊牧民)들이 어찌하여 분노(憤怒)하고 질투(嫉妒)하는 창조신(創造神)을 믿게 되었는지 대충 짐작이 갑니다. 즉 내 얘기는 이 세상 모든 종교는 그들이 살아온 풍토의 소산이라는 거요. 선생도 그렇게 말하지 않았소?"

"어쨌거나,"

나는 결론(結論)을 맺었다.

"사장님은 머지않아 교회(敎會)를 찾게 될 겁니다."

"천만에, 나는 불교를 택했소."

“안 됩니다.”

“왜요?”

“단순한 이윱니다. 불교는 수행의 길인데 지금 그 연세(年歲)에 죽
자 살자 수행할 수 있겠습니까? 불가능(不可能)하다고 봅니다.”

“그래도,”

그쯤 해놓고 우리는 헤어졌다. 그로부터 두 달 뒤 L 씨로부터 급하
게 찾는 전화가 있었다. 우리는 다시 짜장면을 앞에 놓고 만났다.

“어제 주일날 교회에 가서 세례(洗禮)를 받았습니다.”

“축하합니다.”

나는 진심을 담아 축하했다. 그러자 그가 우울한 목소리로 말했다.

“선생의 말을 곱씹어 보다가 나도 모르게 교회 문 앞에 서게 됩디
다. 최면(催眠)에 걸린 것 같아요.”

“아마 기독교의 창조주 신이 사장님을 선택한 모양입니다. 복이 많
은 사람입니다.”

“고맙소.”

다시 한 해가 갔다. 기업인 L 사장의 부고(訃告)가 신문에 났다. 아
산병원 영안실(靈安室)이었다. 가보니 국화꽃에 파묻힌 L 사장의 영정
(影幀) 아래에 성도(聖徒) 아무개라는 교회식 위패(位牌)가 있었다. 교
회에서 나온 성가대(聖歌隊)가 작별의 가사가 담긴 찬송가(讚頌歌)를
불렀다. 그래서 L 씨는 천국(天國)에 갔다. 가면서 나에게 손을 흔드
는 것 같았다. “잘 가소.”

나는 속으로 말하고 웃는 영정을 향하여 손을 흔들어 주었다.

쓰고나서

더 이상의 연습(練習)이 필요할까? 얼마나 더 많은 사람들이 오고 또 가는 것을 보아야 하는 걸까? 더 무슨 증거가 필요할까?

사후세계(死後世界)라는 것은 없다. 그 세계를 추정하여 덧칠하듯 만들어놓은 이 세상의 모든 종교(宗敎)를 나는 부정(否定)한다. 혹시 종교가 윤리(倫理)의 원천(源泉)이라 하여 필요성(必要性)을 역설(力說)하는 사람이 있다면 그에게 나는 다른 데서 윤리의 원천을 찾아보시라고 권하고 싶다.

사람들이 죽음을 공포의 눈으로 바라보는 까닭은 인간들이 개 목줄 끌듯이 죽음이 끄는대로 끌려갈 수밖에 없는 부자유 때문이 아닐까. 그 부자유(不自由)로부터 자유로워지는 길은 하나 밖에 없다. 개 끌려가듯이 끌려갈 것이 아니라 스스로 가는 시간과 장소, 그리고 방법을 선택(選擇)하는 것이다. 이것이 인간의 자존심(自尊心)에서 우러난 최소한의 자유행(自由行)이다.

그러므로 나는 파도(波濤)에 휩쓸려 가지도 않을 것이고 개처럼 목줄에 끌려가지도 않을 것이다. 허접한 위안(慰安)도 사후세계(死後世界)의 가건물(假建物)을 가계약하는 일도 모두 사양(辭讓)할 것이다.

죽음은 삶의 완성이다

다 아는 얘기를 하자면 "소설(小說)은 허구(虛構)다." 허구란 '지어 낸 이야기, 즉 꾸며낸 이야기라는 뜻이다. 팩트(fact)를 생명으로 여기는 신문기사와는 본질적으로 정반대인 글이다. 소설 한 권을 다 써놓고 끝머리에 사족(蛇足)처럼 소설의 원론(原論)에 해당하는 이야기를 꺼내는 까닭은 단순하다. 이 글에 나오는 인물(人物)이나 배경(背景)이나 사건(事件)들이 모두 소설적인 허구일 뿐 사실이 아니라는 것을 강조하기 위함이다. 이런 소리를 하는 데는 이유가 있다. 독자들 중 어떤 이는 눈치 빠르게도 이 소설의 내용을 두고 '자전적(自傳的) 소설' 아니냐 하고 의문(疑問)을 낼 수도 있기 때문이다.

실제로 약간 겹치는 부분이 있는 것은 사실(事實)이다. 산사(山寺) 주변을 맴돌며 살아온 이력(履歷)이 그러하고 주인공(主人公)의 직업(職業)이 글쟁이라는 점도 허구를 사실로 착각하게 만드는 요소(要素)다. 그러나 이 소설 속에 사실과 부합하는 유일(唯一)한 것이 있으니 그것은 죽음에 대한 냉정(冷情)한 관찰자(觀察者)의 시선(視線)이 그것이다.

　인간(人間)이 산다는 것은 그만큼 죽어간다는 것과 동의어(同義語)이다. 우리 삶의 앞면은 화려한 채색(彩色) 옷으로 휘감았지만 뒷면 즉 등쪽은 검은 공동(空洞)이다. 죽음을 등에 지고 가는 달팽이 같은 모습이다. 그런 모습을 담담(淡淡)하게 그려보고 싶었다. 그 욕심이 이 소설을 빚어냈다. 그러므로 외형적인 스토리가 아니라 내면적인 죽음에 대한 관찰자의 시선은 분명히 자전적이다. '지혜(智慧)는 경험(經驗)의 딸'이라고 했던 레오나르도 다 빈치의 말이나 "경험(감각)에 없었던 것은 지식(知識)에 없다"고 했던 존 로크의 말이나 상상력(想像力)의 바탕을 이루고 있는 것이 작가(作家)의 경험이라는 점을 강조하는 것이고 보면 결국 "모든 소설은 자전적"이라는 황당한 결론에 이르게 된다. 내 소설을 두고 '자전적'이라는 굴레를 씌워도 나는 아파하지 않겠다는 얘기다.

　이 작품(作品)은 지리산에서 썼다. 피아골과 화엄사(華嚴寺) 골짜기 사이에 아직은 덜 개발된 문수골이라는 골짜기가 있는데 그 골짜기에서 두 해쯤 살면서 몇 편의 작품을 끄적거렸는데 그 중의 하나다.

　웬만한 사람은 이 골짜기에 들어와 며칠만 살면 철학자나 도인 같은 소리를 했다. 왜 그런지는 모르겠으나 아직도 핏자국이 남아 있는 이 오지랖 넓은 산이 인간들에게 지엽(枝葉)을 버리고 근본(根本)을 알라고 솔바람 물소리에 실어 끊임없이 속삭여주는 탓이 아닐까. 나도 그 골짜기의 끝마을에 살면서 여러 밤을 앓았다. 그 고통스러웠던 밤의 자락에 묻어나온 것이 이 소설이다.

소설을 통해서도 사람들은 지식을 늘리고 지혜도 챙긴다. 예를 들어 나는 톨스토이의 『전쟁과 평화』를 통하여 나폴레옹의 러시아 침략 전말(顚末)을 소상하게 알게 되었다. 허만 멜빌의 『백경(白鯨)』을 통해 고래의 생태에 대한 지식을 어떤 생물학 서적보다 알차게 챙긴 것은 물론이다. 마찬가지로 김동리(金東里), 강용준(姜龍俊), 서기원(徐基源), 오상원(吳尙源), 이호철(李浩哲), 곽학송(郭鶴松) 등의 소설을 통하여 어떤 역사책에서도 찾을 수 없었던 한국전쟁(韓國戰爭)의 맨얼굴을 만났다. 그렇다면 이 소설을 통하여 독자들은 무엇을 챙길 수 있을까? 죽음에 대해 뒷짐 지고 바라보기만 해서는 안 된다는 사실을 알게 하는 것, 그 정도라도 도움이 되고 싶었다. 한 걸음 더 나아가 먼 길 떠날 채비를 할 때 이 작품이 길 안내 정도의 도움이 되기를 바라는 마음도 있었다.

이제 우리 정색(正色)하고 말해 보자. 죽음이 무엇이냐? 하는 것은 질문 축에 들지도 못한다. 구체적으로 죽은 뒤에도 어떤 유형의 세계가 존속하느냐? 하는 물음이라면 질문의 외형은 갖춘 격이 된다. 안 됐지만 대답(對答)은 기대(期待)하지 말아야 한다. 지금까지 수많은 인간들이 이런 의문(疑問)을 안고 살다가 갔지만 한 번 간 이후로 돌아와 (사후세계의) 소식을 전한 사람은 인류 역사상 단 한 사람도 없었기 때문이다. 그런데도 이 문제는 여전히 문제로 남아 있다. 그 문제로 문제집(問題集)을 만들어 팔아먹는 장사꾼들이 성업(盛業) 중이기 때문이다. 그들을 일컬어 종교인(宗敎人)이라 하고 그들이 판매(販

賣)하는 상품(商品)을 종교(宗敎)라 한다.

굳이 죽음에 대한 정의를 기대한다면 말 못할 이유도 없다. 내가 생각하기에 죽음은 삶의 일부(一部)이다. 일부라고는 하지만 마지막 부분(部分)이기 때문에 가끔 삶의 대척점(對蹠點)에 놓고 생각하는 경우가 생긴다. 죽음을 삶의 연장선상(延長線上)에 놓고 보아야 한다. 그것이 삶의 끝 부분이기 때문에, 삶의 완성(完成)이라는 적극적(積極的)인 해석(解釋)을 하지 않으면 참기 어려운 일이 된다. 그래서 사람들은 그토록 그것을 두려워하고 기피(忌避)하려 했던 것인지도 모른다.

다시 가을이 가고 겨울이 다가온다.

2013년 11월.

문수골에서.

이청.

죽음 연습

발행일 | 초판 1쇄 2013년 12월 10일

지은이 | 이 청
펴낸이 | 고진숙
펴낸곳 | 도서출판 문화문고
책임편집 | 김종만
디자인 | 배경태
CTP출력 | 상지사피앤비
인쇄·제본 | 상지사피앤비
물류 | 문화유통북스
출판등록 | 제 300-2004-89호(2005년 5월 17일)
주소 | 110-816 서울시 종로구 자하문로 266, 612호
     구) 서울시 종로구 부암동 129-8 울트라타임730 오피스텔 612호
전화 | 02-379-8883, 723-1835 팩스 02-379-8874
이메일 | mbook2004@naver.com

ISBN 978-89-7744-037-1(03810)